L'Innocence perdue

Sarah A. Denzil

TRADUCTION PAR
Diane Garo

ÉDITION E-BOOK

Édition originale parue sous le titre : STOLEN GIRL

Copyright © 2020 Sarah A. Denzil
© 2022 Diane Garo pour la traduction française et la présente édition

Tous droits réservés. Toute reproduction intégrale ou partielle du présent ouvrage, faite par quelque procédé que ce soit, sans l'accord préalable de l'autrice est illicite et constitue une contrefaçon sanctionnée par les articles L.335-2 et suivants du Code de la propriété intellectuelle.

Ce livre est une œuvre de fiction. Les noms, les lieux, les personnages et les événements relatés sont le fruit de l'imagination de l'autrice ou sont utilisés à des fins de fiction. Toute ressemblance avec des faits réels, des lieux ou des personnes existantes ou ayant existé ne saurait être que pure coïncidence.

Couverture créée par Ebook Launch

Pour contacter l'autrice :

Newsletter
Instagram
Site web
Facebook
Twitter

AUTRES LIVRES DE L'AUTRICE :

Dans la série *Passé sous silence* :

Passé sous silence, tome 1
L'Innocence perdue, tome 2
Le récit d'Aiden (nouvelle)

Chapitre 1

EMMA

Même si le mois de septembre est arrivé, les arbres sont encore verts. Nous sommes tous vêtus de vêtements légers adaptés au temps anormalement chaud, nos bras nus caressés par une légère brise s'insinuant à travers les arbres. Je ne peux pas nier que c'est une belle journée, mais à l'intérieur de ma cage thoracique, mon cœur bat la chamade, aussi vite que les ailes d'un papillon de nuit. Ma peau picote d'appréhension. Je jette un coup d'œil à l'homme à ma droite, qui a encore l'air d'un garçon. Il regarde au loin avec une expression indéchiffrable. Il n'aime pas être touché, mais je glisse mes doigts dans les siens et je les serre, en espérant parvenir à lui transmettre mes pensées : *Tu n'es pas seul. Je suis avec toi. Je vais te protéger. C'est presque terminé.*

Ils nous ont construit une plateforme surélevée pour que nous ne perdions pas une miette de ce qui va suivre, et je me sens étrangement haute dans ces bois, comme si j'étais perchée sur des échasses. En contrebas s'étend une clairière entourée d'une clôture métallique, qui ne semble pas à sa place parmi les branches sombres et la végétation luxuriante de la forêt. Mais cette clôture délimite l'endroit que nous devons surveiller. J'englobe la scène une dernière fois en respirant profondément pour calmer mon cœur qui bat la chamade.

À ma gauche, une main douce est glissée dans la mienne.

— Est-ce que ça va faire beaucoup de bruit ? demande une voix d'enfant.

Je regarde ma fille et sa petite main.

— C'est possible. Tu veux des bouchons d'oreille ?

Gina sourit.

— Non, je veux que ce soit fort.

Elle attend ça avec impatience depuis des semaines. De mon côté, je redoute ce qui va suivre depuis aussi longtemps. Quant à Aiden, je ne sais pas ce qu'il ressent. Je ne peux même pas l'imaginer. Quand je lui pose la question, il se contente de hausser les épaules.

Je me tourne vers mon fils.

— Tu veux des bouchons ?

Il secoue la tête. Son corps est tendu, sa main est moite dans la mienne.

— Non merci, maman.

Une certaine tension quitte mon corps au son de sa douce voix. Cela signifie qu'il est toujours là, toujours présent dans ce monde. Quand il se renferme sur lui-même, sa voix disparaît.

Nous ne sommes pas seuls sur notre plateforme, mais personne d'autre ne compte à part Aiden et Gina. Leurs mains dans les miennes. Leur sécurité dans ce monde et les ténèbres qu'il contient. Je regarde fixement la zone boisée en contrebas, à travers les arbres et les enchevêtrements de buissons épineux.

— Finissons-en, grommelle Rob.

Le père d'Aiden. Mon ex.

J'entends Sonya faire claquer sa langue pour réprimander gentiment son fils.

— Je devrais peut-être aller vérifier que tout va bien, suggère l'inspecteur-chef Stevenson.

— Non, dis-je, inquiète qu'il rate ce moment.

Il mérite d'y assister autant que nous.

— Je suis sûre que ce n'est rien, dis-je en souriant à Gina, essayant de masquer l'inquiétude de ma voix. C'est comme les feux d'artifice qui commencent toujours en retard.

Gina acquiesce solennellement, se souvenant de sa propre impatience en novembre dernier, devant un pub froid de Manchester.

Cela ne prendra que quelques secondes pour démolir le bunker. Il a été vidé de son aménagement intérieur, puis rempli d'explosifs et les arbres voisins ont été dégagés. Une pelleteuse attend patiemment de dégager les gravats. Un autre contraste frappant avec l'environnement naturel.

Il y a quelques mois, on nous a demandé si nous voulions assister à la démolition. Au début, j'ai trouvé difficile d'aborder le sujet avec Aiden. Il n'a pas répondu tout de suite. Il est allé dans sa chambre et s'est assis sur son lit en silence. Quelques heures plus tard, il est redescendu et a hoché la tête. Il m'a donné les noms des personnes qui devraient y assister selon lui, et j'ai fini par espérer que ça puisse être une expérience positive pour notre famille. Un moyen de laisser le traumatisme derrière. Le traumatisme d'Aiden, le mien et celui de tous les autres, mais surtout le sien. Et nous y voilà. Aiden, la petite Gina, Rob, Sonya, Peter, Josie et Stevenson, dansant tous d'un pied sur l'autre dans une attente interminable, soupirant et transpirant par un mardi chaud de septembre.

Ils m'ont demandé si je voulais appuyer sur le bouton, ou si Aiden voulait le faire. Il a décliné l'offre. Je le regarde, de profil, et j'essaie d'imaginer ce qu'il pense. Je n'y arrive pas. Il est impossible d'atteindre son esprit et de découvrir toute la douleur et la souffrance qu'il ressent. C'est son jardin secret. Un endroit où je ne pourrai jamais m'aventurer, que je ne pourrai jamais appréhender. Et en tant que mère, c'est une pensée terrifiante.

L'un des hommes pousse un cri, puis un craquement s'élève, suivi d'une explosion. Un nuage de poussière s'élève. C'est terminé en l'espace de quelques secondes. Le sol s'enfonce sur lui-même et la terre se dérobe. La prison souterraine d'Aiden a été détruite. C'est fini. Je l'attends, ce soulagement à l'idée que la pire époque de ma vie est derrière moi. Rien ne vient.

En sortant des bois, la main d'Aiden quitte la mienne et il se faufile entre les arbres, disparaissant de mon champ de vision. La panique me serre la poitrine un instant, jusqu'à ce que je me rappelle qu'il est en sécurité maintenant. Le bunker a disparu. Hugh est mort. Mais je me retrouve quand même à marcher un peu plus vite pour ne pas le perdre de vue.

— Tu vas trop vite, maman, proteste Gina en tirant sur mon bras.
— Désolée, ma chérie.

J'aperçois le t-shirt rouge d'Aiden entre les branches des arbres. J'aimerais qu'il ne porte pas de rouge.

— Maman, c'est là que je suis née ?

Je la prends dans mes bras, me rappelant trop tard qu'à quatre ans, elle devient assez lourde à porter.

— Presque.

— Tu l'as fait sauter, dit-elle en parlant du bunker.

Il y a une note de déception dans sa voix qui me prend au dépourvu.

Il y a une limite à ce que j'ai pu expliquer à Gina sur le bunker et ce qu'il signifiait pour Aiden. Nous lui avons dit qu'Aiden y avait vécu des moments difficiles, mais que tout n'était pas si sombre, car c'est là que j'ai perdu les eaux et qu'elle est venue au monde. Le reste, nous ne pouvons pas le lui dire. Pas encore.

— Emma.

Je m'arrête et me retourne, réalisant que j'ai devancé le reste du groupe. Tous les autres sont rassemblés autour de Rob, l'aidant à progresser sur le chemin. Je rougis de culpabilité. Depuis son traumatisme crânien, Rob a dû réapprendre à marcher. Il s'appuie sur une canne. Il a fondu, mais reste grand et imposant. Il peine toutefois à avancer sur le chemin accidenté.

— On va au pub, dit Rob. Vous venez ?

— Je ne sais pas. Et si on était encore suivis ?

Après toutes ces années, les photographes ciblent toujours ma famille. Nos photos sont toujours dans les journaux.

Rob tape sur le nez de Gina avec son doigt et elle glousse.

— Qui s'en soucie ? On doit fêter ça.

Ce mot me donne la chair de poule et je grimace probablement, car Rob fait machine arrière.

— Le terme était peut-être mal choisi, mais tu vois ce que je veux dire. On est en vie, le bunker est détruit, Aiden est en sécurité et ceux qui méritent de l'être sont morts.

Mes yeux cherchent le visage de Josie à ces mots. Mais elle est perdue dans ses pensées, le regard rivé sur les bois.

— Je ne sais pas trop. Aiden est un peu secoué.

— Je veux y aller.

La voix de mon fils fait bondir mon cœur. Surprise, je fais volte-face si vite que Gina doit s'accrocher à moi.

— Désolé, dit-il. Je ne voulais pas vous espionner.

J'ouvre la bouche pour lui demander comment il fait pour disparaître et revenir sans que je m'en aperçoive, mais en vérité, je commence à m'habituer à la démarche féline d'Aiden. Au lieu de ça, je me contente de rire.

— Ça ne ferait pas de mal de passer un peu de temps ensemble, dit Sonya. Tant que ça te va, Aiden ?

— Oui, grand-mère.

Et sur ces mots, je suis emportée par les autres vers le parking. Cette fois, Aiden est à mes côtés.

Il représente un miracle. Le garçon qui est revenu. À un moment donné, j'ai cru qu'il était mort. Je me suis renfermée sur moi-même, j'ai sombré dans le chagrin. À son retour, certaines voix se sont élevées pour dire qu'il aurait mieux valu qu'il meure plutôt que de subir tout ça. Même moi, il m'est arrivé de le penser de manière fugace, me sentant immédiatement coupable. Mais il s'en est sorti, devenant plus fort que je n'aurais pu l'imaginer. Plus résilient que je ne pourrais jamais l'être. Un miracle, et une partie de moi. La meilleure partie.

Je me demande si je m'habituerai un jour à ce qu'il ait l'âge légal pour conduire et voter. Il pourrait vivre seul ou avoir un emploi de haut vol. Des tas de jeunes de vingt ans ont des enfants, une carrière ou vont à l'université. Mais rien de tout cela n'est encore arrivé à Aiden. Les cicatrices sont toujours là, bien sûr, à la fois physiques et psychologiques. Et pour l'instant, il vit avec moi, jusqu'à ce qu'il soit capable de faire son chemin tout seul. J'espère que ce moment n'arrivera pas trop tôt. Je ne suis pas sûre que mon cœur puisse le supporter.

— Elle est adorable, Emma, dit Josie, alors que je pose Gina sur le bitume. Salut, Gina !

Ma fille se cache derrière mes jambes, son visage dépassant légèrement. Un grand sourire relie ses oreilles délicates. Elle n'est pas timide, mais elle sait que faire semblant de l'être lui permet d'attirer l'attention. Elle agite ses doigts en guise de bonjour.

— Quel âge as-tu, Gina ? demande Josie.

Elle lève quatre doigts avant de saisir mes jambes. Je peux sentir sa peau collante contre la mienne.

— Waouh, autant que ça ?

Josie se tourne vers moi.

— Le temps passe vite

Je hoche la tête.

— Tu devrais venir plus souvent, Em, dit-elle. Tu me manques.

— Tu me manques aussi, dis-je en pensant à Josie et à ce qu'elle a vécu.

Hugh l'a trompée, elle, sa femme, autant qu'il nous a tous dupés. Je sais qu'elle se sent toujours responsable de ses actes, mais elle ne l'est pas, et elle sera toujours ma meilleure amie, ainsi que l'une des rares personnes au monde qui comprend ce qu'Aiden et moi avons traversé.

Lorsque Josie se penche pour ébouriffer les cheveux de Gina, mon instinct me hurle d'éloigner ma fille, même si j'ai confiance en Josie. Je dois déployer des trésors de volonté pour réprimer ce réflexe. J'ai encore du mal à laisser les gens toucher mes enfants.

— On se voit là-bas, dit-elle en souriant tristement et en faisant quelques pas en arrière.

Elle a senti mon incertitude, ce qui signifie que je ne cache pas bien mon malaise.

Peut-être que je n'y arriverai jamais. C'est une partie de moi que je devrai peut-être accepter à l'avenir. *Ils sont en sécurité maintenant,* me dis-je en installant Gina dans son siège auto. *Personne ne leur fera plus jamais de mal.* Au moins, maintenant je sais ce que je suis capable de faire pour les protéger. C'est un réconfort pour moi de savoir que je suis prête à tuer quiconque essaierait de faire du mal à mes enfants. Après tout, je l'ai déjà fait.

Aiden se glisse docilement sur le siège passager, comme il avait l'habitude de le faire pendant sa période mutique. Je ne peux pas m'empêcher de repenser à cette époque. C'est ce village, ces bois. Cet air. J'inspire le passé, j'expire le futur, mon esprit est obsédé par les deux, mais me prive du présent.

Une à une, les voitures quittent le petit parking. Je me retrouve à vérifier le rétroviseur dès que j'arrive sur la route. Il n'y a personne autour, nous ne sommes pas suivis par des photographes. La destruction du bunker sera rapportée dans les médias, mais nous avons été fermes : nous voulions que ce soit un moment privé pour les personnes directement affectées par ce que Hugh avait fait à mon fils. Si l'histoire est publique, la douleur est privée et doit le rester.

Le Blue Stoops n'est pas aussi désert que les routes. C'est mardi midi et il y a du soleil, ce qui signifie que les gens sont venus boire quelques pintes dans le *beer garden* et manger un burger avant de retourner au travail. Je tamponne mon front en sueur avec un mouchoir en papier avant de sortir de la voiture.

— Vous avez faim ? On peut manger sur place si vous voulez, suggéré-je d'un ton qui se veut enjoué.

Je déteste qu'ils voient leur mère si grave tout le temps.

— Des nuggies, s'écrie Gina.

Aiden sourit.

— On dit des *nuggets*, Ginny.

Elle met son doigt sur ses lèvres d'un air théâtral.

— Suffit, Denny.

Tout en secouant la tête devant mes deux enfants impossibles, je détache ma ceinture de sécurité et me dirige vers le siège auto pour récupérer Gina, mais Aiden me devance.

— Ay-den.

— Denny.

— Ay-den.

— Elle sait très bien le prononcer, quand elle veut, dis-je.

Quand Aiden la sort de la voiture, je la chatouille et elle crie.

— Elle fait ça juste pour t'énerver.

Je pose une main sur l'épaule d'Aiden et son corps se fige. Je l'enlève rapidement et il laisse échapper un petit soupir.

Les bons jours, il ne recule pas devant le contact physique. Mais ce n'est pas un bon jour aujourd'hui.

— Désolée.

Je prends la main de Gina dans la mienne et j'essaie de chasser la gêne.

Le petit groupe m'attend avant d'entrer, et cette fois je me souviens de ralentir pour marcher au niveau de Rob. Il est un peu essoufflé en montant les marches de l'entrée et ça me fait mal au cœur. Nous lui devons tout. Il nous a sauvé la vie.

Stevenson hésite au bas des marches. Je l'avais presque oublié jusqu'à ce qu'il s'éclaircisse la gorge.

— Vous pouvez me le dire si vous préférez rester en famille.

Il enfonce ses mains dans les poches de son pantalon et hausse les épaules.

Silencieusement, tous les visages se tournent vers lui, à l'arrière du groupe. Je brise le silence en me penchant vers lui et en posant une main sur le haut de son bras.

— Non. Vous avez besoin d'un verre autant que nous.

Même si c'est Aiden qui nous a menés au bunker de Hugh, c'est l'inspecteur-chef Stevenson qui m'y a retrouvée et m'a sauvé la vie ainsi que celle de Gina. Sans lui, elle n'aurait peut-être jamais vu le jour.

— Vous avez raison, dit-il, et son expression renfrognée se transforme en un sourire plus naturel. Quelle journée !

Peter, le père de Rob, tient la porte à tout le monde. Nous entrons dans le pub, appréciant sa fraîcheur qui contraste avec le soleil brûlant à l'extérieur. Il propose ensuite de payer une tournée lorsque nous arrivons au bar. Je commande à Gina des nuggets de poulet et des sandwichs pour Aiden et moi, même si je n'ai pas faim. Peter, Stevenson et Rob commandent tous une pinte et Rob fait une blague sur le fait d'être ivre et d'avoir une canne, ce qui nous fait rire doucement.

Le temps de trouver une table dans un coin du pub, je commence à me détendre. Quand les plats arrivent, je suis presque détendue. Ce n'est pas l'effet de l'alcool; je ne bois pas, car je conduis. Alors que la tension quitte mon corps, je réalise que je suis affamée et je me jette sur mon déjeuner.

— Pourquoi ne pas laisser votre voiture ici ? propose Peter à Stevenson. Sonya a la sienne et peut vous déposer.

— Merci, mais ça ira. Je ne prendrai qu'un verre, répond-il. York n'est pas sur votre chemin.

Pendant que la conversation se poursuit, je remarque qu'Aiden ne mange pas beaucoup. Il voit que je le regarde et sourit.

— Tout va bien, maman. Je n'ai simplement pas faim.

— Tu me dis si tu veux partir, dis-je, un peu trop fermement.

— Promis.

Il me tapote légèrement la main.

— Excusez-moi.

Nous levons les yeux de notre table pour voir une jeune femme d'une vingtaine d'années, debout à côté de nous, les mains derrière le dos, le visage rouge, nerveuse.

— Désolée, je ne voulais pas vous interrompre, mais êtes-vous Aiden Price ?

Je suis immédiatement en alerte. J'entends un bruissement à côté de moi. Rob se tourne à son tour vers la fille mystérieuse.

— Oui, dit Aiden en souriant.

— Je... Je suis une de vos fans, dit la fille en rougissant.

Elle passe rapidement le dos de sa main sur son front. Elle est jolie, avec des taches de rousseur et des cheveux naturellement dorés.

— Je peux prendre un selfie avec vous ?

Aiden contracte la mâchoire. Il se lève néanmoins et sourit.

— Tu n'es pas obligé, dis-je, voulant éloigner cette fille de mon enfant.

Le souvenir de mon fils dans sa chambre d'hôpital me revient en mémoire. La première rencontre avec le médecin, et le son misérable quand il m'a parlé des blessures d'Aiden et que j'ai vomi mes tripes. La première fois que j'ai vu les yeux marron d'Aiden me regarder fixement quand il est rentré à la maison, si petit pour son âge. Mon cœur s'accélère à nouveau.

— C'est d'accord, dit Aiden avant de déglutir nerveusement.

— Merci beaucoup !

La fille prend son portable et se rapproche un peu trop de mon fils. C'est gênant. Heureusement, elle ne passe pas le bras autour de sa taille. Je regarde l'expression douloureuse sur le visage de mon fils avec un sentiment de désespoir. C'est sa vie et il n'y a rien que je puisse faire pour y remédier.

Cela ne dure qu'un instant et la fille s'en retourne d'où elle vient, mais cet incident attire l'attention sur nous, car une deuxième personne s'approche. Une femme d'environ mon âge cette fois, peut-être un peu plus âgée, qui lui demande un autographe sur un dessous de verre. Aiden sourit poliment en le signant. Je les regarde tous les deux, mon corps toujours crispé. Quand cela s'arrêtera-t-il ?

— Je peux aussi avoir une photo rapide ? demande-t-elle.

— D'accord.

Il me regarde, l'air perdu, accablé.

— Nous essayons de… commencé-je.

— Maman, c'est bon, dit-il en prenant la photo avec le téléphone de la femme.

Cela arrive plus souvent que je ne le voudrais. C'est devenu la norme, et je ne peux rien y faire. Je n'arriverai jamais à me faire à son statut de célébrité, et je n'arrête pas de penser que ça pourrait devenir dangereux si je n'arrive pas à le contrôler.

Chapitre 2

LA CHAPELLE

Le vent a encore fait sauter les planches de la fenêtre. Je vais devoir en remettre. Je trouve des clous en fouillant dans la boîte à outils. J'en place un entre mes dents tout en maintenant le morceau de bois en place. C'est du MDF solide que j'ai trouvé dans une poubelle. Assez lourd pour que mes bras me lancent tandis que je le maintiens en place. La nuit, je me faufile dans les rues du village, comme un rat tapi dans l'ombre. Parfois, j'éteins mes phares, pour que personne ne remarque ma présence. Si l'on me demandait pourquoi, je ne saurais pas répondre. Ça n'a pas d'importance qu'ils me voient, je ne le veux simplement pas.

Lorsque la planche glisse sous mes doigts, je mords instinctivement dans le clou et j'émets un juron. Mes dents me lancent. Je me suis coupé la lèvre. La douleur renforce ma détermination. Je presse mon épaule contre la planche, enfonçant le clou aussi fort que possible. Le deuxième soutient suffisamment la planche pour me permettre d'en introduire un troisième. Puis un quatrième.

Il fait chaud aujourd'hui, et mes vêtements sont trempés jusqu'aux os lorsque je termine enfin. Un jour comme celui-ci, les douches et les ventilateurs électriques me manquent. Mais je m'adapte en enlevant mon haut et en travaillant en sous-vêtements. Ensuite, je déplace le matelas sous le trou dans le toit, je m'allonge et je laisse la brise fraîche refroidir ma peau brûlante.

C'est un endroit solitaire, mais je m'en fiche. Quand je parle, ce qui est rare, ma voix résonne dans les chevrons. Ça fait peur aux araignées qui retournent dans leur coin. Mais peu importe.

C'était une chapelle autrefois, avant que la nature ne la recouvre. Maintenant qu'elle est abandonnée, je suis la chose maléfique qui se cache dans cet endroit autrefois saint. Mais je… m'en… fiche.

Une riche famille qui vivait près d'ici a construit cette chapelle privée sur ses terres boisées. Elle est tombée en ruine après la vente de leurs propriétés, tout comme un vieux manoir qui a été démoli pour faire place à une nouvelle route. Maintenant, leur vieille chapelle est hantée. Je suis la chose qui se cache dans l'ombre.

Il n'est pas possible d'avoir de la fraîcheur un jour comme aujourd'hui. Les vents violents qui ont soufflé la fenêtre à l'avant du bâtiment ont cessé, et j'ai toujours aussi chaud qu'avant. En temps normal, je n'aurais pas pris la peine d'installer ces planches, mais je ne voulais pas que des curieux s'aventurent dans le coin et me voient ici. Les fenêtres condamnées leur indiquent de poursuivre leur chemin. *Laissez le fantôme tranquille ou vous risquez de le regretter.*

Ma lèvre me pique un peu. J'ai le goût du sang au bout de la langue. Je m'assois sur le vieux matelas et m'étire, sentant la douleur au plus profond de mes os.

En sortant de la chapelle, je me dirige vers le potager que je cultive. Laitues, fraises, tomates. Les tomates sont les plus difficiles à faire pousser, parce que je dois acheter de l'engrais, et je n'aime pas m'aventurer dehors. Je n'aime pas le bruit ni les visages.

J'ai la joie de trouver un écureuil dans mon piège aujourd'hui. Je sors la bête et la ramène à la chapelle. J'ai un couteau et du bois pour faire du feu, mais je devrai attendre la tombée de la nuit pour ça. La dernière chose dont j'ai besoin, c'est qu'un fouineur aperçoive la fumée et appelle les secours.

Je ne veux pas attirer l'attention sur moi. C'est le moment où je me recroqueville et où je réfléchis. J'ai des tâches à accomplir avant de mettre mon plan à exécution.

Je pose l'écureuil sur l'un des vieux bancs avec les légumes, qu'il me faudra laver. Heureusement, les comprimés de purification m'aident bien en l'absence d'eau courante. Avant tout, je m'agenouille près du matelas et récupère une boîte en fer blanc près de l'ancien autel. Elle grince quand je soulève son couvercle. Parfait. Il est toujours là : le reste de mes économies, retiré à la banque avant de venir me terrer ici.

Malgré tous mes efforts, je ne peux pas vivre totalement en marge de la société. J'ai toujours besoin de cet argent, car il est essentiel pour ce que j'ai l'intention de faire ensuite.

Avec un soupir, je me rassieds sur le matelas et repousse le couvercle de la boîte en me demandant si ce que je veux faire en vaut la peine. Je fixe le vitrail fissuré au-dessus de l'autel. Je ne sais pas vraiment qui il représente, mais ça pourrait bien être Marie. Je me souviens d'avoir appris l'histoire de la nativité. À l'époque où je me cachais derrière des masques. Où je cachais mes sentiments au fond de moi, là où personne ne pouvait m'atteindre. Marie était cette femme dont le destin était d'apporter le bien sur Terre. Elle est toujours l'idéal féminin, la mère vierge, celle qu'on voudrait que toutes les femmes soient. Un réceptacle attendant d'être rempli dans un but précis.

Et je suis qui je suis. Une coquille vide.

Solitaire.

Mais ça n'a pas d'importance, car j'ai du pain sur la planche.

Chapitre 3

EMMA

Quand je dis que je vais bien, je mens. Je dis juste ce que les gens veulent entendre. Votre interlocuteur ne cherche pas à connaître la vérité en vous demandant comment vous allez. Les gens font semblant de prendre de vos nouvelles, de se soucier de vous, alors que ce n'est pas le cas. Le mot *bien* fait partie de la chorégraphie que nous exécutons les uns avec les autres. Je ne vais pas bien, mais je vais *mieux*.

C'est un processus lent qui vient de moi-même et qui s'étend à ma famille. Chaque nuit, le cauchemar s'estompe un peu plus. Le visage de Jake s'efface comme un proche insignifiant et mal-aimé. Le cadavre de Hugh est obscurci par le temps. Les images mentales s'éloignent lentement.

Mais j'ignore si je guéris ou si j'oublie simplement les détails avec le temps.

Ce que je sais, c'est que nous avons trouvé la paix ici. Nous ne vivons plus à Bishoptown-sur-Ouse, mais dans un trois-pièces dans la banlieue de Manchester, avec vue sur un parc. L'argument de vente pour moi a été le garage que nous ouvrons pour profiter du soleil de l'après-midi. C'est un bon endroit pour peindre.

Une fois les procès terminés et le verdict tombé – légitime défense –, j'ai hérité de la maison de Jake en tant que veuve. Mais je l'ai immédiatement vendue afin de racheter le cottage de mes parents. Peu importe ce que je ressens pour Bishoptown, je sais que je ne pourrai jamais vraiment tourner la page.

Dans notre appartement de Manchester, nous nous réveillons, mangeons ensemble et faisons les courses. Je passe une grande partie de la journée à emmener Aiden à ses rendez-vous, car il n'a pas encore appris à conduire. Aiden a toujours des séances hebdomadaires de thérapie, d'orthophonie et de kinésithérapie. Il a également des check-up réguliers. J'ai un calendrier où ils sont tous notés. Quand nous n'allons pas aux rendez-vous d'Aiden, nous lisons et apprenons ensemble. Aiden a manqué dix années d'école, mais il est brillant et désireux d'apprendre.

Bien que je déteste l'admettre – je dois m'y résoudre, car c'est un fait – pendant qu'Aiden était dans le bunker, Hugh lui a acheté des livres. C'est Hugh qui l'a aidé à progresser dans la lecture et l'écriture. Il lui a offert des livres d'histoire, des cartes du monde, parfois des manuels de sciences. Si Aiden a perdu beaucoup, beaucoup de choses dans ce bunker, il n'a jamais perdu son désir d'en savoir plus sur le monde.

Il est encore tôt en ce samedi matin, et Gina et Aiden dorment toujours. J'ai les mains serrées autour d'une tasse de café, bien que la journée soit déjà assez chaude pour que je n'aie pas besoin de la tenir si près. J'aime juste le réconfort que ça me procure.

Le temps que je finisse ma tasse, Gina entre dans la cuisine, les yeux collés, dans son pyjama d'enfant. Elle tient Walnut le Dragon, un cadeau d'Aiden.

— Maman, j'ai eu un autre accident, dit-elle en se frottant les yeux.

En effet, l'entrejambe du pyjama est plus foncé.

— Ce n'est pas grave, mon cœur.

J'écarte une mèche de cheveux de son visage et je la pince doucement sur la partie de son ventre qui la fait habituellement couiner. Aujourd'hui, elle s'éloigne de moi en silence. J'ai beau essayer de faire en sorte qu'elle n'ait pas honte lorsqu'elle fait pipi au lit, les enfants sentent toujours qu'ils ont fait quelque chose de mal.

— Où est Denny ? demande-t-elle, alors que je commence à la déshabiller pour le bain.

— Il dort toujours.

— Je peux le réveiller ? demande-t-elle.

— Non, ma chérie. Tu sais qu'on en a parlé.

— Denny n'aime pas que je saute sur le lit.

Il n'aime pas ça, en effet. J'aimerais que ce soit pour une raison normale de jeune homme, et non parce que le fait d'être réveillé brusquement le sort de ses cauchemars.

Il ne faut pas longtemps pour que Gina soit lavée, séchée et habillée. C'est une enfant détendue qui a tendance à suivre le courant plutôt que de se battre contre moi à chaque instant, et en ce sens, elle est bien différente d'Aiden. Pendant que je mets ses draps dans la machine à laver, Aiden descend les escaliers.

— Denny ! s'écrie Gina.

Je lève les yeux vers mon fils. C'est ma routine du matin. J'ai besoin de savoir si Aiden a bien dormi pour savoir comment me comporter avec lui. S'il a des cernes et semble crispé, je dois m'assurer que Gina lui laisse de l'espace. S'il n'a pas les poings serrés et n'a pas de cernes, alors il est prêt à discuter au saut du lit. Aujourd'hui, il est tendu.

— Mange ton petit déjeuner, Ginny, avant qu'il ne refroidisse.

Obéissante, elle plonge une mouillette dans l'œuf et l'engouffre, étalant le jaune autour de sa bouche. La nourriture fonctionne toujours pour la distraire.

Aiden s'assied à table et regarde silencieusement par la fenêtre. Ce type de comportement ne m'inquiète plus autant qu'avant – je sais qu'il se replie sur lui-même lorsqu'il se sent dépassé. Cela ne fait que quatre jours que le bunker a été détruit et il est encore en train de se remettre de ce changement.

— Qu'est-ce que tu veux pour le petit déjeuner ? demandé-je calmement.

— Je peux avoir un verre d'eau, s'il te plaît ?

— Tu peux aller le chercher, tu te souviens ? lui rappelé-je.

Il acquiesce, et je sens qu'une partie de lui revient. Parfois, il a besoin qu'on lui rappelle qu'il peut faire les choses par lui-même. Un geste simple comme aller chercher de l'eau ou préparer un repas est important pour lui. Je lui ai aussi appris à cuisiner, car il ne m'a jamais vue aux fourneaux durant son adolescence.

— Tu t'es décidée pour l'école ? demande-t-il.

Pendant un instant, je ne suis pas certaine de bien comprendre. Je suis surprise de l'entendre engager la conversation de lui-même. Puis je réalise qu'il veut parler de Gina.

— Je pense que c'est préférable de scolariser Gina à la maison.

Aiden ouvre le robinet et l'eau jaillit. Comme il me tourne le dos, je ne peux pas voir l'expression de son visage, mais je sais qu'il doit être contrarié. Nous avons déjà eu cette discussion. Aiden pense que Gina devrait aller à l'école. Il ne veut pas que son enlèvement soit responsable du fait qu'elle n'ait pas une vie normale. Mais je ne peux pas supporter l'idée qu'elle soit loin de moi. C'est une institutrice qui a livré mon fils à un pédophile. Amy Perry, une des personnes en qui j'avais le plus confiance au monde, a appelé son petit ami pédophile Hugh et lui a dit où kidnapper mon fils, et comment faire passer ça pour une mort accidentelle. Malheureusement, Amy est toujours dans la nature.

Qui sait qui d'autre pourrait vouloir nous faire du mal ? Je ne peux rien contre ce que je ressens à l'égard de la noirceur des gens, et il est possible que je laisse cela s'insinuer dans mon éducation. Gina sait déjà comment appeler la police, car nous avons joué la scène ensemble. Elle n'a jamais l'occasion de parler à des étrangers parce que je suis avec elle tout le temps. Je sais au fond de moi que la plupart des gens sont fondamentalement bons, mais je ne peux m'empêcher de penser aux mauvais, et à ce qu'ils nous ont fait subir, à ma famille et moi. Je garderais Gina loin d'eux pour toujours si je le pouvais, mais je vais peut-être devoir me contenter des quelques années à venir.

Aiden se dirige vers la table avec son verre d'eau.

— Ce n'est pas juste, maman. Elle devrait y aller.

— Aller où ? demande Gina. Au parc ?

— Oui, on peut aller au parc.

Je lui caresse les cheveux et elle sourit.

— Je vais aller peindre.

Aiden écarte son verre d'eau et se lève. Ses poings sont de nouveau serrés. Il est en colère contre moi. Une expression de douleur traverse son visage, une expression qui m'est familière. Je comprends qu'il essaie de garder son sang-froid. C'est une technique sur laquelle il travaille avec sa psychologue, le Dr Anderton, depuis quatre ans.

— Tout va bien ? demandé-je.

Il acquiesce.

— C'est le mieux pour elle, et tu le sais.

Mais en prononçant ces mots, je me demande si je n'essaie pas de me convaincre moi-même. Je regarde Gina. Elle est si *petite*. Je ne peux pas supporter l'idée qu'elle soit loin de moi pendant des heures. Mon cœur se serre, et une faille douloureuse s'ouvre dans mon ventre. Les cicatrices de mon chagrin.

La sonnette de la porte me fait tressaillir. Je suis si proche de Gina que ça la fait aussi sursauter, puis elle rit.

— C'est juste la *sonnette*, maman. Tu es bête.

Ma fille de quatre ans doit me rassurer. Quoi de plus normal ? Je suis toujours époustouflée par l'assurance dont elle fait preuve pour son âge.

— Je vais ouvrir, dis-je en me dépêchant de rattraper Aiden.

Je sais qu'il déteste ouvrir la porte. La conversation n'est pas un domaine dans lequel mon fils excelle, et nous avons un facteur bavard.

J'appuie sur l'interphone. Je constate qu'il s'agit d'un paquet et je fais entrer le livreur dans l'immeuble. Mon cœur bat toujours un peu plus fort dans ces situations. *Qui est-ce que je laisse entrer chez moi ?*

Ce n'est pas le facteur bavard, mais un livreur privé qui a besoin d'une signature pour un lourd colis. Je le ramène dans l'appartement et je vois que le paquet est adressé à Aiden et non à moi.

— Je peux l'ouvrir ? demande-t-il.

— Tu as commandé quelque chose ?

— Non, mais je sais ce que c'est, dit-il.

Je recule pour qu'il puisse arracher le scotch, réalisant ce qu'il veut dire. Il ouvre le carton et plonge la main à l'intérieur. Pendant un bref instant, j'imagine qu'il s'agit d'une bombe ou d'une sorte de poison en suspension dans l'air, jusqu'à ce que je me force à revenir à la réalité. Ce genre de pensées me poursuit depuis que j'ai tué Jake.

Aiden sourit en sortant le premier livre du carton. Je me penche plus près pour avoir une meilleure vue.

— C'est lourd, dit-il en le tenant à deux mains.

Les couleurs vives captent la lumière du couloir, faisant ressortir la couverture brillante.

— Mets-le sur la table pour que Ginny puisse le voir, suggéré-je.

Il s'exécute, mais elle est plus intéressée par ses œufs.

— Ton premier livre, dis-je à Aiden en osant lui frotter l'épaule.

Il acquiesce et ouvre un exemplaire, le feuilletant pour en vérifier la qualité.

Depuis qu'Aiden s'est échappé du bunker, il s'est remis à la peinture. Nous peignons souvent ensemble. Je me débrouille et j'adore peindre, mais je ne possède pas le talent d'Aiden. Avec son statut de « célébrité » après l'épisode du bunker, mon fils a trouvé un agent et vendu quelques tableaux. Depuis, un éditeur l'a contacté pour lui demander s'il souhaitait sortir un livre avec ses œuvres. Ce sont les copies préliminaires.

Les pages sont épaisses et lisses. Ses œuvres d'art les recouvrent de tourbillons et de formes géométriques marquées. Beaucoup de couleurs primaires mélangées à une esthétique plus sombre, plus lugubre. Ce sont ses interprétations du bunker. J'aime penser que ses œuvres plus légères et plus claires sont des interprétations de nous, sa famille. Mais Aiden n'explique jamais ses créations. Il les livre au monde et les autres y voient le sens qu'ils veulent. Les critiques, bonnes ou mauvaises, ne l'affectent pas le moins du monde.

— Je dois te dire quelque chose, maman, dit Aiden en levant la tête du livre.

— Quoi donc ?

Ma peau se glace alors qu'une panique irrépressible s'empare de mon cœur. Ce ne sont pas des mots que j'entends souvent de la part de mon fils.

— Mon agent a appelé hier. Elle veut que je participe à une émission de télé pour parler du livre.

Je manque de rire aux éclats.

— Une émission de télé ?

— Oui, dit-il.

Tu n'es pas un grand bavard, Aiden, ai-je envie de répondre, mais je ne le fais pas parce que je ne veux pas le décourager.

— Je veux le faire, dit-il. Ça devrait m'aider à vendre quelques exemplaires.

Je m'assois sur la chaise à côté de lui.

— Ils vont te poser des questions sur le bunker.

— Je sais, dit-il.

— Qu'est-ce que ça te fait ?

Il hausse les épaules.

— Je suppose que je le saurai quand j'y serai.

— Ce sera en direct ?

— Je ne pense pas. Mais il y aura un public. Ils ont suggéré que tu y participes aussi.

L'idée de parler de ce que nous avons traversé en tant que famille me donne la nausée. Je ressens soudain le besoin de m'activer. Je me lève et vais pour débarrasser l'assiette de Gina.

— Un œuf ! crie-t-elle.

— Je ne sais pas, réponds-je en faisant du bruit avec les assiettes, raclant les coquilles d'œufs pour les mettre à la poubelle. Je ne suis pas sûre que ce soit une bonne idée.

Du coin de l'œil, je remarque que les doigts d'Aiden se crispent autour de la couverture rigide de son livre.

— Qu'est-ce qui n'est pas une bonne idée ? Que j'avance dans la vie ?

— Ce n'est pas avancer. C'est ressasser le passé devant un public.

J'arrête d'empiler les assiettes du petit déjeuner et je soupire.

— Je suis inquiète... J'ai peur qu'ils essaient de profiter de toi. Ils risquent de vouloir te pousser à parler du bunker plutôt que de promouvoir ton livre.

— Je peux prendre soin de moi, dit-il.

Il me lance un regard de défi, un regard que je n'ai jamais vu chez lui avant. Un regard qui me surprend et me fait réaliser que je ne gagnerai pas cette dispute.

Toute cette situation me remplit d'effroi. Je ne peux pas supporter l'idée de laisser le monde extérieur revenir dans nos vies après avoir travaillé si dur pour l'exclure.

— Je peux le faire, dit-il.

Peut-être qu'il le peut, mais je ne suis pas sûre d'en être capable.

Chapitre 4

AIDEN

Nous nous rendons chez mon père tous les dimanches pour un repas de famille. Le B&B de grand-mère et grand-père est bondé : il y a grand-mère et grand-père, bien sûr, papa, qui vit avec eux, et puis maman, Ginny et moi. Nous nous entassons dans le salon et chacun hausse toujours plus le ton pour se faire entendre. C'est tellement bruyant que je redoute généralement le dimanche. Mais quand nous n'y allons pas, ça me manque. Je ne comprends pas comment ça marche, mais peut-être que je ne devrais pas trop me questionner sur ce que je ressens.

Il a fallu un certain temps pour que grand-mère cesse de s'agiter autant, mais elle comprend maintenant que je ne veux que de l'eau et un repas léger. Je suis presque sûr qu'elle pense que je suis malade et que je risque de tomber raide mort à tout moment. Elle vérifie que maman me force bien à mettre de la crème solaire et des lunettes de soleil si besoin, que je suis ma kinésithérapie, que je prends suffisamment de calcium. Parfois, je la vois me regarder en plissant les yeux. Je pense qu'elle m'évalue, pour déterminer si j'ai pris ou perdu du poids, ou si j'ai des cernes.

C'est épuisant, mais maman dit que c'est ça l'amour. L'envie incessante de remédier à ce qui rend un être cher triste.

Je ne pense pas être malade, pas vraiment, mais j'ai passé beaucoup de temps à essayer de comprendre ce que je suis.

La nuit, dans mon lit confortable, mon esprit vagabonde jusqu'à lui. Hugh.

Les barreaux assombrissent son visage.

— Je t'ai apporté des livres, dit-il en les glissant dans la cage d'acier.

Ce sont des manuels scolaires sur les maths, les sciences, la nature.

Au début, je pensais qu'on déploierait les moyens nécessaires pour me retrouver, avec un important groupe de recherche qui ne s'arrêterait pas avant de m'avoir retrouvé. Mais au bout de quelques années, je me suis rendu compte qu'on ne me sauverait jamais. Quand j'ai eu douze ans, j'ai commencé à me demander comment Hugh arrivait à gérer tout le côté pratique de la chose. Personne n'avait jamais remarqué qu'il achetait des choses pour moi ? Sa femme n'avait pas vu ses relevés bancaires ? Ses reçus ? Vêtements. Nourriture. Papier toilette. Même un nouveau matelas à l'occasion. De quoi assurer la maintenance du bunker, avec de nouvelles pompes à air et des générateurs. Des pièges à rats et des lampes électriques.

Bien que j'aie souvent essayé d'expliquer ce que je ressentais à ma thérapeute, le Dr Anderton, je ne pense pas qu'elle ait compris que cette étrangeté était normale pour moi. Hugh et moi avions des conversations tout à fait quelconques l'un avec l'autre. Je demandais des nouvelles de mes parents, de ce qu'ils faisaient. De ce qui se passait au village.

— Ta mère va se marier, m'a-t-il dit une fois. Avec un professeur de l'école secondaire. Jake Hewitt. Il est riche, apparemment.

Il s'est arrêté avant de croquer à nouveau dans une pomme.

— Je l'aime bien.

Puis, plusieurs mois plus tard, il a sorti son téléphone de sa poche et l'a rapproché de moi.

— C'était le mariage ce week-end. Belle journée. Elle portait une longue robe blanche. Je crois qu'il y avait de la dentelle dessus. Laisse-moi te montrer les photos.

Il a fait glisser son doigt sur l'écran, révélant photo après photo. Ma mère rayonnait de joie. Il y avait un homme plus âgé que je ne connaissais pas à ses côtés. Jake.

— Ils ont fait un lâcher de ballons à ta mémoire.

J'avais l'impression d'être un fantôme à ce moment-là. Un ballon blanc flottant dans le ciel, en apesanteur. À l'époque, l'idée était réconfortante, mais maintenant elle me terrifie. Et si, malgré les déjeuners du dimanche chez grand-mère, je n'arrivais jamais à me rattacher au monde réel ? Je ne suis peut-être pas mort comme Jake, mais il est possible d'être mort à l'intérieur, et peut-être que c'est du pareil au même.

Le trajet en voiture est assez calme, car Gina a un de ces ordinateurs-jouets pour enfants. Maman nous achète des cadeaux chers de temps en temps, comme de quoi peindre et mon ordinateur portable. Elle le reconnaît rarement, mais nous vivons essentiellement de l'héritage substantiel de Jake.

Ginny me voit la regarder dans le rétroviseur, fronce le nez et tire la langue. Maman tire la langue en retour et ricane. Un petit rire cherche à s'échapper de ma gorge, mais je ne le laisse pas sortir. Même dans cette voiture avec une famille heureuse, mon esprit a tendance à dériver vers le passé.

Le pire est-il derrière moi ? Je ne sais pas.

Je pense que les pires moments surviennent dans mes cauchemars, parce que lorsqu'ils se produisaient pour de vrai, j'étais ailleurs.

Je devrais être reconnaissant d'être libre, mais en vérité, je n'ai pas l'impression de l'être. Et c'est à cause de sa douleur. Je jette un coup d'œil à maman qui se concentre sur la route. Je ne lui reproche pas ce qu'elle ressent. Si j'étais père, ce qui est inimaginable, et que quelqu'un comme Hugh faisait du mal à mon enfant, ne voudrais-je pas le protéger contre le monde entier ? Pourrais-je jurer, la main sur le cœur, que j'agirais différemment ?

C'est une chose à laquelle je pense beaucoup quand je suis en colère contre elle. Parce qu'il y a des moments où je regarde son visage et tout ce que je vois, ce sont les photos joyeuses avec le doigt pâle de Hugh qui les parcourt. Elle était plus heureuse quand je n'étais pas là. Je le pense souvent. Encore et encore jusqu'à ce que ça fasse mal. *Elle était plus heureuse quand je n'étais pas là.* Mais ce n'est pas vrai, n'est-ce pas ? Quand je suis seul avec papa, il me parle de Jake et de la façon dont il contrôlait tout.

— Les accros au contrôle sont toxiques, dit-il.

Mais c'est un peu déroutant, parce que je trouve que maman me contrôle un peu.

Je prends une profonde inspiration alors que nous nous engageons dans la rue où vit papa. Il nous a aidés en témoignant au procès, mais le box de stockage de Jake a parlé de lui-même. Maman a été acquittée pour s'être défendue contre son mari violent, et mon crime a été considéré comme de la légitime défense contre mon kidnappeur. Nous avions la compassion de notre côté. Maman a fait ce qu'elle devait faire pour sauver son enfant. Mais je me souviens encore du sang sur sa bouche, de son regard sauvage. Cette personne conduisant calmement est-elle vraiment la même qui a mordu le bras d'un homme ? Le monde me semble étrange. Je ne sais pas comment le rendre plus familier quand rien n'a de sens.

Ce que je sais, c'est que le monde a pitié de moi. J'ai encore sur mon téléphone des messages de personnes célèbres et des lettres de politiciens me disant à quel point je suis une source d'inspiration.

Je ne vois pas en quoi je les inspire.

C'est pour ça que je suis content de pouvoir parler à Faith. Elle n'est pas ce que maman appelle une « lèche-bottes ». C'est quelqu'un qui m'écoute et me donne de vrais conseils. Elle a été honnête quand elle a dit que je ne devrais pas toujours écouter ma mère parce qu'être une mère ne vous donne pas raison. Elle m'a encouragé à trouver un agent et à vendre mes œuvres d'art. Elle dit que je devrais sortir davantage, et elle a peut-être raison. J'ai passé une grande partie de ma vie enfermé, loin du monde.

Papa rôde dans l'embrasure de la porte du B&B quand nous arrivons. Hugh ne m'a jamais montré de photos de papa quand j'étais enfermé. Revoir mon père a été la plus grande surprise pour moi. J'avais oublié son visage. Depuis, il a encore changé physiquement. Son état s'est dégradé quand il a été blessé en essayant de nous défendre contre Jake. Faith me dit aussi de ne pas me sentir coupable pour ça, car c'est ce que tout père ferait pour son enfant.

Avant d'ouvrir la porte de la voiture, je procède à une introspection pour voir si mon esprit compte se rendre dans cet endroit silencieux où il se terre parfois. Si je le remarque avant que ça ne se produise, je peux généralement l'empêcher. Mais aujourd'hui, je pense encore à la livraison de livres et à la promesse d'un avenir. Mon estomac palpite d'une énergie anxieuse, mais dépourvue d'obscurité.

— Salut, mon grand.

Plutôt que de me serrer dans ses bras, papa lève la main et me fait un *high five*. J'ai vingt ans maintenant et je sais que ce petit jeu a duré trop longtemps, mais c'est mieux que d'être plaqué contre quelqu'un, même mon père.

— Ça va ? demande-t-il.

— Oui.

— Tant mieux, dit-il, l'air gêné. Et toi, Em ?

Maman se force à arborer un sourire crispé. Elle affiche souvent cette expression depuis que je lui ai parlé de l'émission de télé.

— Bob ! crie Gina en le pointant du doigt.

— Bonjour, Ginny chérie.

Elle le frappe à la jambe.

— Non, Bob. C'est Giii-naa.

D'accord, je l'admets, elle me fait rire. Papa sourit.

Maman se tient fièrement derrière ma sœur.

— Tu sais comment prononcer Rob, Ginny

— Oh, je le sais bien, répond papa. Entrez. Maman a préparé des *Yorkshire puddings*.

— Je vais tout manger, annonce Gina à la cantonade.

Maman l'installe sur le canapé avec son ordinateur-jouet pendant que je m'assois maladroitement dans le fauteuil et vérifie mes messages Instagram pour voir si Faith m'a écrit aujourd'hui. Elle m'a envoyé un smiley ce matin.

La pièce est lumineuse, le soleil de fin d'été filtrant à travers les fenêtres. Elles sont toutes ouvertes, mais il n'y a pas beaucoup d'air, et ce côté étouffant me fait penser au bunker. Même si je n'en ai pas envie, j'imagine l'ampoule nue attirant les papillons de nuit et projetant des ombres sur les murs en béton.

Gina a besoin d'aide avec l'un de ses jeux, et je me force à être patient et à lui montrer les boutons sur lesquels elle doit appuyer. J'ai eu du mal avec l'informatique, mais je commence à m'y faire et j'ai même mon propre compte Instagram pour mes créations, ce qui contrarie maman.

Les adultes – je me considère toujours comme un enfant, c'est plus fort que moi – gravitent tout autour en faisant la conversation et en mettant la table. Grand-père prend Gina dans ses bras et lui fait faire l'avion dans le salon pendant un petit moment. C'est un moment heureux en famille.

— Tu viens à table, Aiden ? demande maman.

Je n'avais pas remarqué que je m'éloignais. Le temps que je revienne, grand-mère apporte les légumes à table.

Les traits de maman sont tirés. Je sais qu'elle s'inquiète pour moi. Je me lève rapidement et me précipite vers la table au fond du salon. Elle se trouve à côté d'une baie vitrée qui offre une vue sur le jardin. Mon monde est si vaste maintenant.

— Maman dit que ton livre est prêt.

Papa entame la conversation comme d'habitude. Il est doué pour ça.

— Alors comme ça, tu as reçu les épreuves ?

— On t'en a apporté un exemplaire, mais je l'ai laissé dans la voiture, dit maman. Je vais aller le chercher.

— Oh, comme c'est adorable.

Grand-mère joint ses mains.

— Peter, tu as tes lunettes ?

— Oui, je suis prêt.

Maman quitte la table et s'éloigne. Je sens tous les regards dirigés vers moi.

— Mon agent veut que je participe à une émission de télé, dis-je avant de le regretter aussitôt.

La table reste silencieuse pendant un moment. Mon corps savoure ce silence. Jusqu'à ce que je réalise que tous les visages sont tournés vers moi. Ce n'est pas un *bon* silence, c'est un *mauvais* silence.

Papa parle en premier.

— Tu penses que c'est une bonne idée, mon grand ? C'est beaucoup de pression.

— Ce serait une merveilleuse occasion de vendre ton livre, dit prudemment grand-père. Mais ces personnes veulent surtout se vendre elles-mêmes. Elles vont te poser toutes sortes de questions.

J'entends le bruit de la porte qui s'ouvre et se ferme. Maman est de retour.

— Je veux le faire, dis-je.

— Eh bien, dit grand-mère. S'il veut le faire...

— Maman.

Papa lève les sourcils pour la regarder. Il a baissé la voix, signalant que ce n'est pas destiné à mes oreilles.

— Il ne peut pas sérieusement...

— Il ne peut pas sérieusement quoi ? demande maman, un peu essoufflée d'être revenue en vitesse de la voiture.
— Ils sont d'accord avec toi, dis-je. Ils pensent que je ne devrais pas faire l'interview.
— Oh, dit-elle.
Papa laisse échapper un soupir.
— Tu es un adulte, maintenant, Aiden. Tout ce qu'on peut faire, c'est te donner notre avis.
— OK, dis-je. Et ce conseil est de ne pas le faire. Je comprends.
Il y a un autre silence.

Le reste du repas se poursuit sans que le sujet soit plus abordé. Maman fait circuler le livre d'art et tout le monde émet des bruits approbateurs. Grand-mère se met même à pleurer. *Je ne savais pas qu'il avait un tel talent*, dit-elle dans le mouchoir de grand-père.

Maman, papa et grand-mère débarrassent les assiettes pendant que je joue avec Gina dans le salon. Son imagination alimente mon art. Aujourd'hui, je suis un singe, elle est une fée et nous vivons sur la lune. Elle me crie dessus parce que je n'arrive pas à faire le singe correctement, déléguant le rôle à grand-père à la place.

Pendant que grand-père fait semblant de vivre dans un cratère sur la lune, je m'éclipse pour aller aux toilettes. Je n'aime pas annoncer mes allées et venues. Je n'aime pas qu'on me surveille quand je m'éloigne.

C'est en montant les escaliers que j'entends le bruit de voix provenant de la cuisine. Quelqu'un a laissé la porte ouverte, et même s'ils parlent à voix basse, je peux les entendre.

— Je ne dis pas qu'on devrait être ensemble. Mais tu me manques, dit papa. Vous me manquez tous. Je sais que Gina n'est pas de moi, mais... Je la considère comme ma fille.

Quand maman parle, j'imagine son expression, ses yeux larges et brillants. L'émotion prend le dessus.

— C'est trop compliqué. Ce que je ressens pour ce village... c'est... Je ne pense pas que je pourrais y vivre.

— Et j'ai besoin d'être ici, dit Rob. Parce que j'ai besoin de l'aide que mes parents peuvent m'offrir.

— Je sais.

J'imagine maman posant une main sur son bras.

— J'aimerais que les choses soient différentes. Tu sais à quel point je te suis reconnaissante pour ce que tu as fait. Je suis désolée, pour ce que ça vaut. J'ai épousé un homme faible. Si je n'avais pas épousé Jake, tu marcherais sans canne. Je...

— Emma, arrête. Ce n'est pas ta faute.

J'entends maman se racler la gorge. Elle pleure à nouveau.

— Je suis sérieux. Tu n'as rien fait de mal.

Je monte les escaliers jusqu'à la salle de bain pour ne plus l'entendre pleurer. Une fois la porte fermée, je sors mon téléphone de ma poche et tape un message.

MOI : Maman pleure encore.

FAITH : Ce n'est pas ta faute.

MOI : J'aimerais pouvoir changer les choses.

FAITH : Si elle était une bonne mère, elle se ressaisirait.

MOI : Elle ne veut pas que Gina aille à l'école, ou que j'aille à la télé.

FAITH : Ce n'est pas normal. Elle doit vous laisser être vous-mêmes.

FAITH : Je trouve que tu es formidable. J'aimerais juste qu'elle te laisse être toi.

MOI : Moi aussi.

Chapitre 5

EMMA

Je n'arrête pas de me répéter que c'est ce qu'il veut. C'est son choix. Je ne peux pas décider pour lui. Aiden a vingt ans et il a le droit de prendre ses propres décisions.

Mais je ne peux pas nier le poids au creux de mon estomac ni les battements rapides de mon cœur dans ma poitrine. Je serre et desserre les poings, cherchant désespérément à gratter la peau que j'ai abîmée quand Aiden est revenu du bunker.

Tous les trois – Aiden, Gina et moi –, nous arrivons au studio à 6 heures du matin, heure inconcevable, pour avoir le temps d'être maquillés, coiffés, arrangés ; en un mot : transformés. Nous devons ressembler à des versions parfaites de nous-mêmes pour les téléspectateurs. Chaque défaut est amplifié lorsque vous êtes à la télévision. Chaque écart par rapport à la norme est considéré comme le signe que quelque chose cloche. Je n'y avais jamais prêté attention avant d'être propulsée devant un public.

Je suis vêtue d'un tailleur gris avec un chemisier crème. Aiden porte un pantalon chic et une chemise bleu clair. Gina est vêtue de ses leggings et de son t-shirt habituels. Elle a Walnut entre les mains. Je suis presque sûre qu'elle a étalé du crayon sur mon chemisier ce matin. Il y a des chances pour que ça fasse le buzz sur Twitter.

La question de savoir si je participerai à l'interview ou non n'a pas été réglée, pas de mon côté en tout cas. Tant que je suis assise sur une chaise devant les caméras, je ne suis pas aux côtés de Gina, et cette idée est difficile à concevoir pour moi.

Dès notre arrivée, une assistante souriante appelée Becky commence à s'agiter autour de nous, nous indiquant où aller. On nous emmène dans une pièce et on m'assoit devant un miroir pendant qu'une maquilleuse applique de la poudre sur mon visage.

— Maman n'aime pas le maquillage, dit Gina, peu coopérative.

— Ce n'est pas vrai, marmonné-je en laissant échapper un rire anxieux.

— Elle dit qu'elle a la flemme.

La salle éclate de rire et l'une des femmes, Claire, me dit :

— Je n'arrive pas à croire ce que vous avez vécu. Vous battre contre cet homme alors que vous étiez enceinte ?

Elle secoue la tête et se mord la lèvre.

— Vous êtes une guerrière.

— N'importe quelle autre mère aurait fait la même chose.

C'est ma réponse habituelle, mais je le pense. J'en suis convaincue.

Mais Claire secoue la tête.

— On pense toutes qu'on le ferait. On l'espère, en tout cas. Mais je ne suis pas sûre que ce soit vrai. Quoi qu'il en soit, on vous trouve incroyable.

Au moment même où elle le dit, je repense aux micros qu'on m'a tendus. Aux gros titres qui décrétaient que j'étais une mauvaise mère. Aux commentaires qui me reprochaient ma stupidité d'avoir été dupée par ces hommes malintentionnés.

— Merci, dis-je en faisant de mon mieux pour sourire. Ça me touche beaucoup.

Je regarde les maquilleuses qui préparent Aiden.

— Oh, Aiden n'aime pas le contact physique.

— Tout va bien, maman, dit-il.

— On trouve que tu es incroyable, toi aussi, dit-elle à mon fils. Vous êtes tous les deux des guerriers.

Quelques heures plus tard, le public commence à investir le studio tandis que nous restons ensemble au fond. J'aperçois la disposition : deux fauteuils face à un autre. Le fauteuil seul est pour Stacey, la présentatrice, et les deux autres sont pour Aiden et moi. Je ne leur ai pas encore dit que je ferai l'interview, mais je suppose qu'ils ont décidé pour moi.

— Voici les questions, dit Becky en me tendant une liasse de rectangles cartonnés.

— Merci.

Je prends les questions et les parcours rapidement.

— Je peux regarder ?

Aiden tend la main.

— Bien sûr.

Je les lui tends, un peu blessée qu'il ait pensé que je pourrais refuser.

Les questions sont en fait assez basiques. Il y en a, bien sûr, quelques-unes sur son enfermement et son traumatisme. Certaines portent sur mon soutien, ce genre de choses. Ce que je ne veux pas, c'est qu'on l'interroge sur les abus sexuels ou sa fuite. Je ne veux pas qu'il ait à revivre ces moments.

Et j'ai peur que la présentatrice ne glisse ces questions dans la conversation sans prévenir.

Au moins, ce n'est pas en direct.

— Il fait chaud, maman, dit Gina en se tortillant.

Elle est fatiguée et en a assez de traîner sur le plateau.

— Je peux t'emmener à la cantine si tu veux, propose Becky.

— C'est mieux qu'elle reste avec moi, réponds-je. Elle pourrait bien vous rendre folle !

J'essaie de garder un ton léger, mais je suis secrètement terrifiée à l'idée de la perdre de vue.

— Je veux y aller, proteste Gina.

— Plus tard, d'accord ? Sois une gentille sœur pour Denny.

— Oh, elle est adorable.

Becky la regarde longuement.

— J'ai hâte d'avoir des enfants.

En temps normal, je sauterais sur l'occasion de parler de mes enfants, mais le public est en place et Stacey est sur le plateau. Mon cœur refuse de se calmer.

— Comment te sens-tu ?

Je scrute le visage d'Aiden, à la recherche de signes de tension. Est-il plus pâle que d'habitude ou est-ce la lumière ? Cette sueur, est-ce parce qu'il a peur ? Ou est-ce la chaleur ? Ses poings ne sont pas serrés. La légère couche de maquillage cache ses cernes. C'est difficile de savoir ce qu'il pense en général, mais à cet instant précis, je n'en ai vraiment aucune idée.

— Tout va bien, maman.

J'aimerais qu'il ne se contente pas de ces quelques mots, mais c'est le mieux que je peux espérer.

— Alors, je ne vous mets pas la pression, dit Becky, mais ce serait formidable de vous avoir tous les deux pour l'interview. Et, honnêtement, vous seriez probablement beaucoup moins nerveux. Andy, le réalisateur, m'a demandé de voir avec vous si c'était envisageable. Je peux m'occuper de Gina. J'adore les enfants. Si vous voulez, on restera derrière la caméra pour que vous puissiez nous voir.

Mes yeux sont toujours fixés sur mon fils. Si je n'accepte pas, il sera seul face à la caméra. Il devra affronter ces questions tout seul. Si je l'accompagne, je pourrai le protéger.

— Ce serait bien si vous pouviez garder Gina dans mon champ de vision.

— Pas de souci.

Becky nous invite alors à la suivre. Le réalisateur serre la main d'Aiden et nous adresse quelques mots rapides. Stacey me serre dans ses bras et s'accroupit à la hauteur de Gina pour la faire rire avant de s'extasier devant la bravoure d'Aiden. Elle feuillette un exemplaire de son livre d'art, nous raconte comment tout va se passer. Pendant tout ce temps, je suis incapable d'enregistrer quoi que ce soit. Mes cheveux sont bouclés à la perfection, mais je n'arrête pas de les triturer et une coiffeuse doit venir les brosser à nouveau. On me demande d'arrêter de les toucher. On enlève les épingles à cheveux de Stacey et on lui applique un autre pschitt de laque.

Je me tiens aussi près d'Aiden que je l'ose. J'entends sa respiration laborieuse.

— Tu n'es pas obligé de faire ça, lui rappelé-je. C'est seulement une émission de télévision. Si tu veux partir, c'est possible.

— Tout va bien, maman.

— C'est toi qui contrôles tout ça, lui rappelé-je. Tu peux leur demander d'arrêter à tout moment. Regarde-moi, Aiden. Écoute-moi.

Il se tourne.

— C'est toi qui décides. Tu peux tout arrêter si tu veux.

Il hoche la tête, lentement.

J'aurais aimé obtenir une autre réaction, mais au moins je sais qu'il m'écoute.

J'inspire profondément et nous entrons sur le plateau sous les applaudissements. Du coin de l'œil, je vois Gina plaquer ses mains sur ses oreilles, les larmes aux yeux. *Faites que ce soit vite fini.*

— Quel accueil incroyablement chaleureux pour mes invités d'aujourd'hui, dit Stacey, sa bouche maquillée décrivant des mouvements exagérés.

Ses dents blanches et brillantes semblent constamment visibles, même lorsqu'elle ne parle pas. Ça me rappelle Amy Perry lorsqu'elle était passée à la télévision, profitant de ses quinze minutes de gloire, les dents blanchies, des mèches dans les cheveux.

— Aiden et Emma Price, je ne sais même pas par où commencer. Vous êtes tous les deux si forts et si inspirants. La douleur que vous avez subie. Je veux dire, vous Emma, vous avez cru qu'Aiden était mort. Vous avez fait son deuil. Vous avez même signalé son décès. Qu'avez-vous ressenti quand il est revenu ?

Les lumières sont chaudes sur mon visage et le fauteuil est dur contre mon dos. Je ne sais pas quoi faire avec mes jambes. Dois-je les croiser ou les décroiser ? Mon cœur bat si fort que j'entends à peine sa question.

— Au début, j'avais l'impression que c'était irréel, parviens-je enfin à dire. Je ne voulais pas me faire de faux espoirs. J'ai pensé qu'ils avaient fait une erreur, qu'ils s'étaient trompés d'ADN ou quelque chose comme ça. Et puis je suis entrée dans la pièce et quand je l'ai vu, j'ai su que c'était mon fils.

— C'était si instantané que ça ? demande-t-elle en haussant les sourcils, mimant le choc.

— Oui.

— Maman !

La voix de Gina s'élève durant un blanc. Le public rit et émet un concert de petits bruits attendris.

— Oh, votre adorable petite fille est juste là, dit Stacey avec professionnalisme, en faisant signe à Gina. Elle est née la nuit où Aiden vous a emmenée au bunker, si je ne me trompe pas ?

— C'est exact.

— Maman, j'ai faim !

Le public rit à nouveau, mais la situation devient gênante.

— Ce ne sera pas long, Ginny.
— Je vais l'emmener à la cantine, dit Becky.

Cette fois, même si je déteste ça, j'accepte, et Gina place joyeusement sa main dans celle de Becky. Elles s'en vont ensemble, le dragon sous l'aisselle de Becky, et je me retrouve obligée de revenir à Stacey et à ses questions.

— En parlant de résilience, dit Stacey, revenant directement à la charge, Aiden, tu as réussi à transformer cette expérience horrifiante en une expérience positive grâce à l'art. Dis-moi un peu comment tu as réussi à faire ça.

Aiden déglutit et son corps se tend. Il lui faut toujours un moment pour parler.

— Mon art est… une… expérience personnelle, dit-il en butant sur les mots.

Il grince des dents.

— C'est ma façon d'exprimer…

Il lève les mains comme s'il essayait de trouver les mots.

— Tout.

Stacey acquiesce.

— Tu crois que c'est parce que tu avais perdu ta voix après ton évasion ?

— Oui, répond-il.

— Qu'avez-vous ressenti, Emma, quand Aiden ne pouvait pas parler ?

— Je voulais juste entendre sa voix. Plus que tout, je voulais qu'il me dise ce qu'il pensait.

— Ça a été un moment difficile pour vous ? demande-t-elle.

— C'est certain. Mais j'étais si heureuse qu'il soit de retour à la maison.

Stacey écarte les bras à la façon d'Oprah.

— C'est un vrai miracle.

Ce mot suscite un murmure dans le public.

— Mais ça a quand même été émotionnellement difficile pour vous. Vous étiez mariée à un homme qui vous contrôlait, enceinte de votre deuxième enfant…

Un mugissement strident coupe Stacey en pleine question. Son expression enjouée se fige et elle se tourne vers son réalisateur.

— Qu'est-ce qui se passe, Andy ?

— C'est l'alarme incendie, dit-il.

Je ne touche pas souvent Aiden, mais je l'attrape immédiatement, prenant sa main dans la mienne et la tenant fermement. Il y a quelques instants de flottement. Aiden fronce les sourcils en regardant le public. Eux aussi semblent indécis, se tournant vers la sortie, attendant l'instruction de partir. Derrière la caméra, les gens se précipitent en parlant dans leurs casques. Stacey arbore un sourire crispé.

— Je vais voir ce qui se passe, dit-elle.

Sa jupe ondule alors qu'elle se lève et se dirige vers l'un des producteurs.

Finalement, quelqu'un lance :

— Il y a de la fumée. C'est un vrai incendie.

Je tire Aiden de son fauteuil.

— On doit trouver Gina.

CHAPITRE 6

EMMA

Le public se déplace avec une lenteur exaspérante, suivant poliment les ordres de la production. J'ai décidé de ne pas être polie, et de me frayer un chemin à travers la foule, en gardant la main d'Aiden dans la mienne. S'il y a quelque chose de pire pour lui que d'être touché, c'est de se retrouver dans un espace bondé avec des corps pressés contre lui. La meilleure chose que je puisse faire est de le faire sortir de là aussi vite que possible.

Une fois que nous avons quitté le plateau, nous avançons dans un couloir et je vois la fumée par moi-même. Il n'y en a pas beaucoup, mais ma bouche s'assèche tout de même. Il y a un véritable incendie et un de mes enfants est introuvable. Il n'existe rien de plus terrifiant pour une mère.

J'attrape une des maquilleuses qui se précipite dans le couloir.

— Où est la cantine ?
— À l'opposé de la sortie de secours, dit-elle.
— Je dois retrouver ma fille
— C'est au bout du couloir, à droite. Vous ne pouvez pas manquer les doubles portes.

Je hoche brièvement la tête en guise de remerciement et je me dépêche de traverser le flot continu de personnes. Tout le monde n'est pas aussi poli que le public du studio. Beaucoup de membres de l'équipe paniqués, munis de talkies-walkies ou de casques, se précipitent dans le couloir ou dirigent les gens vers la sortie.

Avant que nous n'atteignions les doubles portes, Becky se précipite vers moi. La première chose que je vois est le dragon entre ses mains.

— Où est Gina ?

La vue de ce jouet me fait l'effet d'une lance glacée dans le cœur. *Où est Gina ?*

— Je suis désolée.

Becky me tend Walnut. Son visage est pâle, ses yeux rouges.

J'ai déjà vu cette expression. Le jour de l'inondation. La directrice de l'école d'Aiden était restée dans l'entrée du bâtiment à m'attendre pour m'annoncer la terrible nouvelle.

— Vous l'avez perdue, dis-je.

Il y a un bruit d'écoulement dans mes oreilles, comme de l'eau se déversant rapidement. Mes jambes se transforment en gelée et j'ai la tête qui tourne. J'ai l'impression que je vais m'évanouir. Je me pince fort la cuisse pour revenir à moi, me forçant à me concentrer.

— Je me suis retournée une seconde et elle m'a échappé. C'était vraiment l'espace d'une seconde... Je...   Je vais vous aider à la retrouver.

Nous nous mettons en mouvement.

— Où l'avez-vous vue pour la dernière fois ? demandé-je.

— On est allées à la cantine et je lui ai acheté un cookie. On s'est arrêtées pour le manger, mais elle avait besoin d'aller aux toilettes, alors on est revenues. Gina était juste à côté de moi. Je le jure. Mais je suis tombée sur quelqu'un que je connaissais. Je me suis arrêtée pour parler à mon amie. Gina était juste derrière moi. Et puis...

Becky s'interrompt.

— On était juste là. Quand je me suis retournée, Gina était partie.

Aiden fait un signe de tête vers la porte à côté de l'endroit où Becky dit avoir vu Gina pour la dernière fois.

— Il y a des escaliers par là.

La porte est déjà ouverte, les gens se dirigeant vers la sortie de secours.

— Vous avez descendu les escaliers ? demandé-je.

Becky acquiesce.

— Je suis descendue à l'étage du dessous, mais l'alarme incendie s'est déclenchée et tout le monde a commencé à sortir. J'ai décidé de revenir ici pour vous le dire. Mais j'ai trouvé le dragon. Dans les escaliers.

J'ai envie de crier. J'ai envie de jeter cette fille et son casque dans les escaliers. Je la bouscule et me précipite vers la cage d'escalier.

— Ginny ! Ginny !

Les escaliers grincent devant la quantité de personnes qui se pressent pour sortir. La foule de gens paniqués me donne envie de hurler de frustration, mais je me fraye un chemin, déterminée à retrouver ma fille. Elle pourrait être piétinée par cette foule. Les images de son corps brisé se bousculent dans mon esprit. Une jambe cassée. Un bras cassé. Ou pire.

— Gina !

Quittant les escaliers, je cours dans le couloir de l'étage inférieur, ouvrant les portes, scrutant les pièces, criant son nom jusqu'à ce que ma gorge soit sèche. Dans la panique, j'ai perdu de vue Aiden. Est-il resté à l'étage supérieur ?

— Maman !

C'est sa voix. Il est là.

Je me tourne vers mon fils.

— Tu l'as trouvée ?

Il secoue la tête.

— Elle est peut-être sortie avec les autres.

Mais je ne pense pas. Je pense qu'elle a eu peur et s'est cachée quelque part. C'est un énorme bâtiment et l'alarme était forte. N'importe quel enfant de quatre ans aurait couru se cacher dans un endroit sûr. Une pièce vide, un placard, des toilettes.

— Essayons l'étage inférieur.

Il acquiesce.

Je n'ai pas vu de fumée depuis que nous avons quitté le plateau, ce qui me laisse espérer que l'incendie n'est pas si grave. Si le bâtiment était en feu, elle pourrait mourir en inhalant les fumées, mais nous ne l'avons pas vue à l'étage du départ de feu.

— Où est passée Becky ? demandé-je alors que nous traversons le couloir.

— Je ne sais pas, je l'ai laissée derrière, dit-il.

— Je n'aurais jamais dû la laisser sortir de la pièce. Nous n'aurions jamais dû venir.

— On va la retrouver, dit Aiden.

Notre recherche n'est pas systématique, elle est frénétique, mais je ne peux pas me contrôler. Je ne peux empêcher mes pensées de dériver vers le passé. Le bruit du sang qui coule dans mes oreilles est le jaillissement de l'Ouse. Becky est Amy, une femme prête à livrer mon enfant à un criminel. Il pourrait y avoir une autre présence sombre qui attend de faire du mal à ma fille. Tout est possible.

Rapidement, les pompiers commencent à s'infiltrer dans le bâtiment. L'un d'eux m'attrape par le coude et me dit de sortir par la sortie de secours.

— Ma fille de quatre ans a disparu.

Je lui donne sa description et il hoche la tête, écoutant attentivement.

— Ne vous inquiétez pas, elle n'a pas pu aller bien loin, dit-il. Nous allons passer au peigne fin tous les bâtiments pour la trouver, vous pouvez en être sûre.

— Elle s'appelle Gina, mais on l'appelle aussi Ginny.

Je suis à deux doigts de lui remettre Walnut le Dragon comme une promesse de me ramener mon enfant. Mais je ne le fais pas, car il pourrait avoir besoin de ses deux mains pour la porter.

— Tout va bien se passer pour elle. Le feu est dû à une cigarette dans une poubelle des toilettes. Il est éteint maintenant. Il n'y a presque pas eu de dégâts et elle n'a pas dû être blessée.

Il me tapote le bras, mais ça ne me réconforte pas.

Quand je sors du bâtiment avec Aiden, des visages blêmes nous regardent sur le parking. Beaucoup de personnes du public. Certains d'entre eux sont-ils des fans étranges d'Aiden ?

Je commence à faire appel à la foule, demandant à autant de personnes que possible si elles l'ont vue s'éloigner toute seule. Personne ne l'a vue.

— En fait, j'ai vu une femme porter une fillette d'environ quatre ans hors du bâtiment.

L'homme est jeune, pas plus de trente ans, en chemise et en jean.

— Je l'ai vue de la fenêtre de mon bureau. C'était juste après que l'alarme s'est déclenchée.

Mon monde se rétrécit.

— Une femme ? À quoi ressemblait-elle ?

— Je ne suis pas sûr, je n'ai pas vu son visage. Mais elle avait des cheveux roux. Mince. À peu près votre taille.

— La fille qu'elle portait, avait-elle l'air bouleversée ?
— C'était trop loin pour que je puisse le dire, répond-il.
Je sors une photo de Gina. Mes mains tremblent.
— C'était elle ?
— Peut-être, dit-il. Écoutez, je n'ai pas bien vu, mais la fille sur la photo avait la même couleur de cheveux, si ça peut vous aider.
— De quel côté est-elle partie ? demandé-je.
L'homme montre du doigt le parking, en direction de la route principale.
— Je vais y aller, maman, dit Aiden. Attends là pour voir ce que disent les pompiers.
L'air chaud du milieu de matinée forme un nuage autour de moi. Chaque centimètre de ma peau me brûle et mon cœur bat la chamade. Suis-je en train de me noyer ? Est-ce ça, la noyade ? Être engloutie dans un air bouillant et sirupeux ?
— Vous devriez vous asseoir une minute.
Des mains me conduisent à un banc.
Je plie les genoux automatiquement, comme un mannequin de bois que l'on mettrait en position assise.
— Quelqu'un l'a enlevée, chuchoté-je, plus pour moi que pour les autres.
Une voix, calme, féminine, dit :
— Vous n'en savez rien. Essayez de respirer.
— Je ne pourrai pas respirer tant qu'ils ne seront pas de retour, dis-je doucement. Tous les deux.
Quand je ferme les yeux, je vois la rivière qui jaillit. Je vois le manteau rouge repêché par une longue perche, et l'image de mon fils de six ans, bouffi et pâle. Je revois les cauchemars que j'ai faits après la disparition d'Aiden, des mèches de cheveux noirs flottant autour d'un visage pâle, moi dans l'eau, attirée de plus en plus profondément dans les profondeurs. Je vois les ténèbres.
De la sueur coule le long de mon nez et la femme affable m'enlève ma veste de tailleur.
— J'ai du crayon sur mon chemisier, dis-je en bafouillant légèrement.
— Ce n'est pas grave, dit-elle. Respirez profondément maintenant.
Je réalise que je fais une crise de panique. Ma fille a disparu et je dois la retrouver, mais au lieu de faire quelque chose d'utile, je panique.

— Quelqu'un a une bouteille d'eau ?

Non, pensé-je. Je ne veux pas d'eau. Ça me rappelle la rivière.

Des mains qui tirent mon fils hors du courant. Qui le serrent. Qui l'emmènent à une voiture.

Et puis...

Amy.

Bien sûr.

La femme aux cheveux roux doit être Amy Perry, l'institutrice qui a livré mon fils à un monstre. La femme qui me déteste de chaque atome de son être. Elle aura teint ses cheveux, et évité de montrer son visage aux caméras de sécurité du bâtiment. A-t-elle déclenché l'alarme incendie pour provoquer un chaos suffisant pour enlever une enfant ?

Le pompier se dirige vers le banc. Aucune petite fille ne court à côté de lui. Ses bras sont vides.

— Nous avons vérifié chaque pièce, Mlle Price. Nous avons appelé la police pour vous.

Non, elle n'est pas dans le bâtiment.

Je me lève et fais quelques pas.

— Emma. Mlle Price. Peut-être que vous ne devriez pas... dit la femme aimable.

Je l'ai laissée trop longtemps pour la retrouver, et maintenant elle est partie. Quelle idiote j'ai été de laisser Amy en vie. J'ai tué pour ma famille, pour ma propre survie, mais j'ai laissé une menace s'en tirer, pensant qu'elle était trop faible et pathétique pour s'en prendre à nous. Je me souviens de son tremblement sous le couteau que je tenais sous sa gorge, sa voix aiguë quand elle a avoué son rôle dans l'enlèvement d'Aiden.

Je sors mon téléphone de mon sac et fais défiler mes contacts.

Stevenson répond après trois sonneries.

— Que puis-je faire pour vous, Emma ?

— Ma fille a disparu. Quelqu'un l'a enlevée.

— Quoi ?

— Je suis à Studioworks à White City. Je... Je suis à Londres. Amy Perry a enlevé ma fille.

— Amy Perry ? Attendez, Emma. Qu'est-ce qui se passe ? Vous êtes à Londres ?

— Vous devez venir. Aidez-moi à la trouver. Vous me devez bien ça.

— D'accord. Je vais vous aider. Avez-vous appelé la police locale ?

— Oui.
— Je prends la route, Emma. Donnez-moi quelques heures.

Au moment où je raccroche, Aiden s'avance vers moi. Sa chemise trempée de sueur lui colle au torse. Il a couru tout ce temps, et le corps de mon garçon est faible. Il n'a pas les lunettes de soleil dont il a besoin pour une journée lumineuse comme aujourd'hui. Il devrait les avoir. Ai-je oublié de les prendre ? Il se penche en avant et pose ses mains sur ses genoux, essoufflé.

Il est seul.

Chapitre 7

EMMA

La lumière du soleil qui filtre à travers les stores projette des rayures sur les murs. Sur le bureau se trouve une pile de documents. La porte est ouverte, et les gens entrent et sortent. Je sens des regards braqués sur moi en permanence, observant toutes mes réactions.

Je me trouve dans un bâtiment rempli de journalistes et de personnalités de la télé. Ils veulent tous me voir réagir à cette *grande nouvelle*. Une alerte de la BBC a déjà été envoyée sur des milliers, voire des millions de téléphones, communiquant des détails sur l'enquête. Une description de la femme aux cheveux roux qui a enlevé ma fille. Mon nom et celui d'Aiden, ainsi que notre identité : le garçon du bunker et sa mère. Cela s'est passé à onze heures du matin au BBC Studioworks, dit l'alerte ; un lieu et une heure que je n'oublierai jamais. Je commence à prendre conscience de la situation. Ma fille a disparu.

La police locale quadrille la zone. Quelqu'un récupère les vidéos de sécurité de l'immeuble. On me force à boire de l'eau et du thé. Aiden fait les cent pas dans la pièce. Je leur demande de ne pas fermer la porte ; il n'aime pas ça. De temps à autre, je réalise que je me tords les mains ou que je les gratte.

La gentille femme du parking s'est avérée être une productrice du studio et nous a prêté son bureau pour que nous puissions nous y asseoir pendant que les recherches se poursuivent. Maintenant que le bâtiment a été évacué, de nombreux employés, ainsi que le public de l'émission, passent au peigne fin les environs, appelant sans relâche Gina. Dans le même temps, la police interroge tout le monde.

— Nous allons la trouver, Mlle Price, me dit-on, ça ou des variantes de cette phrase.

Elle n'a pas pu aller bien loin.
On peut suivre les images de vidéosurveillance.
Tout le monde à Londres est à sa recherche.

Mais je sais comment ça se passe. Un malfaiteur enlève mon enfant. Puis lui fait du mal.

Quand l'inspecteur-chef Stevenson arrive, je réalise que Gina a disparu depuis plus de quatre heures.

— Tout va bien, Emma, dit-il. Restez aussi calme que possible, je sais que c'est dur.

— Je devrais être en train de la chercher, dis-je.

— Vous faites ce qu'il faut en laissant la police faire son travail, dit-il, mais je ne suis pas d'accord. Je vais me mettre en contact avec eux. Il se peut qu'ils ne me laissent pas intervenir, parce que c'est en dehors de ma juridiction et je n'ai pas la main.

Je hoche la tête. J'ai déjà parlé à l'inspectrice du Metropolitan Police Service et elle a coordonné les recherches jusqu'à présent.

— Je devrais y retourner, dit Aiden.

— Non, je veux que tu restes avec moi.

Je lui prends la main. La serre.

Quand Stevenson part, Aiden se tourne vers moi, les yeux légèrement plissés.

— Tu sais qui l'a enlevée, pas vrai ? dit-il.

— Je pense que c'était ton ancienne professeure d'école primaire. Amy. Elle était impliquée dans ton enlèvement, mais il n'y avait pas assez de preuves pour la condamner. J'ai été stupide. J'ai décidé de gérer ça à ma façon et maintenant je pense qu'elle se venge de moi.

— Hugh parlait parfois d'Amy, dit Aiden. Mais je ne l'ai jamais vue au bunker.

Je repense à ma dernière conversation avec Amy, celle où je lui ai dit de quitter le village. *Je suis entrée dans le bunker et je l'ai regardé dormir.* Ses mots me font frissonner. J'avais sa vie entre mes mains, et j'ai laissé vivre cet être humain répugnant.

Les souvenirs me reviennent. Deux semaines après l'avoir menacée, je suis passée devant la maison d'Amy et j'ai vu que sa voiture n'était plus là. Les rideaux étaient fermés. J'ai même questionné un voisin, qui m'a dit qu'il pensait qu'elle était en vacances. J'ai appris qu'elle avait quitté son travail d'enseignante et qu'elle était partie pour de longues vacances. Ça m'avait semblé suffisant sur le moment, car je ne m'attendais pas à ce qu'elle revienne. Plus tard, j'ai appris que j'avais eu tort. Nous cherchions une nouvelle maison et nous sommes partis pour Manchester peu de temps après. J'avais gardé le secret sur ce que je lui avais fait parce que je savais que j'avais enfreint la loi, mais aussi parce que j'étais convaincue que mes menaces avaient fonctionné. Qu'Amy Perry était partie pour de bon.

Ce n'était pas le cas. Un jour, au cours d'une conversation avec Sonya, j'ai appris qu'Amy vivait dans sa maison de Singer Lane depuis tout ce temps et que je n'en avais aucune idée. Cette dégonflée avait fait semblant de passer à autre chose alors qu'elle avait en réalité regagné le village dès que j'avais eu le dos tourné.

Mais à ce moment-là, je vivais à Manchester depuis trois ans avec ma famille et j'étais progressivement passée à autre chose. Ma rage meurtrière s'était transformée en un faible rugissement. Quand j'ai appris la nouvelle, j'ai garé ma voiture devant chez elle et je l'ai regardée par la fenêtre. Elle m'a vue.

Il y a six mois, j'ai appris grâce aux ragots de Bishoptown, via la famille de Rob, qu'elle avait déménagé pour de bon cette fois. Ça m'avait semblé être une victoire à l'époque, mais ça ne l'était pas.

À présent, je me questionne. Et si j'en avais fait plus ? Et si j'avais mieux géré la situation ?

Je repense à ce moment dans sa maison où j'ai fait couler son sang avec mon couteau. Que m'avait-elle dit d'autre ce jour-là ? Qu'elle avait admiré les désirs tordus de Hugh ? Quel genre de femme dirait ça ? Et si ce qu'elle avait dit était vrai, qu'avait-elle prévu pour ma fille ?

Je rapproche Aiden de moi. Il ne résiste pas et ne se tortille pas pour une fois. Son expression renferme une détermination que je n'ai jamais vue auparavant.

— Tout ce dont tu te souviens à son sujet peut être important.

Aiden s'assied sur la chaise à côté de la mienne et nos mains se séparent.

— Je ne m'en souviens pas forcément. Je me déconnectais quand j'étais là-dedans, parfois même quand il parlait.

— C'est pour Gina, lui rappelé-je, même si je n'en ai pas besoin.

Ses cils sombres reposent le long de la peau délicate sous ses yeux. Il hoche la tête.

— Bonjour, Mlle Price.

L'inspectrice du Metropolitan Police Service entre dans la pièce. Une femme d'une quarantaine d'années, avec d'épais cheveux bouclés jusqu'aux épaules, qui se présente à moi comme l'inspectrice Khatri.

— Je voulais parler davantage d'Amy Perry. Vous avez dit que vous pensiez qu'elle avait peut-être enlevé votre fille.

— C'est bien ça, réponds-je. Elle avait une relation avec Hugh Barratt qui a kidnappé mon fils, comme vous le savez.

— Nous aimerions que vous regardiez les vidéos de surveillance si vous le pouvez. Peut-être pourrez-vous identifier Amy.

Je frotte mes mains moites sur mon pantalon. Nous attendons que les images arrivent à l'instant T. Aiden et moi sommes assis le plus près de l'écran, penchés dessus. Stevenson se tient derrière moi, l'inspectrice Khatri à notre droite.

— C'est l'image la plus claire que nous ayons trouvée de la femme aux cheveux roux, dit Khatri.

La vidéo continue pendant quelques secondes avant qu'une femme n'apparaisse et que mon cœur ne s'emballe. *Gina*. Je n'y peux rien, mon attention se porte directement sur ma petite fille, et j'en oublie presque de regarder la femme. L'inspectrice Khatri met l'image en pause pour que je puisse prendre mon temps. C'est une bonne chose qu'elle le fasse.

— C'est clairement Gina, dis-je, et Aiden acquiesce.

Quant à la femme... Elle a la tête baissée. Ses cheveux cachent son visage. Son corps est en partie masqué par Gina, qu'elle tient contre sa hanche. Le menton de Gina repose sur l'épaule de la femme. Je ne vois aucune gêne dans la posture de Gina, mais Amy a été institutrice dans une école primaire et elle sait mettre les enfants à l'aise. Mon estomac se retourne à l'idée qu'Amy soit entourée de tant de jeunes enfants. *Un loup déguisé en mouton*.

Je laisse mes yeux examiner chaque partie de l'image, des longs cheveux au corps, en passant par les hanches et les jambes. Je pense à la façon dont Amy se tenait, comment elle bougeait.

— Pouvez-vous appuyer sur Lecture ? demandé-je.

Je regarde Amy marcher dans le hall. Je la regarde sortir du bâtiment à la vue de tous.

J'essaie de me souvenir de sa démarche, de l'angle de ses épaules, de la façon dont elle se déplaçait à l'époque. Amy était-elle voûtée ? Courbée ? Rien de tout ça n'est évident quand elle porte Gina.

— Je n'en sais trop rien, finis-je par dire en laissant échapper un long soupir. Sans voir son visage, c'est difficile à dire. Gina couvre la majeure partie de son corps.

— Et toi, Aiden ?

— Je ne sais pas trop, répond-il.

— Nous avons d'autres images d'elle, dit Khatri.

L'agent de sécurité se penche par-dessus mon épaule et fait apparaître un autre enregistrement. Cette fois, la femme est seule. Elle marche dans le hall de l'immeuble, tête baissée à nouveau. Je remarque qu'elle s'est cachée derrière un groupe de personnes, faisant probablement semblant d'être avec elles, lorsqu'elle remet un billet au gardien. Tout ce temps, elle garde la tête tournée dans une autre direction, comme si elle était distraite. En réalité, elle s'assure que les caméras ne parviennent pas à discerner son visage.

J'observe l'image en détail. Ça pourrait bien être Amy. Elle est de la bonne taille. Elle est plus fine que dans mon souvenir, mais elle a pu perdre du poids. Je vois maintenant qu'elle porte une épaisse frange. Elle est vêtue d'un jean et d'un haut ordinaire, rien de facilement identifiable, et elle porte un sac de taille moyenne, assez grand pour des vêtements de rechange.

— Ça pourrait être elle, mais je n'en suis pas sûre. Elle fait la bonne taille, mais Amy avait des cheveux châtain clair avec des reflets blonds, pas roux. Elle a toujours été un peu boulotte, mais elle a pu perdre du poids. Elle a pu se teindre les cheveux, aussi.

— Nous pensons que cette femme est responsable de l'incendie, dit Khatri. Nous avons des images d'elle sortant des toilettes des femmes quelques minutes avant que l'alarme incendie ne se déclenche. Nous pensons que son plan était d'attendre que ce soit la panique pour enlever Gina, mais il se trouve qu'elle a pu le faire pendant que Becky était distraite, quelques instants avant que l'alarme ne se déclenche.

Cela lui a donné une bonne longueur d'avance et ne nous facilite pas la tâche. Mais rassurez-vous, Mlle Price, nous fouillons la zone. Elle apparaîtra sur d'autres images de vidéosurveillance. Nous sommes à Londres.

— C'était quoi, ce billet ? demandé-je.

— Elle était dans le public pendant votre interview, répond Khatri d'une voix posée.

À côté de moi, je suis consciente qu'Aiden prend sa tête entre ses mains. Amy a tout planifié. Elle a appris qu'Aiden et moi allions donner une interview, s'est procuré un billet, est venue et a enlevé mon enfant.

— Vous devez pouvoir retrouver son billet ? Découvrir si c'est elle ?

— Il n'y a pas d'Amy Perry dans les dossiers. Si c'est elle, elle a utilisé de fausses coordonnées pour récupérer son billet. Nous suivons cette piste en ce moment même.

— Et sinon ? demandé-je.

— Nous allons vérifier la maison de Mlle Perry à Bishoptown-sur-Ouse et nous réunissons autant de témoins que possible.

— Pour autant que je sache, elle a quitté sa maison il y a environ six mois, mais je ne sais pas où elle est allée.

— Eh bien, nous allons vérifier. Nous vous demanderons peut-être également de donner une conférence de presse si nécessaire.

« Si nécessaire » signifiant : si on ne retrouve pas Gina aujourd'hui. Elle pourrait passer la nuit dans un endroit froid et sombre avec une femme qu'elle ne connaît pas. Effrayée et seule.

— Faites tout ce qu'il faut, inspectrice Khatri, dis-je. Faites tout ce qui est en votre pouvoir et plus encore.

Elle acquiesce.

— Je suis sérieuse. Parce que je ferai aussi tout ce qui est en mon pouvoir.

Une lueur passe sur son visage. Je ne sais pas si c'est du doute ou de la peur.

Chapitre 8

AIDEN

Reste fort.
On pense à toi.
On la retrouvera.
Ta famille est maudite.
Tu le mérites probablement.

Regarder les commentaires sur mes posts Instagram transforme les mots en poèmes étranges. Ils s'impriment bientôt dans mon esprit. *Ta famille est maudite. On pense à toi. Ta famille est maudite. Reste fort. Tu le mérites probablement.*

Je passe à mes messages directs.

FAITH : Je suis désolée.
　FAITH : J'ai le cœur brisé.
　MOI : Tout est de ma faute. J'aurais dû écouter maman.
　FAITH : Pourquoi tu dis ça ?
　MOI : La kidnappeuse était dans le public.
　MOI : C'est à cause de mon interview. J'ai insisté. Tout est de ma faute.
　FAITH : Tu es un être humain merveilleux. Personne n'est plus lumineux que toi. Ce n'est pas ta faute et ça ne le sera jamais.

MOI : J'aimerais pouvoir le croire.

Je range mon téléphone alors que la police nous fait quitter les studios pour nous emmener dans un Holiday Inn à environ cinq minutes de là. Nous nous retrouvons dans la même chambre. Maman allume la télé et nous regardons les informations. Quelques mots sur Gina défilent en bas de l'écran. C'est tout.

Les journaux raconteront une histoire différente. On a demandé à maman de fournir des photos de Gina pour aider l'enquête, et je sais lesquelles elle a choisies. Gina dans le parc, assise en haut du toboggan, ses cheveux ramassés en deux nattes. Un large sourire. Les journaux les imprimeront en couleurs et ces photos briseront le cœur des gens. Elle a les yeux de Jake, et ils brillent de bonheur.

Je m'allonge sur le lit et fixe le plafond. Je ne l'ai jamais dit à maman, mais je me souviens de la froideur de l'eau sur ma peau après que Jake m'a poussé dans la rivière. Je me souviens l'avoir avalée. Mes poumons brûlaient. Je me souviens de la gratitude que j'ai éprouvée quand des mains m'ont sorti de là. J'avais le sentiment d'être enfin en sécurité.

Combien de temps ce sentiment de sécurité a-t-il duré pour moi ?

Combien de temps va-t-il durer pour Gina ?

— Je t'emmène voir ta maman.

J'imagine très bien la ravisseuse dire ça. Puis elle soulève Gina et la place sur sa hanche. *On va la chercher ensemble ?*

Gina adore les gens. Peu importe combien maman se bat pour garder Gina juste pour nous, elle adore être dorlotée. Étais-je comme ça ? Je me souviens de bribes de l'époque avant le bunker. Des visages flous. De la peinture brillante. Beaucoup, beaucoup de sourires. Tant d'attention de la part de tout le monde.

Parfois, maman sort les albums photo et nous les feuilletons pour voir comment j'étais, enfant. Je suis comme Gina, je souris, je grimpe, je cours.

Le bunker a tout emporté.

Je n'arrête pas de penser à ce qui pourrait lui arriver. Il est tard et je sais que Gina va passer la nuit avec une étrangère dans un endroit inconnu.

Maman ferme les rideaux pour masquer l'obscurité et éviter les photographes munis d'un long objectif qui pourraient vouloir nous prendre en photo. Nous devons nous protéger autant que nous devons protéger Gina. On ne peut pas laisser la porte ouverte dans un hôtel.

— Aiden, dit-elle. Toi aussi, tu penses que c'est Amy ? Tu penses qu'Amy a enlevé Gina ?

Je la regarde. Je vois la panique dans ses yeux, et la façon dont elle se tord les mains.

— J'y crois, si toi aussi. Je n'ai jamais vraiment connu Amy.

Elle fait les cent pas dans la pièce.

— Je n'arrête pas de penser au procès et à l'enquête après ton retour. Tu te souviens qu'ils t'ont demandé avec insistance si Hugh avait mentionné d'autres enfants ? S'il avait pu planifier d'autres enlèvements ?

Ma colonne vertébrale se redresse.

— Je me souviens.

— Et si c'était le cas ? Et si Amy mettait à exécution l'un de ses vieux plans ?

Je secoue la tête.

— Je ne sais pas.

Elle se ronge l'ongle du pouce et marmonne.

— Je n'arrête pas d'y penser.

Cette pièce est à peu près de la même taille que le bunker. Combien de pas faisait-il ? Dix ? Vingt ? Peut-être vingt quand j'étais plus jeune et dix en grandissant. Les détails commencent déjà à s'effacer.

Ma vie est scindée en deux parties maintenant. Les dix années en dehors du bunker. Les dix années à l'intérieur.

Une autre référence à Gina défile en bas de l'écran. *Gina Price, âgée de quatre ans, a disparu dans le quartier de White City à Hammersmith, à Londres. C'est la petite sœur d'Aiden Price, le garçon du bunker.*

C'était le titre du livre qu'ils voulaient que maman ou moi écrivions. *Le garçon du bunker.* Ou *Le garçon de la forêt.* Deux titres accrocheurs.

Je ne veux pas que la vie de Gina soit un titre de livre. Tout ça est entièrement de ma faute.

Des commentaires ne cessent d'apparaître sur mes posts et dans mes messages privés. Presque tous ces gens sont de parfaits inconnus, à part Faith. Il y a aussi quelques fans que je reconnais. Des commentateurs réguliers. Depuis que j'ai décidé d'apparaître sur les réseaux, j'ai dû accepter que certaines personnes veuillent suivre tout ce que je fais.

Mais il y en a qui commentent si souvent que je me demande souvent si je ne devrais pas supprimer mon profil. Mais alors je ne pourrais plus contacter Faith, et elle me manquerait. Quand j'y pense, je sais si peu de choses sur elle. Je ne sais pas à quoi elle ressemble, car sa photo de profil est un cercle noir. Je ne connais pas son nom de famille, parce qu'elle ne me l'a jamais dit. Mais ce qu'elle m'*a* dit, c'est qu'elle sait ce que je ressens, qu'elle entend ce que j'ai à dire et qu'elle me soutient, quoi que je décide de faire.

Faith et moi nous sommes rencontrés grâce à l'art et à la photographie. Elle avait l'habitude de commenter mes photos, et j'appréciais son style étrange et moderne qui consistait à photographier de vieux bâtiments sinistres avec des poupées effrayantes abandonnées là. Puis un jour, elle m'a envoyé un message privé et nos conversations ont commencé.

Je jette un coup d'œil au deuxième lit. Maman est au téléphone avec papa. Il propose son aide, mais il ne peut rien faire et elle perd patience. Elle est complètement distraite pendant que je lis mes messages.

FAITH : Aiden, j'ai le cœur brisé.
    FAITH : Ton adorable petite sœur. Laisse-moi t'aider. S'il te plaît.
    FAITH : Je peux être une épaule sur laquelle tu peux pleurer.
    MOI : J'aimerais bien.

Un poème d'amour.

Chapitre 9

EMMA

Je prends tous les journaux et les étale sur le lit de l'hôtel. Chacun d'entre eux exhibe une photo de ma fille en première page. Elle est là, souriante, les cheveux ramassés en nattes, vêtue d'un haut avec des petites images de chats partout. J'ai donné une sélection de photos à la police, en multipliant les angles, espérant que cela pourrait aider à la retrouver. Mais le point commun à toutes ces photos est son sourire. Chaque parent pense que son enfant est un trésor, mais dans son cas, c'est vrai. Elle est spéciale. Pour l'heure, c'est le plus proche que je puisse être de ma fille en son absence.

Journal après journal, je suis surprise de voir qui ils ont trouvé à interviewer. Beaucoup ont choisi de recueillir les propos de témoins oculaires de la scène, d'autres ont appelé mes « amis » de Bishoptown. Mais ce ne sont pas de vrais amis. Je ne parle même pas à la plupart de ces gens. Un journaliste courageux a même réussi à obtenir une déclaration de Sonya. *Nous avons le cœur brisé pour Emma.*

Ses mots ne m'offrent aucun réconfort. Ils me rappellent simplement que je suis presque seule dans cette situation. Gina n'a ni père ni grands-parents, sauf si l'on compte Sonya et Peter, les parents de Rob. Mais même s'ils la soutiennent, ils n'ont aucun lien avec elle. Elle m'a moi et elle a Aiden, et c'est tout.

Et moi, qui me reste-t-il ? Avant l'enlèvement de Gina, on pourrait dire que j'ai commencé à m'éloigner de Rob. Notre relation est complexe et repose sur des fondations rocheuses. Le premier amour reste attrayant, quoi qu'il arrive, mais cela n'enlève rien à la douleur que nous avons ressentie lorsque nous avons cru qu'Aiden était mort, et à la façon dont cela nous a séparés. Une partie de moi voudrait lui ouvrir mon cœur et le laisser entrer, ce qu'il désire par-dessus tout, mais je n'y suis jamais arrivée. Résultat… Je suis seule.

Je n'ai pas dormi, et je suis sûre que Stevenson s'en rend compte quand il arrive avec des cafés et des viennoiseries.

— Vous devez manger quelque chose, dit-il sur le ton qu'il doit employer avec les jeunes délinquants, ceux qui ont besoin de grandir et de sortir de la criminalité.

Ou peut-être que c'est parce qu'il est père.

Je prends un croissant et en mords l'extrémité, balayant les miettes des journaux. Je ne supporte pas l'idée des miettes de viennoiseries et des ronds de café qui vont inévitablement se répandre sur les photos de mon enfant dans tout le pays.

— Je vous présente Tina, dit Stevenson en désignant d'un geste une femme mince et blonde qui se tient dans l'embrasure de la porte. C'est votre agent de liaison avec les familles. Entrez, Tina.

— Je vous ai apporté quelques affaires, dit Tina en tendant un sac en plastique. Surtout des produits de première nécessité, comme des brosses à dents et du gel douche. J'ai aussi acheté de la peinture pour Aiden.

Elle jette un coup d'œil à mon fils, qui est assis sur son lit, faisant encore défiler l'écran de son téléphone.

— J'ai pensé que ça pourrait être thérapeutique. Pour vous deux.

— Merci, c'est très gentil, réponds-je.

Ma voix semble lointaine, ses contours indistincts. J'aimerais disparaître avec elle.

— Je vais ranger tout ça. Aiden commence à vider le contenu du sac et apporte les articles de toilette dans la salle de bain.

Je regarde Stevenson. S'il avait eu des nouvelles, il aurait commencé par là. J'ai su dès qu'il a franchi la porte qu'il n'avait rien de nouveau à m'apprendre. Je connais son visage maintenant, et les différentes expressions qui signifient *Je ne sais pas où est votre enfant et je ne sais pas où chercher.*

— La police est toujours en train d'examiner les vidéos de surveillance de la zone.

Il tire la chaise de bureau pour me faire face et s'y perche, ses longs membres trop grands pour le siège.

— Nous savons que la femme qui a emmené Gina a traversé le parking avant d'arriver sur la route principale. Elle a quitté la route et s'est dirigée vers un autre parking. Nous la voyons sortir au niveau d'un espace vert entre des HLM. C'est ici, j'en ai peur, que nous perdons sa trace. Nous pensons qu'elle a traversé la pelouse pour rejoindre un véhicule quelque part dans la zone. Elle a planifié tout cela soigneusement, cherchant où garer sa voiture loin des caméras. Mais nous demandons aux résidences privées des environs si elles ont installé des caméras de sécurité. Il y a aussi des caméras sur les interphones maintenant, et on ne sait jamais ce qu'elles ont pu filmer. Si nous pouvons déterminer la marque et le modèle de sa voiture, nous pourrons peut-être suivre son parcours.

— Et les habitants fourniraient les images de leurs caméras de surveillance ? J'imagine que la confiance dans la police est assez faible dans ces HLM.

— Vous seriez surprise de ce que les gens sont prêts à faire pour une enfant disparue, répond Stevenson. Ils sont de votre côté, Emma.

Je regarde les journaux. « Cœur brisé » est le mot du jour. J'ai le cœur brisé par l'enlèvement de ma fille. L'enlèvement de mon *deuxième* enfant. Mais la foudre ne tombe jamais deux fois au même endroit, n'est-ce pas ? Combien de temps vont-ils rester de mon côté ? Et s'ils ne sont pas de mon côté, alors ils ne chercheront pas ma fille.

Je hoche prudemment la tête et prends une autre bouchée de mon croissant.

— Seriez-vous prête à donner une conférence de presse aujourd'hui ? demande Stevenson. Ce serait avec l'inspectrice Khatri, pas avec moi. Mais je me suis dit que j'allais vous le demander parce que vous me connaissez.

— Bien sûr. Je suis prête à tout pour l'aider.

— Bien. Je vais les en informer.

Il marque une pause.

— Écoutez, je ne suis pas chargé des relations publiques et je ne suis pas un expert, mais j'ai appris deux ou trois choses en observant d'autres affaires très médiatisées. D'abord, ne courtisez pas la presse. Et deuxièmement, ne souriez pas. Les médias sont guidés par l'argent.

Mes doigts se resserrent autour de la viennoiserie dans ma main, l'écrasant.

— Si vous leur proposez la meilleure histoire possible, c'est là qu'ils iront se fournir. Ne soyez pas autre chose que la mère en deuil. Ne soyez pas belle. Ne soyez pas pieuse. Ne soyez pas politisée. Soyez la mère en deuil.

Ce qui me retourne l'estomac, c'est que je sais qu'il a raison. Tina reste là, la bouche ouverte, à le fixer. Je suppose qu'il n'est pas censé me dire ça.

— Ils vont parler d'Aiden, poursuit-il. Et insinuer qu'il est dangereux.

Il se penche en avant. Mon cœur bat à tout rompre, mais je reste immobile, j'écoute, j'absorbe ces mots si déplaisants.

— Certains experts pourraient même suggérer qu'il a été irrémédiablement endommagé par ce qu'il a vécu dans le bunker. Ils prétendront qu'il est susceptible de reproduire avec Gina ce qu'on lui a fait.

Je me détourne de lui et jette la viennoiserie sur le lit avec dégoût.

— Non. Ils n'oseraient pas. Aiden était devant une caméra au moment de sa disparition !

— Ça n'a pas d'importance, répondit-il. Il aurait pu avoir de l'aide. Il y aura une tonne de théories du complot à votre égard et vous devez vous préparer au pire.

— Qu'est-ce que vous dites ?

Aiden sort de la salle de bain et regagne la pièce, les poings serrés. Il se dirige résolument vers l'inspecteur et je dois me lever pour lui bloquer le passage.

— Je n'y crois pas, de mon côté, dit Stevenson à la hâte. Je vous prépare tous les deux à ce qui pourrait arriver.

Sa voix reste calme, et s'il a été perturbé par le comportement agressif d'Aiden, il n'en laisse rien paraître.

— Comme je l'ai dit, ils iront vers ce qui permettra de vendre le plus de journaux, et ce sera probablement Aiden. Ne les laissez pas faire. Je pense qu'Aiden devrait être à la conférence de presse pour vous soutenir, Emma. Tenez-vous la main. Montrez à la presse de l'émotion.

— Je n'aime pas l'idée que mon fils soit forcé de se produire devant un public, dis-je.

— C'est bon, maman. Je vais le faire, dit-il. Je l'aurais fait de toute façon.

Je me tourne vers lui et pose ma main sur son bras. Ses yeux sont concentrés sur la moquette à motifs de la chambre d'hôtel. La colère que j'ai vue il y a quelques instants s'est évanouie aussi vite qu'elle est arrivée.

— Je vous appellerai quand ils seront prêts, dit Stevenson avant de partir.

Tina hésite à côté de la porte.

— Je vais rester dans le hall pendant un petit moment. Si vous avez besoin de moi, appelez-moi, d'accord ?

Elle me tend une carte avec son numéro de téléphone avant de disparaître.

— Je n'ai plus confiance en lui, dit Aiden. Je pense qu'il a dit tout ça pour voir comment je réagirais.

Je ne sais pas trop quoi penser. Une sensation d'engourdissement me gagne. Mes pensées sont confuses. Je suis à la fois épuisée et bien réveillée. L'adrénaline n'offrira aucun répit à mon corps.

— Ce n'est pas notre ami, dit Aiden, et je suis d'accord avec lui.

À onze heures, je réalise que Gina a disparu depuis vingt-quatre heures et mon cœur fait un bond. La plupart des enfants ne sont pas retrouvés vivants passées les premières vingt-quatre heures. C'est à ce moment-là que les parents – et la police – sont obligés d'admettre que leur enfant ne s'est pas égaré ; il a été enlevé.

J'ai déjà vécu ça. Le manteau rouge dans l'Ouse.

J'ai déjà perdu espoir. Ça ne se reproduira pas.

Tina sort nous acheter de nouveaux vêtements avant la conférence de presse, et pendant tout ce temps, je repense aux mots de Stevenson. *Soyez la mère en deuil*. Ça implique que Gina est morte, et je déteste ça, mais je comprends le concept. C'est ce que je suis de toute façon. Je pense à Gina à chaque instant de la journée. Mais ce n'est pas tout ce que je suis. Personne ne peut pleurer jour et nuit. Je suis aussi une femme avec des opinions et des idées sur la façon de retrouver ma fille, mais personne n'attend ça de moi. Ils ne veulent pas que je sois active.

— La chemise bleue, Aiden, dis-je. Elle est similaire à celle que tu portais hier. Peut-être que ça rafraîchira la mémoire des gens.

J'enfile un gilet sur une robe unie. Je ne coiffe pas mes cheveux, je les laisse lâches et sans vie. Je m'assieds sur la chaise et froisse la robe. Les gens ne doivent pas voir qu'elle est neuve. Je ne dois pas être vue comme quelqu'un qui pourrait aller faire du shopping le lendemain de l'enlèvement de sa fille. La presse doit se concentrer sur Amy. N'importe quel petit détail me concernant pourrait détourner l'attention de la vraie coupable.

— Voulez-vous manger ou boire quelque chose avant de partir ? demande Tina.

Je secoue la tête. L'idée de manger me donne juste envie de vomir.

— Je peux avoir de l'eau, s'il vous plaît ? demande Aiden.

Il est assis sur le bord de son lit, les épaules affaissées en avant. Il y a de la peinture sur le bout de ses doigts.

— Lave-toi les mains, dis-je en désignant la peinture d'un signe de tête. Ils ne doivent pas penser que nous faisons quoi que ce soit de normal.

Pendant que Tina prend une bouteille d'eau dans le mini-frigo, Aiden va se laver les mains.

— Je suis sûre qu'ils ne le remarqueront pas, dit Tina.

Mais je secoue la tête.

— Ils vont tout remarquer.

Le temps qu'il revienne, je fais les cent pas dans la chambre d'hôtel.

— Tout va bien ? demandé-je.

Il acquiesce.

— Je sais ce que Stevenson a dit, mais tu n'es pas obligé de le faire si tu ne veux pas

— Tout est de ma faute, dit-il. Je dois le faire.

J'arrête de tourner en rond pour me planter face à mon fils.

— Non, ce n'est pas ta faute.

Je prends son visage dans mes mains et le force à me regarder dans les yeux.

— Qu'est-ce qui te fait dire ça ?

— Parce que j'ai insisté pour faire l'interview.

Je le prends dans mes bras et pour une fois, il m'enlace également.

— Ce n'est pas ta faute. Rien de tout ça n'est ta faute. Je te promets. D'accord ?

Sa tête s'appuie contre mon épaule.

— On va la récupérer. Amy ne va pas gagner.

Il acquiesce à nouveau.
— Je te le promets, Aiden.
Il s'éloigne.
— Ne fais pas de promesses qui ne dépendent pas de toi.
— D'accord.
— Je suis désolée de vous interrompre, intervient Tina. Mais il est temps de partir.

Mon visage est mouillé de larmes que j'aimerais désespérément essuyer, mais je n'en fais rien. Je les laisse sécher sur mes joues.

Chapitre 10

EMMA

— Il y a des journalistes devant l'entrée principale, prévient Tina. Nous pouvons soit sortir par l'arrière de l'hôtel, plus calme, soit passer devant les journalistes. Que préférez-vous ? Je ferai venir la voiture du côté que vous choisirez.

— Par devant, dis-je, et je jette un coup d'œil à Aiden pour vérifier que ça lui convient aussi.

Il acquiesce.

Je me tourne vers Tina.

— Je ne veux pas qu'ils pensent que nous avons quelque chose à cacher. Mais nous ne leur dirons rien.

— D'accord.

Tina passe un coup de fil rapide, puis nous sortons de l'hôtel.

— Tu veux que je te tienne la main ? demandé-je à Aiden.

— Oui.

Doucement, je prends sa main dans la mienne et je suis Tina hors de l'hôtel. Elle est accompagnée de deux policiers, qui ouvrent la porte et empêchent les journalistes de s'approcher trop près. Dès que nous mettons les pieds dehors, je sens les objectifs des appareils photo sur moi. Je ressens leur poids. Mais il ne nous faut que quelques secondes pour monter à l'arrière d'une voiture.

— J'aurais pensé qu'ils seraient tous à la conférence, pas ici, dis-je, à moitié pour moi-même.

— De nombreux journaux vont faire les deux, explique Tina. Je pense que certains veulent des photos plus naturelles. Nous avons demandé à ce qu'ils respectent votre intimité, mais ils n'écoutent jamais.

La conférence de presse a lieu dans une petite mairie non loin des studios où Gina a été enlevée. Tina nous conduit dans un couloir où nous retrouvons l'inspectrice Khatri et un agent de police.

— Bonjour, Mlle Price, dit-elle. Avez-vous réussi à dormir ?
— Non.
— Pas étonnant dans cette situation, dit-elle. Je vous promets que nous travaillons dur pour retrouver votre fille. C'est une bonne chose que vous soyez là. Vous pouvez lancer un appel à témoins et obtenir l'aide du public. Les yeux du pays tout entier sont à la recherche de votre petite fille, ce qui nous donne beaucoup de choses auxquelles nous raccrocher. Je peux jeter un coup d'œil à votre déclaration ?

Je lui tends une feuille de papier et elle l'inspecte.

— Bien, oui, dit-elle. Puis-je suggérer...

Elle sort un stylo de la poche supérieure de sa veste et raye quelques mots.

— Ne soyons pas trop agressifs. Aucun avertissement à l'intention du kidnappeur. Un appel à témoins. Une demande à la personne qui l'a enlevée de vous la ramener... C'est tout ce que nous devrions dire pour l'instant.

— Mais nous savons qui l'a enlevée, dis-je en récupérant ma déclaration. Nous savons que c'était Amy.

Elle penche la tête sur le côté.

— Vraiment ?
— Oui, réponds-je, sentant qu'elle prend mes théories pour de la vulgaire paranoïa.
— Écoutez, je comprends ce que vous pouvez ressentir, dit-elle. C'est ce que vous dicte votre instinct et je ne peux pas vous en vouloir. Mais je ne peux pas baser mon enquête sur votre passé à Amy Perry et vous. Je dois avoir des preuves concrètes. Amy figure parmi les suspects et le restera jusqu'à ce qu'elle soit rayée de la liste.

— Que faites-vous pour la retrouver ? demandé-je.

— Nous sommes allés à sa maison de Singer Lane à Bishoptown et elle était vide. Selon un voisin, elle a déménagé sans prévenir et sans laisser d'adresse. La maison n'a pas été mise en vente ou en location. Il semble donc qu'Amy Perry en soit toujours propriétaire. Nous ne savons pas où elle est.

— C'est assez suspect, vous ne trouvez pas ?

— Oui, concède Khatri. Croyez-moi, elle fait partie de nos suspects. Mais laissez-nous faire notre travail, Mlle Price.

Et moi, je dois faire le mien, pensé-je. *Être la mère en deuil.*

Le ton condescendant de cette femme fait ressortir une certaine amertume en moi. Je me sens inutile. Peut-être que je le suis. Je serre les dents, ravalant toutes les répliques auxquelles je pense.

— Vous êtes prête ? demande-t-elle. Les caméras sont toutes installées et la presse est là.

Il y a plusieurs années, j'ai fait ça pour Aiden. Je me souviens encore de la marée de visages. Mais je ne me souviens pas des mots que j'ai prononcés. C'était tellement flou que ce souvenir ressemble plus à un rêve. Rob était à côté de moi à l'époque, maintenant c'est Aiden.

— Aiden ?

Sa peau est d'un gris pâle et il a des cernes violets sous les yeux. Mais il acquiesce. Je réalise soudain à quel point tout ça est injuste. Aucun de mes enfants n'aurait dû subir des choses aussi terribles. Une petite voix tente de s'insinuer dans mon esprit, voulant y semer des graines de peur. Cette voix me murmure toutes les choses dégoûtantes qui pourraient arriver à Gina. Je la fais taire et je me concentre.

— Aiden va-t-il parler ? demande Khatri.

— Non, réponds-je. Il est là pour me soutenir.

— Bien, dit-elle. Très bien. On y va ?

Elle fait un geste vers la porte entourée d'agents prêts à nous laisser passer.

— Oui.

Je prends la main d'Aiden et je suis l'inspectrice Khatri dans le couloir.

La pièce est lumineuse. Il y a une grande photo de Gina à côté de la table du fond. C'est une belle photo, choisie parmi celles que j'ai données à la police. Elle est en haut d'un toboggan, souriante. Ils l'ont recadrée pour que seul son visage soit visible.

Khatri entre d'un pas assuré dans la pièce, serrant une bouteille d'eau. Elle est assise derrière un carton portant son nom. Aiden et moi la suivons. Nous nous asseyons à notre place.

Des flashs d'appareil photo et des murmures nous parviennent. Un micro a été installé sur la table en face de moi. Mon corps est tendu. Je jette un coup d'œil à Aiden, assis avec raideur sur sa chaise, les yeux rivés sur la caméra. *Faites qu'il ne soit pas l'objet de toutes les questions,* pensé-je.

Khatri remercie la presse d'être venue et explique la situation. D'une voix sans émotion, elle déclare à la presse que Gina a été enlevée par une femme aux cheveux roux à onze heures mercredi matin. Elle mentionne que la femme portait peut-être une perruque ou s'est teint les cheveux. Elle décrit ses vêtements, puis ceux de Gina.

À côté de moi, Aiden respire laborieusement. Les flashs des appareils photo l'effraient. Toutes les portes de la pièce sont closes, et je sais qu'il se sent enfermé avec tous ces gens. Mon fils est un homme, mais il a besoin de protection. Je prends sa main dans la mienne et la serre, pour essayer de le faire revenir.

— Après la conférence de presse, nous diffuserons des images de vidéosurveillance, poursuit Khatri. Nous demandons à toute personne de nous contacter si elle reconnaît cette femme. Nous vous remercions tous pour votre coopération. Nous vous remercions également de respecter la vie privée de Mlle Price et de son fils, Aiden, qui ont le cœur brisé par l'enlèvement de la petite Gina.

Encore cette expression, « cœur brisé ». Cela suggère, pour moi, que Gina est déjà morte.

Mais elle ne l'est pas ; je refuse de le croire.

— Mlle Price va dire quelques mots à présent.

Khatri se penche et me fait un signe de tête.

Tous les yeux sont braqués sur moi depuis le début, mais je ressens désormais chaque globe oculaire. Je remarque aussi la luminosité de la pièce. Les stylos qui martèlent les carnets. Le battement de mon cœur. La sueur sur mes tempes.

— Je voudrais dire quelques mots au nom d'Aiden et de moi-même, dis-je, la gorge aussi sèche que le Sahara, au sujet de la petite fille drôle et intelligente que nous aimons tous les deux. Gina est la lumière de nos vies et elle nous manque plus que tout. S'il vous plaît, si vous voyez quelque chose, signalez-le en appelant. Même le plus infime détail pourrait aider à faire avancer l'enquête. Nous voulons juste que

Gina rentre à la maison saine et sauve. Et si vous l'avez enlevée, si la femme sur la vidéosurveillance nous regarde... Ne lui faites pas de mal. Ramenez-la-nous.

Khatri hoche la tête pour m'indiquer que ça suffit. Je laisse échapper une longue expiration alors qu'elle termine la conférence. Certains journalistes ont des questions, mais je ne les entends pas. Tout ce que je peux entendre, c'est le battement de mon propre cœur. Ce n'est pas suffisant. Ce que j'ai dit n'est pas suffisant. Il n'y avait pas assez de temps pour expliquer combien Gina compte pour nous. Tout ce spectacle semble convenu, comme si je faisais partie d'une émission de télé-réalité. Personne n'est la vraie version de lui-même, sauf peut-être Aiden, qui ne peut être que vrai.

Je trouve la caméra et dirige mon regard droit sur elle.

— Amy.

Khatri devient soudain très silencieuse.

— Mlle Price, qu'est-ce que vous... ?

— Amy, je sais que tu as ma fille.

— Nous n'avons pas le temps pour...

— Rends-la-moi. Rends-la-moi avant que je ne vienne te chercher.

Khatri essaie d'attraper mon poignet, mais je me dégage. Du coin de l'œil, je sens sa panique.

— Si tu touches à un seul de ses cheveux, je te tuerai. Je ne sais pas pourquoi tu l'as enlevée, si c'est par vengeance ou pire. Mais je sais que c'est *toi* qui as enlevé ma fille. Je sais que c'était toi, Amy.

Des mains se glissent sous mes bras.

— Amy Perry ! C'est elle qui a enlevé ma fille. Trouvez-la !

J'essaie de me pencher sur le micro, mais on m'éloigne.

Aiden me suit alors qu'on m'emmène hors de la pièce. Sa peau est passée du gris au blanc. Lorsque le policier me lâche, mon fils tend la main et touche le haut de mon bras.

— Tu vas bien, maman ?

— Qu'est-ce que c'était que ça ? fait Khatri d'un ton impérieux. Est-ce l'image que vous voulez donner au grand public ? Être sortie de force d'une conférence de presse ?

— C'est vous qui avez choisi de m'éloigner.

— Non, dit-elle, ce n'était pas mon choix. Vous avez cité et humilié une suspecte en direct à la télévision. Savez-vous à quel point vous avez compromis cette enquête ? C'était vraiment stupide...

Elle secoue la tête, les joues rouges, incapable de trouver les mots.

— Je n'ai jamais vu un parent faire ça avant

Le regret commence à s'insinuer en moi, mais je le repousse. Elle ne connaît pas Amy comme je la connais. Rien de ce que j'ai fait n'a compromis l'enquête, car Amy sait que c'est personnel de toute façon. Ce que j'ai fait, c'est la confronter, ce qui pourrait la faire sortir du trou où elle se terre.

— Ce que vous avez fait aura des implications qui dépassent de loin cette enquête, prévient Khatri. Je pourrais vous faire arrêter pour incitation à la violence. Si Amy Perry s'avère être innocente, vous pourriez avoir ruiné sa vie. Vous comprenez ?

— Dans ce cas, tout va bien, rétorqué-je. Parce qu'elle n'est pas innocente.

Chapitre 11

LA CHAPELLE

Avant de retirer mes écouteurs, je marque une pause pour observer mon reflet déformé sur l'écran noir de l'ordinateur. Il faut s'habituer aux cheveux foncés. Même chose pour leur longueur, même s'il est plus facile de jardiner avec les cheveux courts. Et leur entretien est moins fastidieux.

Amy Perry ! C'est elle qui a enlevé ma fille. Trouvez-la !

J'aimerais que tu puisses entendre la fougue dans sa voix ! Elle a perdu un peu de poids, ça se voit sur son visage, au niveau des pommettes. Elle n'est pas maquillée et ses yeux sont mouillés de larmes fraîches. Elle baisse la tête d'un air abattu. Ce rôle lui a toujours convenu. Elle est *la mère* de tout le monde.

Mais elle devrait savoir comment jouer à ce jeu depuis le temps. Ce qui a commencé avec Aiden est arrivé à Gina. On pourrait penser qu'elle est plutôt négligente avec ses enfants. En perdre un est un drame, en perdre deux devient une habitude, et on finit forcément par se demander ce qu'une telle personne a fait pour mériter toutes ces mauvaises choses. Je crois personnellement au karma.

Certaines personnes naissent-elles avec le mot *victime* inscrit sur leur front ? Si c'est le cas, Emma a été marquée. Peut-être que ce sont ses yeux mélancoliques ou sa bouche tombante. Mais je ne crois pas à son côté victime. Elle n'a que ce qu'elle mérite.

Il est temps de quitter la bibliothèque – où je viens pour utiliser Internet –, mais d'abord j'en profite pour envoyer quelques messages. Je dois maintenir le contact.

Il est presque 17 heures et je devrais retourner à l'église avant que les gens ne sortent du travail pour rejoindre leur triste petit chez eux. Je veux rentrer te voir. Je veux revoir ton visage.

Cette fois, j'ai décidé de me rendre à la bibliothèque de la ville voisine. Le village près de la chapelle est trop petit, et je ne veux pas qu'on se souvienne de moi. Cet endroit n'est pas aussi minuscule, mais ça reste une ville du centre de l'Angleterre avec peu d'habitants et je ne veux pas prendre de risques inutiles. Mais je dois aller faire du shopping.

La vague de chaleur surprise de septembre se poursuit, ce qui me donne une bonne excuse pour porter un chapeau de paille et des lunettes de soleil. Je range mes écouteurs dans mon sac et je me dirige vers le Sainsbury's de l'autre côté de la rue.

Amy Perry ! C'est elle qui a enlevé ma fille. Trouvez-la ! Sa voix résonne clairement dans mon esprit. Un sourire se dessine sur mes lèvres. Elle est entrée dans la pièce avec une sale tête, mais au début, elle semblait au moins se contrôler. Je me suis délectée du moment où elle a craqué. Ses accusations l'ont fait passer pour une folle. Qui pourrait la prendre au sérieux après ça ?

Elle joue encore mal le jeu. Emma a un don d'autosabotage. Tout le monde se retourne toujours contre elle. Je secoue la tête. Elle est douée pour s'assurer d'être complètement seule.

J'attrape un panier de supermarché et je me promène tranquillement dans les rayons, profitant de la fraîcheur de la climatisation. Il y a un homme devant les céréales que je veux. J'attends patiemment qu'il bouge. Il arbore un léger sourire lorsqu'il réalise qu'il est dans le passage et s'excuse. Ensuite, je me dirige vers le rayon du lait. Il n'y a pas de frigo à la chapelle, mais c'est une occasion spéciale, pas vrai ?

Je peux peut-être me détendre un peu après la conférence de presse. Il est clair que la police n'a aucune idée de ce qu'elle recherche. Elle ne sait même pas par où commencer. Tout ce qu'Emma a réussi à faire, c'est saper ses propres soupçons. On ne parlera que de sa réaction de déséquilibrée au cours des prochaines semaines.

J'ajoute des bouteilles d'eau, des chips, du pain, du beurre, du fromage et du jambon. Des bonnes choses que je n'ai plus l'habitude d'acheter. Mais je dois t'acheter quelque chose pour toi, mon trésor, quelque chose que tu vas aimer. J'arpente les rayons, cherchant le cadeau parfait. Pendant ce temps, je touche l'argent dans ma poche qui me servira à payer tout ça. Pas de carte à puce pour moi.

À côté des cartes d'anniversaire se trouve une section consacrée aux jouets pour enfants. Il n'y a pas beaucoup de choix, mais mon regard est attiré par le dragon rouge. J'en prends un et le jette dans le panier. Tu vas l'adorer, ma petite.

Chapitre 12

EMMA

LA FEMME VIOLENTE titre le *Guardian*. Le tout suivi de la question : *Emma Price devrait-elle être poursuivie pour incitation à la violence ?*

Au moins maintenant, c'est de moi dont ils parlent et non d'Aiden. J'ai offert aux journaux le carburant qu'ils voulaient et détourné l'attention de mon fils.

Mais la quantité de vitriol déversée me choque toujours. Ma réaction de légitime défense face à Jake est évoquée à chaque fois. Les journaux me représentent bouche ouverte, les yeux écarquillés, en pleine diatribe. À côté se trouve un cliché où l'inspectrice Khatri m'éloigne de la pièce.

— Il est probablement préférable de ne pas lire les commentaires, suggère Tina en faisant le tour de la pièce pour ranger des choses qui n'ont pas besoin de l'être.

J'ai la nette impression qu'elle m'observe. Je me souviens que c'était la même chose avec Denise. Je me demandais toujours quelles informations elle transmettait à l'inspecteur-chef Stevenson, avant qu'il ne devienne un ami de la famille. Et même maintenant, je m'interroge sur les motivations de la police, y compris Stevenson.

Je me souviens bien de la paranoïa. Je me rappelle comment elle attisait la colère en moi, me poussant à détester tout le monde. Ce feu revient, et je ne sais pas si je dois me complaire dans la chaleur des flammes ou l'éteindre avant qu'il ne devienne incontrôlable.

J'ignore Tina et je parcours les commentaires avant de décider à contrecœur qu'elle a raison. Il reste encore un peu de compassion à mon égard, mais il y a davantage de dégoût. Des types de droite applaudissent mon approche directe, me félicitant d'avoir dénoncé la personne qui, selon moi, a enlevé ma fille. Ils se mettent en tête de retrouver Amy et de la forcer à révéler où est Gina. J'imagine une foule avec ses fourches, s'avançant vers le trou dans lequel Amy se terre pour l'en extraire. Puis je secoue la tête et chasse cette image. Au lieu de cela, je me tourne vers Aiden, assis tranquillement, griffonnant dans son cahier. Depuis la conférence de presse, il passe son temps sur son téléphone ou à dessiner. J'essaie de le décourager d'utiliser son téléphone, car il a accès à Internet, et donc aux commentaires horribles laissés par des personnes qui ne nous connaissent pas. Mais il semble l'utiliser encore plus qu'avant la disparition de Gina, et ça m'inquiète.

Nous avons à peine parlé aujourd'hui, et j'ai peur qu'il me repousse. Je ne pense pas qu'il comprenne pourquoi j'ai agi de la sorte, mais ce n'est pas grave. Il n'a pas besoin de savoir que je voulais distraire la presse. J'ai vu la façon dont ils le regardaient et je n'ai pas pu m'empêcher de penser à ce que Stevenson avait dit, qu'Aiden pourrait être au centre de cette enquête. Qu'il pourrait être si perturbé qu'il chercherait à reproduire ce qu'il a subi dans le bunker. J'ai l'estomac noué rien que d'y penser.

Lorsqu'il va aux toilettes, je prends son carnet et feuillette ses dessins, ignorant le sourcil levé de Tina. Ils représentent presque tous des boucles de cheveux. Les boucles de Gina. Je ferme le carnet et retourne vérifier les sites d'information.

Quand Aiden revient, je m'adresse enfin à Tina. C'est vendredi après-midi. Pas de nouvelles de Gina. Nous n'avons pas dormi plus de quatre heures d'affilée, nous réveillant à cause de cauchemars, ou réveillant l'autre avec nos mauvais rêves.

— On doit sortir de cette chambre d'hôtel, dis-je. On va perdre la tête ici.

— Je vous le déconseille, Mlle Price, dit Tina. Il y a des photographes partout.

— Mon fils a besoin de...
— Maman, c'est bon, dit Aiden calmement. Je ne veux pas sortir avec tous ces gens qui me regardent.

Mes yeux se remplissent de larmes, mais je hoche la tête et n'insiste pas. Nous restons dans cette pièce étouffante jusqu'au soir, quand Stevenson et Khatri arrivent. Lorsqu'ils entrent, ils me trouvent en train de faire les cent pas dans la chambre d'hôtel, nerveuse à cause de l'excès de caféine. Je deviens folle.

— Il n'y a pas de quoi s'inquiéter, dit Khatri. Mais j'aimerais prendre vos téléphones portables. Nous allons vous laisser quelques minutes pour noter les numéros dont vous avez besoin.

Je la regarde fixement, la mâchoire ouverte, incrédule.

— Vous plaisantez ? Et si quelqu'un a besoin de nous contacter d'urgence ?

— Vous pouvez en acheter de nouveaux. Il pourrait y avoir des preuves importantes sur vos téléphones pour retrouver Gina.

Elle hausse les épaules, puis met ses mains dans les poches de son pantalon. Elle n'a que faire de mon incrédulité. Elle n'a pas digéré la conférence de presse.

Ça y est, ça commence. Stevenson nous avait avertis. C'est une façon subtile de suggérer qu'Aiden est suspect.

— Ce ne sera pas pour longtemps, ajoute Stevenson.

J'observe la façon dont Khatri se tourne vers lui sans sourire. La police en a assez que notre contact se mette en travers du chemin. Malgré son grade, il commence à abuser de ses privilèges et je suis sûre qu'il le sait.

Aiden et moi passons quelques minutes à noter les numéros importants. Rob m'appelle tous les matins sur ce téléphone et s'inquiétera si je suis injoignable. Mon esprit commence à dériver vers les choses embarrassantes que la police pourrait voir sur mon téléphone personnel. L'historique de mes recherches porte sur la traite des êtres humains, les pédophiles et ce qui arrive aux enfants plus d'un jour après leur enlèvement.

Nous déposons nos téléphones dans un sac en plastique, ainsi qu'une note avec nos codes d'accès.

J'avais supposé qu'ils ne me suspecteraient pas. Le font-ils ? Ce n'est jamais la mère, c'est souvent le père, l'oncle ou le grand frère... Aiden n'est pas cette personne. Je le connais. Cette idée est complètement ridicule. D'abord, il aurait eu besoin d'aide, et Aiden ne connaît personne. Où pourrait-il avoir emmené Gina ? Pourquoi agir ainsi au milieu de la promotion de son nouveau livre ? J'expire lentement, essayant de calmer mon rythme cardiaque. Non, Aiden n'est *pas* cette personne, peu importe qui le soupçonne de l'être.

— Y a-t-il autre chose ? demandé-je.

— C'est tout pour le moment, répond-elle.

— En fait, je voulais ajouter quelque chose, dit Stevenson. L'inspectrice Khatri pourrait être d'accord avec moi sur ce point. Vous êtes tous les deux enfermés dans cette chambre d'hôtel et l'hôtel grouille de photographes. En plein Londres, c'est facile pour eux de vous suivre partout. Et si vous retourniez à Bishoptown ? Ou même à Manchester ? L'inspectrice Khatri peut vous rappeler s'il y a des problèmes.

Khatri jette un regard perçant à Stevenson.

— Ils sont importants pour l'enquête. Nous devrons peut-être les interroger.

— Vous l'avez déjà fait, fait-il remarquer. Après que Gina a disparu. Mlle Price a été extrêmement coopérative.

Il commence à se comporter en avocat, mais je suis reconnaissante pour sa suggestion.

— Je ne crois pas que Mlle Price ou M. Price soient suspects. Ils étaient présents au moment de l'enlèvement.

— Ils ne sont pas suspects, mais...

— Bien. Dans ce cas, je pense que vous êtes d'accord pour dire qu'ils ne peuvent pas vivre comme ça. Je peux être votre agent de liaison au sein de votre propre maison si cela vous convient, Emma. Bishoptown serait plus pratique pour moi ; j'habite tout près.

Khatri offre à Stevenson un sourire en coin.

— Ce serait très inhabituel pour un inspecteur-chef d'être l'agent de liaison avec une famille.

— J'ai un lien professionnel de longue date avec cette affaire, dit-il, et je sens au ton de sa voix qu'il essaie de faire jouer la hiérarchie.

— Bien sûr, monsieur, concède-t-elle.

— Je suis sûr que tout le monde à la Met continuera à faire son travail comme il faut. Aiden et Emma ne seront qu'à quelques heures de train si vous avez besoin d'eux.

Son lent sourire s'étend d'une oreille à l'autre.

— Je peux être votre interlocuteur privilégié pour toute information.

— Mais... et si vous retrouvez Gina à Londres ? Je veux être là pour elle, interviens-je.

— Emma, elle n'est peut-être pas à Londres, répond Stevenson. Il n'y a aucune raison de vivre ici dans de telles conditions pour cette simple raison.

— Et nos téléphones ?

— Vous pourriez en acheter de nouveaux, dit Khatri sans sourire.

Au moins, cela nous permettrait de nous éloigner de l'inspectrice Khatri. Je commence à penser qu'elle cherche à nous intimider en restant à l'hôtel.

— Qu'est-ce que tu en penses, Aiden ?

Je sais qu'il a des sentiments contradictoires à propos de Bishoptown.

— Tu préfères aller à Manchester ?

— Peu m'importe, répond Aiden. Tant que c'est un endroit que Gina connaît.

— Elle pensera au village, dis-je. J'en suis sûre.

Nous le savons pertinemment : ma fille de quatre ans ne pourrait pas se rendre à Bishoptown toute seule. Mais c'est un endroit familier avec des gens qu'elle connaît. Rob, Sonya, Peter, Josie. Soudain, ils me manquent.

— Très bien, dis-je en me retournant vers les inspecteurs. Va pour Bishoptown. On partira demain matin, si c'est bon pour vous ?

Nous avons décidé que Stevenson conduirait ma voiture jusqu'à Bishoptown pour plusieurs raisons. L'une étant qu'il est venu à Londres en train, l'autre parce que je ne pense pas que Khatri nous aurait laissés partir seuls, et la dernière raison est que j'ai à peine fermé l'œil depuis l'enlèvement de Gina. C'est un soulagement d'être loin de la présence pesante de l'inspectrice Khatri. Nous devons lui rendre compte de nos moindres faits et gestes. Même si elle prétend qu'aucun de nous n'est suspect, je n'y crois pas. Nous avons eu de la chance de sortir de cette chambre d'hôtel.

Il y a une autre raison pour laquelle j'ai accepté. Mon cauchemar a commencé à Bishoptown quand Aiden a été enlevé, et j'ai le sentiment qu'il se terminera au même endroit. Le village me relie à Amy, de nos jours d'école à une amitié d'adultes qui a tourné au vinaigre. Si Amy doit nous contacter, ce sera à Bishoptown. Amy n'est pas Hugh. Je ne crois pas qu'elle ait le même désir de faire du mal à un enfant. Elle a enlevé Gina pour attirer mon attention et me forcer à assumer ce que j'ai fait en la chassant du village. Elle ne fera pas de mal à ma fille, elle l'utilisera comme appât. *Ma fille*. Je ferme les yeux. Je peux encore sentir ses cheveux. Cette odeur de shampoing pour bébé.

Me reprenant avant de me mettre à pleurer à nouveau, j'essaie de repasser les faits dans ma tête. Ce que je n'arrive pas à comprendre, c'est où Amy garde Gina. Il n'est pas facile de dissimuler un enfant à la police. Je pense à tout ce que Hugh a fait pour cacher Aiden et mon estomac se noue. Comment vit-elle ? Comment se fait-il qu'il n'y ait aucune trace de location ou d'achat d'une autre maison ? La seule solution que je vois, c'est qu'elle a dû se créer une autre identité, et qu'elle l'utilise pour payer son logement. J'espère, au fond de moi, qu'Amy a au moins mis un toit sur la tête de ma fille. Qu'elle la nourrit, s'assure qu'elle ne tombe pas malade.

Je prends une profonde inspiration.

— Tout va bien ? demande Stevenson.

Nous sommes coincés dans les bouchons sur l'autoroute. Aiden s'est assoupi sur la banquette arrière. Son menton repose sur sa poitrine.

— J'admets que je ne sais plus où donner de la tête.
— Moi non plus.
— Quel âge ont vos enfants ?
— J'ai deux ados maintenant. Deux filles.
— Finie l'heure du bain, alors ?

Il laisse échapper un petit rire.

— Mes deux filles sont le jour et la nuit. Jess peut passer des heures dans la salle de bain avec toutes sortes de lotions et de potions. Carrie préférerait être dehors à marcher, à se salir.

— Carrie. Joli prénom, dis-je.

— Ma femme l'a choisi en raison de sa série préférée. Je suppose que les gens ne pensent plus autant au film.

J'émets un *Hmm*, mais mon esprit s'égare à nouveau. Je me demande si Amy suit les informations et apprendra que nous avons déménagé à Bishoptown. Combien de temps peut-elle séquestrer une enfant chez elle sans que personne ne s'en aperçoive ? Les voisins auraient sûrement remarqué l'apparition soudaine d'une petite fille de quatre ans.

— Êtes-vous certaine qu'Amy Perry a enlevé votre fille ? demande Stevenson.

Enfin, les voitures se remettent à avancer. En ce samedi après-midi, il fait une chaleur écrasante. Nous étouffons dans la voiture malgré la climatisation. Le temps que nous parvenions à nous organiser, nous sommes partis en milieu de matinée et non aux aurores, comme prévu.

— À quatre-vingt-dix pour cent.

— Pas cent pour cent ?

— Non, admets-je. Mais je n'ai pas d'autre idée. Pour moi, Amy est la seule personne qui avait un mobile pour enlever Gina. Elle nous déteste, Aiden et moi. Peut-être même qu'elle m'a toujours détestée, depuis l'école. Pour une raison qui m'échappe, Hugh était l'amour de sa vie et Aiden le lui a enlevé. Et je l'ai menacée. J'ai plaqué un couteau contre...

— Emma... Taisez-vous avant que je doive vous arrêter.

Je hausse les épaules.

— Vous n'en ferez rien.

Il laisse échapper un long soupir.

— Elle a aidé Hugh. Je sais qu'il n'y avait aucune preuve pour les relier, mais je sais qu'elle l'a fait. Elle me l'a avoué.

— Pendant que vous la menaciez avec un couteau ? dit-il.

Je secoue la tête, frustrée.

— Vous n'étiez pas là. Elle a avoué. Elle a truqué ce statut Facebook prouvant soi-disant la présence de Hugh à Las Vegas. Elle a même envoyé Aiden près de la rivière et a dit à Hugh où il serait. Elle a tout planifié. Elle aurait fait n'importe quoi pour cet homme, elle était amoureuse de lui. Et puis elle a tenu à être sous le feu des projecteurs quand Aiden est revenu. Elle s'est même mise à donner des interviews à *This Morning*, bon sang ! Elle doit avoir une maladie mentale, j'en suis sûre. Du narcissisme ou quelque chose comme ça.

— Si ce que vous soupçonnez à propos d'elle et Hugh est vrai, alors en effet, il semble crédible qu'Amy soit la ravisseuse, dit-il. Mais où aurait-elle emmené Gina ? Comment l'aurait-elle cachée ?

Je fronce les sourcils en regardant par la fenêtre de la voiture l'herbe jaunissante qui défile.

— C'est ce que j'essaie de comprendre.

— Ce que vous avez fait à la conférence de presse était à la fois intelligent et stupide.

— Je sais, dis-je. Au moins, maintenant, elle sait qu'elle a toute mon attention.

Chapitre 13

EMMA

De retour à Bishoptown, dans mon ancienne maison d'enfance, je jette un malheureux sac plastique informe sur le canapé et regarde la poussière s'envoler. La lumière du soleil éclaire les particules qui dérivent. Gina courrait partout pour essayer de les attraper si elle était là. Elle adorerait cet endroit, son côté défraîchi et éclectique. Combien de fois l'ai-je amenée dans cette maison depuis que nous avons déménagé ? Elle était encore bébé quand nous sommes partis et ne se souviendrait même pas d'avoir vécu ici. Nous nous sommes arrêtés une ou deux fois pour y passer la nuit, mais ce n'est pas pareil. Je me souviens qu'elle a aimé les murs colorés et les photographies la dernière fois que nous sommes venus.

Stevenson a regagné sa maison d'York. Il est auprès de ses deux adolescentes et de sa femme. J'imagine ses filles : l'une équipée de bottes Wellington, les cheveux courts et souriant à pleines dents, l'autre en robe, les cheveux bouclés tombant sur ses épaules.

J'ai une autre image en tête. Une image de Gina, seule, enchaînée au mur, derrière des barreaux de fer. Je l'imagine dans le bunker d'Aiden, même si je n'en ai pas envie. Je ne saurai jamais réellement l'enfer qu'a vécu Aiden dans ce bunker, mais ça n'empêche pas mon cerveau de l'imaginer. L'idée que Gina traverse la même chose est insupportable. Ça me fait mal – réellement, physiquement.

Mais ça ne la ramènera pas à la maison. Je croise le regard d'Aiden et le vois se pencher, la mâchoire crispée.

Nous commençons à ranger la maison pour nous occuper. C'est mieux que de rester assis à nous apitoyer. Il nettoie la cuisine et je passe l'aspirateur sur la moquette du salon. J'attrape deux araignées dans les toiles aux coins de la pièce et les jette par la fenêtre.

Quelques heures plus tard, Aiden me dit bonne nuit avant d'aller directement se coucher dans la chambre qui n'a pratiquement pas changé depuis qu'il avait six ans. Il y a eu de nouveaux propriétaires pendant un court moment, après que j'ai épousé Jake, mais heureusement, ils n'ont pas modifié grand-chose. Ils ont simplement repeint le salon et modernisé la cuisine. La chambre d'Aiden n'a pas servi. Je m'affale sur le canapé et sors la petite boîte en carton de mon sac. Sur le chemin de Bishoptown, nous nous sommes arrêtés dans un centre commercial et avons acheté de nouveaux smartphones. Voyant qu'Aiden est allé se coucher, je me penche sur le mien. Je me familiarise avec et j'installe la nouvelle carte SIM.

C'est en parcourant les actualités que mes yeux dérivent et que l'obscurité prend le dessus. Un vieux cauchemar de claustrophobie, où je suis coincée dans un espace exigu, s'infiltre dans mon subconscient. Je fais ce même rêve récurrent depuis que je suis toute petite. Il revient occasionnellement s'immiscer dans mes nuits d'adulte. C'est le même cauchemar qui m'a hantée lorsque j'ai réalisé ce qui était arrivé à mon fils.

J'ouvre grand les yeux, m'attendant à être piégée dans cet espace exigu. Ma poitrine se soulève et s'affaisse rapidement. Il me faut un moment pour me rappeler où je suis.

— Maman ?

Aiden se penche en avant dans le fauteuil en face du canapé.

— Tout va bien ?

Je me redresse et me frotte les yeux, voyant la tasse de thé chaud sur la table basse.

— Tu as acheté du lait ? lui demandé-je, cette pensée me faisant immédiatement paniquer.

C'est stupide, mais le fait qu'Aiden sorte tout seul me met toujours mal à l'aise, même si c'est pour aller chercher une brique de lait.

— Non. C'est moi.

Josie me fait signe depuis le couloir.

— Les toasts et la confiture arrivent.

— Comment as-tu su que nous étions de retour ?

Je prends la tasse thé, reconnaissante pour l'apport en théine.

— Aiden m'a appelée à l'aube, dit-elle.

Un bruit de ressort suivi d'un pop métallique s'élève de la cuisine.

— Ça doit être les toasts. Je reviens tout de suite.

— J'ai pensé qu'elle pourrait nous aider, dit-il. J'ai mal fait ?

Mes muscles se détendent un peu.

— Non. Je suis contente que tu l'aies appelée. Comment ça va ce matin ?

Il hausse les épaules.

— Tout semble plus calme.

Je sais ce qu'il veut dire. Pas de questions constantes ou de commentaires insolents. Pas de gloussements ou de petits pieds qui martèlent le sol. Oui, c'est calme sans elle. Et rien à voir avec le soulagement coupable de faire une pause, plutôt le silence étouffant de l'absence.

— Tu veux des toasts ? demandé-je à Aiden. Je peux demander à Josie de t'en préparer.

Il acquiesce.

— Je n'ai pas si faim que ça au final. Tu peux prendre ceux que Josie a mis dans le grille-pain.

Je me souviens de mon babillage à l'époque pour essayer de compenser son silence.

— Écoute, on va la récupérer. Je connais Amy et elle n'est pas comme Hugh. Elle ne t'a jamais fait de mal et je ne pense pas qu'elle en fera à Gina.

Je marque une pause.

— Je suis désolée si c'était insensible de ma part.

— Non, non, ça va, répond-il. Je veux t'aider, alors tu dois me dire ce que tu penses.

Je suis surprise. D'habitude, Aiden n'est pas si ouvert sur ses sentiments.

— Je suis contente que Stevenson ait suggéré qu'on vienne ici, parce que c'est ici qu'Amy et moi on a grandi. Elle est liée à cet endroit autant que moi, et je pense qu'elle cherchera à me contacter si je suis là.

Plus j'y pense, plus je suis convaincue qu'enlever Gina était une façon de nous faire du mal. Une façon d'attirer mon attention.

Je secoue la tête, avec l'impression d'être ridicule maintenant que je l'ai dit à voix haute.

— Ce que je veux dire, c'est que... Je pense que c'est personnel.

Aiden hoche la tête.

— Mais quel est l'intérêt ? Pourquoi ne pas simplement s'en prendre à toi ?

— Je ne sais pas, suis-je forcée d'admettre. Peut-être qu'elle essaie de m'attirer quelque part.

Aiden inspire et se crispe.

— Alors tu as besoin de protection.

— Je peux me débrouiller, chaton, dis-je.

— Désolée.

Josie se tient sur le seuil de la porte et nous tend une assiette de toasts et de confiture.

— Je ne voulais pas vous interrompre, mais les toasts refroidissent.

— Aiden peut prendre cette fournée, dis-je en lui faisant passer l'assiette. Ça te dérange si je passe un coup de fil à Rob ?

— Pas de problème.

En sortant de la chambre, je la prends dans mes bras.

— Merci d'être là.

— Toujours, répond-elle. Tu le sais.

Nous passons la matinée à manger des toasts tout en racontant à Josie tout ce qui s'est passé à Londres, ce qui me rappelle que j'ai du soutien ici. Je l'avais presque oublié. Pour la première fois depuis l'enlèvement de Gina, je me permets d'être émotive en présence d'autres personnes. Je ne peux pas empêcher les larmes de couler. Aiden est assis en silence, le visage rongé par le chagrin. Après le déjeuner, nous traversons le village jusqu'à la maison de Rob. C'est alors que nous réalisons que certains des photographes nous ont suivis jusqu'ici.

Peut-être étaient-ils avec nous tout au long du voyage, quelques voitures derrière sur l'autoroute, attendant la photo parfaite. Cherchant à avoir l'exclusivité de nos siestes dans les embouteillages.

Leur présence est toujours là, en arrière-plan. Ils sont tapis dans l'ombre du pub ou errent sur les rives de l'Ouse.

— Est-ce que je dois leur dire quelque chose ? suggère Aiden.

L'idée qu'Amy utilise Gina pour me faire du mal a réveillé une sorte d'instinct de protection chez mon fils. Il se tient droit, essayant de gonfler sa poitrine chétive. Cette vue me donne envie de pleurer à nouveau, mais je me contente de lui prendre la main.

— Laisse-les. On va aller voir ton père. Il n'y a rien de mal à ça, et tout ce qu'ils rapporteront sera une perte de temps pour eux.

Pendant le court trajet, je remarque que même des promeneurs de chiens nous regardent avec intérêt. J'aimerais que nous puissions être anonymes. J'aimerais que nous puissions vivre une vie normale.

Rob ouvre la porte, abandonne sa canne et me prend dans ses bras.

— Je voulais venir à Londres, mais… Eh bien, je ne voulais pas être de trop.

Son visage est rouge, ses joues gonflées. Une chose que je ne peux m'empêcher de remarquer chez Rob ces jours-ci, c'est la rapidité avec laquelle il a repris du poids depuis qu'il est sorti de l'hôpital. Non seulement je le remarque, mais je me sens responsable.

— Tu ne seras jamais de trop, dis-je, et je le pense.

Alors qu'il nous fait entrer, je le préviens que la photo de nous en train de nous enlacer sera probablement dans les journaux demain.

Il hausse les épaules.

— On s'en fout. Rien de ce qu'ils disent n'est vrai, n'est-ce pas ?

Je ne sais pas. Tard dans la nuit, lorsque mon esprit s'emballe, lorsque je veux seulement endormir la douleur avec de l'alcool, je commence à me demander s'ils n'ont pas raison sur un point, à savoir que je suis une mauvaise mère. Je repense à un commentaire sur l'un des articles. Un message anonyme : *Une fois, c'est une coïncidence. Deux fois, c'est une tendance.*

La tendance, c'est moi et les gens que j'aime. Je fais du mal à tout le monde autour de moi.

— Oh, Emma.

Sonya se précipite vers moi pour me serrer dans ses bras.

— Tu tiens le coup ? Je n'arrête pas de prier pour que la police retrouve la petite Ginny. Je ne peux pas m'empêcher de penser à elle. Et à toi.

— Merci.

— Tu as l'air absolument épuisée. Assieds-toi un peu.

Je m'enfonce dans le canapé alors qu'elle dépose un baiser sur la joue d'Aiden.

— Tu as pensé à engager un détective privé ? demande-t-elle en tirant une chaise vers le canapé. Je ne dis pas que la police est incompétente, mais Peter et moi en parlions, et nous pensons qu'ils n'ont pas fait du bon travail pour retrouver Aiden. Du moins, je ne trouve pas, si ?

— Je... Je n'y avais pas pensé, admets-je.

— Réfléchis-y, ma belle, dit-elle.

Je souris avec reconnaissance à Sonya. Depuis qu'elle a compris que je n'essaierai pas de l'empêcher de voir Aiden, le froid entre nous s'est dissipé. C'est agréable de les avoir dans ma vie ; même s'ils ne sont pas techniquement mes beaux-parents, c'est tout comme.

— Sonya t'a parlé de l'idée du détective privé ? demande Peter en entrant dans la pièce. Ce ne serait pas une mauvaise chose d'avoir une autre paire d'yeux sur l'affaire.

— Laissez-lui le temps de respirer, dit Rob.

— Ne croyez pas les journaux, dit Sonya en ignorant son fils. Ils ont déjà signalé que vous étiez de retour. Vous n'avez passé qu'une nuit ici !

Elle lève les mains en l'air, exaspérée. Je ne peux que hocher la tête, épuisée, tandis que l'après-midi continue.

***

Peter insiste pour nous reconduire chez nous, alors que j'aurais préféré prendre un taxi. Je soupçonne qu'il fantasme sur le fait d'esquiver les paparazzi grâce à ses impressionnantes compétences de chauffeur pendant les cinq minutes de trajet entre leur maison et la nôtre. La réalité est qu'il n'y a plus personne dehors. Les photographes sont probablement en train de nous observer de loin. Mais ça nous évite tout de même de marcher.

J'écoute ma boîte vocale sur le chemin. Stevenson a laissé du courrier pour Aiden et moi à la maison. La police a reçu de nombreuses lettres et les a épluchées à la recherche d'indices avant de nous les transmettre. Un autre rappel de la première fois. Des lettres gentilles de personnes touchées, mais aussi des lettres tordues, cruelles.

J'espère qu'ils ont filtré les plus cruelles.

La pile d'enveloppes nous attend sur le paillasson. Je me penche et les ramasse.

— Tu veux les lire maintenant ou manger avant ?
— Manger, répond Aiden.

Nous avons déjà convenu sur le chemin du retour que nous commanderions une pizza. Nous avons choisi jambon et ananas parce que c'est la préférée de Gina. Je jette les enveloppes sur la table de la cuisine et téléphone rapidement à l'épicerie du coin. Je connais à peine le propriétaire, bien que nous ayons déjà commandé plusieurs fois. Pourtant, je suis surprise de l'entendre insister pour nous offrir la pizza.

— Je ne peux pas accepter...
— J'insiste.

Aiden et moi sommes assis à table et décidons d'ouvrir le courrier pendant que nous attendons. Je commence à trier les enveloppes, mettant toutes les lettres adressées à Aiden sur une pile, les cartes sur une autre, et celles pour moi sur une pile séparée.

— N'oublie pas de ne rien prendre à cœur, lui rappelé-je. Ce genre de chose rend les gens fous.
— Je sais, dit-il, ressemblant plus que jamais à un homme de vingt ans qui en aurait assez de sa mère.

Chaque fois qu'il me surprend avec un peu de normalité, j'ai envie de l'attraper et de le serrer fort dans mes bras, mais je sais qu'il n'aimerait pas ça.

— Maman.

Sa voix est fluette, et il chuchote avec précipitation :

— Quoi ?

Je lève la tête et le trouve en train de fixer une feuille de papier entre ses mains.

— Regarde.

Aiden fait glisser la lettre sur la table.

Elle est adressée à « Emma et Aiden Price ».

REMETTEZ-MOI 50 000 £ SI VOUS VOULEZ LA REVOIR UN JOUR.

VOUS RECEVREZ UNE AUTRE LETTRE.

ATTENDEZ-LA.

N'ALLEZ PAS VOIR LA POLICE OU ELLE MOURRA.

CHAPITRE 14

LA CHAPELLE

Il a plu pour la première fois de la semaine la nuit dernière, mais tu le sais déjà, n'est-ce pas ? Je suis désolée pour les fuites. Excuse-moi pour cette maison, ce n'est pas ce que je voulais pour toi. Mon seau est rempli au quart d'eau de pluie. Si je la mets de côté pour la traiter avec des comprimés de purification, nous aurons de l'eau potable. Tu vois, il y a de nombreuses façons de vivre sans dépendre de quelqu'un d'autre. C'est comme ça qu'on survit.

Oncle Gregory m'a appris à faire tout ça parce que j'étais sa nièce préférée. J'étais sa seule nièce, mais il aimait me dire ça quand même. Ils n'avaient pas d'enfants et ils étaient heureux que je leur rende visite. Ils me disaient même à quel point j'étais spéciale. Tante Kim tressait mes longs cheveux et les épinglait sur le dessus de ma tête comme si je portais une couronne. Elle m'appelait sa princesse.

Mais j'étais assez stupide pour penser que je serais toujours une princesse une fois que mon droit de visite serait devenu permanent. Pendant un moment, tout allait mieux, jusqu'à ce que ça dérape.

C'est un travail difficile de déterrer les légumes. Il faut un sac en toile de jute, comme celui-ci, qui aide à empêcher que les pommes de terre ne germent. Il y avait un écureuil dans le piège aujourd'hui, c'est une bonne chose, j'avais envie de manger de la viande. Peut-être que toi aussi. Je vais le dépecer et le cuisiner pour toi. Oncle Gregory m'a montré comment faire ça aussi.

Au début, c'était excitant de recevoir des compliments d'autres personnes et de se voir enseigner une autre façon de vivre. Je reste reconnaissante pour ce que m'a appris mon oncle, même s'il y a eu des moments difficiles. Quand je pense à eux, j'ai tendance à penser aux bons moments plus qu'aux mauvais. L'excitation de savoir qu'une visite était imminente. Mais à cette époque de ma vie, tout était mieux que d'être avec ma mère. Elle n'était pas douée pour les compliments. Ce n'était pas une bonne mère non plus.

Il faut enlever la saleté des légumes racines. D'abord les pommes de terre. Il est important de manger équilibré. Il faut garder des forces pour ce qui est à venir. Pour le plan à mettre en œuvre. Et pour être honnête, j'apprécie le travail manuel qui accompagne ce mode de vie. Ça m'occupe et ça permet à mon esprit de vagabonder. J'ai tellement d'idées qui tournent dans ma tête en permanence, comme dans une machine à laver.

Pour l'instant, il est plus important que jamais de se concentrer sur les tâches à venir, mais il faudra un peu de temps pour tout filtrer. Parler avec toi m'aide à comprendre tout ça. Merci pour tout. Merci d'être là.

Tu sais, je déteste l'admettre, mais je dois le faire : Emma est une bonne mère. Elle s'est battue plus fort que ma mère ne l'a jamais fait. Si j'avais disparu quand j'étais enfant, elle ne l'aurait probablement pas remarqué avant plusieurs jours. En fait, c'est ma mère qui disparaissait pendant des jours et des jours. À chaque fois, je me disais que c'était fini. Qu'elle ne reviendrait jamais et que je devrais apprendre à me débrouiller seule. Dans ces moments sombres, je sautais dans un bus. Âgée d'à peine onze ans, je voyageais toute seule. À l'autre bout, Tante Kim ouvrait grand les bras et m'appelait sa *princesse.*

J'ai décidé il y a longtemps que je préférais être spéciale plutôt qu'ignorée. C'est pardonnable, n'est-ce pas ? Pardonne-moi, je t'en prie, d'avoir voulu être spéciale.

Il y a un garçon que j'ai bien aimé autrefois. C'était le garçon que toutes les filles convoitaient. Bon au rugby. Grand. Des cheveux noirs. Des yeux bruns bordés de longs cils. Mais il ne me trouvait pas spéciale, du moins pas au début. Il ne m'avait même jamais remarquée. C'était un des garçons de ma nouvelle école, quand je suis allée vivre avec Oncle Gregory et Tante Kim.

J'avais raison, vois-tu. Un jour, maman n'est pas revenue, et on lui a finalement retiré ma garde. C'est alors que j'ai commencé à aller dans une nouvelle école, une meilleure école. Du genre où les autres enfants jugent ce que tu portes et comment tu parles. Je n'étais pas bien vue. Mes vêtements n'étaient pas à la mode, je ne regardais pas la télévision et je me fermais dès que quelqu'un essayait de me parler. Les professeurs me détestaient parce que je parlais rarement. En cours, je restais muette. Quand il y avait des présentations orales, je bégayais, rouge comme une tomate. Je n'avais aucun ami ou allié parmi les élèves ou les enseignants.

Ce n'est qu'en dernière année que j'ai découvert que je pouvais mettre un terme à la gêne et à la colère. La solitude. J'ai arrêté de me soucier de tout ça.

Chut maintenant, chut trésor. Ne pleure pas, pas pour moi. Je ne le supporterai pas. Tu m'entends ? Je ne le supporterai pas.

Voilà, tu m'as fait craquer. Tu me laisses continuer mon histoire ? J'ai encore beaucoup de choses à dire.

J'ai fait l'objet d'intimidations à l'école. C'est exactement ce que tu imagines. L'insulte la plus courante était « cinglée », mais j'ai fini par l'accepter. J'ai pris ce mot et j'ai décidé qu'il signifiait quelque chose dont je pouvais être fière. Il y a eu des mots bien pires. En plus des injures, il y avait des bousculades et des tirages de cheveux. Parfois, quelques élèves m'attendaient près de l'entrée, m'arrachaient mon sac et se le jetaient pendant que je m'agitais pour le récupérer. Ou ils le jetaient sur le casier le plus haut pour que je doive demander à un professeur de le récupérer.

Une fois, quelqu'un a fait tomber ma trousse du deuxième étage de l'école. J'ai fini par chuter dans les escaliers en essayant d'atteindre mes crayons avant que quelqu'un ne me les vole. Je me suis cassé le poignet et je n'ai pas récupéré les stylos.

Ce jour-là, tout a changé. Après ma chute, l'infirmière a téléphoné à mon oncle et je suis allée à l'hôpital pour me faire bander le poignet. Le trajet du retour a été calme, malgré quelques sanglots. J'étais un bébé pleurnichard, un peu comme toi. Ni ma tante ni mon oncle ne m'ont regardée pendant tout le trajet du retour.

Cette nuit-là, j'ai appris que je paierais pour les stylos que j'avais perdus. C'est la nuit où j'ai réalisé que je n'étais plus la nièce spéciale d'Oncle Gregory. J'ai été punie pour avoir perdu mes affaires. Mais avec le recul, ce moment a fait de moi la personne que je suis aujourd'hui. J'ai réalisé que le monde ne serait jamais tendre avec moi, alors pourquoi devrais-je être gentille avec les autres ?

Maintenant, reste tranquille, s'il te plaît, j'ai une lettre importante à écrire.

Chapitre 15

AIDEN

— Je ne vois pas d'enveloppe, dit-elle en la reposant. Tu te souviens s'il y en avait une ?

Nous sommes assis à la table de la cuisine avec le courrier étalé autour de nous. La demande de rançon se trouve au sommet du désordre, les lettres majuscules face visible. Gribouillées au stylo bille.

EMMA ET AIDEN PRICE

REMETTEZ-MOI 50 000 £ SI VOUS VOULEZ LA REVOIR UN JOUR.

VOUS RECEVREZ UNE AUTRE LETTRE.

ATTENDEZ-LA.

N'ALLEZ PAS VOIR LA POLICE OU ELLE MOURRA.

Pendant que maman faisait des piles, j'ai ouvert les enveloppes. La plupart des lettres avaient déjà été décachetées par la police, et j'ai rassemblé les enveloppes pour le recyclage.

— Je ne me souviens pas, avoué-je. Mais elle vient de cette pile. L'enveloppe n'est sans doute pas loin.

Maman commence à fouiller dans les enveloppes, mais il n'est pas évident de savoir laquelle a pu contenir la lettre.

— On devrait arrêter d'y toucher, dis-je. Ils vont sûrement y chercher de l'ADN.

Je me souviens que la police a parlé d'ADN pendant le procès.

Maman acquiesce.

— C'est vrai. Tu as raison.

Elle semble essoufflée. Ses doigts tremblent.

— Je devrais appeler Stevenson. Comment la police a-t-elle pu manquer ça ?

— Ça indique de ne pas aller voir la police, dis-je.

Elle fixe la note, paralysée, comme si elle essayait de prendre une décision.

— Non. On ne peut pas faire ça sans eux. On doit les prévenir.

— Et s'ils font du mal à Gina ?

Elle presse ses doigts sur ses tempes.

— Pour l'amour du Ciel, Aiden, tu pourrais arrêter de me culpabiliser ?

— Ce n'était pas mon but, maman.

Elle tend la main vers moi, mais je l'esquive. Elle a les larmes aux yeux et se mord la lèvre inférieure si fort que je pense qu'elle va se mettre à saigner.

— Aiden, je suis vraiment désolée, dit-elle. Ce n'était pas moi, c'était... On est stressés et je me suis énervée. Je ne voulais pas te crier dessus.

— Je sais, dis-je, acceptant ses excuses, mais ressentant toujours la douleur de ses mots.

Elle renifle et lit la lettre une dernière fois avant de sortir son téléphone de sa poche.

À la télévision, lorsque les familles sont stressées, elles se disputent. Dans *Coronation Street*, tout le monde crie. Je sais que c'est normal, mais je déteste ça. Quand quelqu'un hausse le ton, je me raidis instinctivement, attendant le coup. Je repousse ces pensées et lis la lettre une fois de plus. Où était l'enveloppe ? Puis ça me frappe.

Je ne sais pas si maman y a pensé, et j'hésite à le dire à voix haute, mais quelqu'un a probablement mis la lettre dans notre boîte aux lettres. Quelqu'un est venu chez nous la déposer. Il y a une chance pour que la personne qui a enlevé Gina se soit trouvée juste devant notre maison, à quelques mètres de là où nous sommes assis.

Je laisse échapper un long soupir. J'espère que je me trompe. Je suppose que la police va tout passer au peigne fin. Maman a raison, on ne peut pas continuer à toucher aux preuves, mais j'ai l'impression qu'on ne fait rien d'autre qu'attendre.

Pendant qu'elle parle à Stevenson au téléphone, je vérifie mon compte Instagram. Mon cœur s'accélère lorsque l'application se charge. Chaque fois, j'ai peur de ne pas avoir de nouveaux messages, mais j'en ai. Faith a repris contact, ce qui est un soulagement.

Quelqu'un nous a envoyé une demande de rançon, tapé-je, appuyant sur envoyer sans trop réfléchir. La réponse prend quelques instants. Je mordille ma lèvre inférieure en attendant. Parfois, Faith ne répond pas pendant quelques heures et j'ai peur qu'elle ne réponde plus jamais.

Merde, répond-elle. *Qu'est-ce que ça dit ?*

Je lui dévoile le contenu de la lettre. C'est un réel soulagement de pouvoir me confier. Maman n'est pas une personne avec qui il est facile de parler. Au moins avec Faith, je peux m'abandonner. Et je lui fais confiance.

Au moins, maintenant, on sait de quoi il s'agit, tapé-je. *J'avais peur que Gina soit maltraitée.*

Fais juste attention, Aiden. Les gens envoient des choses folles, dit-elle. Je m'arrête, les pouces au-dessus de l'écran, ne sachant pas trop comment répondre, quand je vois qu'elle est en train de taper un autre message. *Tu sais que je suis réelle, n'est-ce pas ? Que je suis là pour toi.*

Je me souris à moi-même. *Oui, je sais.*

Je suis toujours là. Tu peux compter sur moi. Elle m'envoie un gros emoji souriant.

Je t'aime, F, réponds-je.

Je t'aime encore plus, A. Quand est-ce qu'on va pouvoir se rencontrer en vrai ? Bientôt ?

Je marque une pause avant de répondre, tapotant le bord de mon téléphone du bout de l'ongle. *J'ai pas mal de choses à gérer ces derniers temps.*

Je sais, mais je pourrais te réconforter.

Est-ce que je veux qu'elle me réconforte ? Une partie de moi, peut-être. Je réponds :

Je ne sais pas...

— Qu'est-ce que tu fais ? demande maman en revenant dans la cuisine. Tu souris.

— Je... C'est juste que... C'est peut-être la peur ou quelque chose comme ça. Je me sens bizarre.

Elle pose une main sur mon front comme si j'étais encore un enfant.

— Tu te sens mal ?
— Non. Juste un peu sur les nerfs.
Elle acquiesce.
— Moi aussi.
Elle s'assied sur son siège, fixant la pile de lettres sur la table. Elle a le visage rouge. C'est peut-être la peur ? Ou l'inquiétude ? Je l'ignore.
— Il ne viendra pas. Ils ne comptent pas se pointer en uniformes et voitures de police, apparemment. Ils doivent faire croire que nous ne les avons pas informés.
— C'est une bonne chose, non ? demandé-je, me sentant toujours naïf, comme si je ne comprenais pas le monde.
J'ai raté beaucoup de choses en grandissant.
— Je ne sais pas, murmure-t-elle. Ils envoient un agent en civil pour récupérer la lettre et y rechercher des empreintes digitales. Il a dit qu'il ne fallait pas s'inquiéter, que des fous envoient ce genre de choses tout le temps. Ce n'est probablement même pas vrai.
Elle laisse échapper un long soupir tremblant.
— Je ne pense pas que ce sera si facile. Qu'il suffira de leur donner l'argent pour récupérer Gina. J'aimerais que ça le soit. J'aimerais vraiment que ça le soit.
Son regard se perd dans le vide, comme si elle se parlait à elle-même.
— Ça ne ressemble pas à Amy, n'est-ce pas ? Elle ne demanderait pas d'argent et elle sait que j'apporterais la lettre directement à la police. Elle m'aurait écrit un mot plus personnel. Tu ne penses pas ?
— Je ne la connais pas aussi bien que toi, lui fais-je remarquer.
Elle acquiesce.
— Je suppose. J'aimerais que quelqu'un d'autre puisse nous fournir des informations.
— Je connaissais Hugh mieux que quiconque.
— Hugh, murmure-t-elle. Comment pourrait-il être... Il est mort.
— Amy n'est-elle pas comme ça à cause de Hugh ?
Les yeux de maman brillent et ses doigts agrippent le plateau de la table.
— C'est sa spécialité. Il crée des monstres. Peut-être qu'on peut comprendre Amy en comprenant Hugh.
Je laisse maman à table et me dirige vers le salon, en essayant d'empêcher mes pensées de déraper.
Elle a raison. Ce serait plus facile. Je veux que ce soit réel. Je veux

que tout ça soit terminé. Surtout depuis la conversation que j'ai eue avec maman au sujet d'Amy Perry. Sur la façon dont tout cela pourrait être lié à Hugh.

Si c'est lié à Hugh, alors c'est lié à moi aussi.

Je ferme les yeux et prends une profonde inspiration, mes pensées dérivant toujours vers le bunker. Parfois, je m'embrouille et j'ai l'impression que le bunker existe toujours. Nous sommes revenus dans la maison où j'ai grandi, mais rien ne me semble familier. Où suis-je devenu la personne que je suis ? Ici ? Ou dans le bunker ? D'une certaine manière, Hugh est la personne qui m'a le plus façonné.

Ce qui n'est pas quelque chose que j'aime admettre.

Ma psychologue dit que personne n'est entièrement mauvais ou entièrement bon, que nous sommes un mélange des deux. Hugh n'a pas été entièrement mauvais avec moi, et quand j'y pense, j'éprouve de la honte. Il m'a appris à lire et à écrire. Il m'a apporté des livres pour que je puisse apprendre. Il me disait toujours qu'un jour je pourrais déménager dans un autre endroit, où je me sentirais plus à l'aise, mais je me demande maintenant si ce n'était pas un mensonge. Il mentait beaucoup.

Une grande partie du temps passé dans le bunker est claire comme de l'eau de roche dans mon esprit, et une autre est tellement floue que je la sens hors de portée. Elle m'échappe. C'est la partie que je ne veux pas atteindre, de toute façon. Comme ma jambe cassée, une punition pour avoir essayé de m'échapper. L'événement est flou, mais la douleur est plus tangible que jamais. Nos conversations sur le monde extérieur. Je me souviens parfaitement de certaines discussions, sur le mariage de maman par exemple. D'autres semblent m'échapper.

Est-ce que j'essaie de me souvenir de quelque chose de précis ? Mon esprit est toujours aussi confus, mais une partie de moi se demande si je n'essaie pas de relier un vieux souvenir du bunker à la disparition de Gina.

Je retourne dans la salle à manger et demande à maman :

— Tu crois qu'Amy s'intéresse à l'argent ?

Maman secoue la tête.

— Je ne sais pas quoi penser.

Si Amy Perry a vraiment enlevé Gina – et comme maman, je pense que c'est le cas – alors l'héritage de Hugh plane au-dessus de cet enlèvement. Je peux le sentir. Amy était son projet favori, à part moi. Il aimait la contrôler. Et si elle suivait un plan qu'il avait élaboré avant de mourir ? Et s'il m'avait parlé de ce plan pendant que j'étais dans le bunker ?

S'il l'a fait, c'est en moi, mais je n'arrive pas à le trouver.

Mais si cette demande de rançon est réelle, je me sens comme maman, je ne sais plus quoi penser.

Le policier passe récupérer la lettre une heure plus tard. Pour étayer la supercherie, il nous apporte de la nourriture. Nous n'avons plus faim, et les plats refroidissent, mais nous réussissons à manger quelques samoussas avant de mettre le reste au réfrigérateur.

Nous passons la nuit sur le qui-vive, attendant un signe confirmant que c'est bien réel. Maman dort encore sur le canapé. Je ne sais pas pourquoi elle ne veut pas aller dans sa chambre. Elle rôde constamment au rez-de-chaussée comme un chien de garde. Elle est toujours entre la porte et moi.

Le lendemain matin, je me réveille d'un sommeil agité, avec l'écho du bunker en tête. Un soleil éclatant filtre à travers les rideaux et les oiseaux chantent. J'ai l'estomac en vrac. Parfois, quand je me réveille, l'air ne sent pas comme il devrait. Quelque chose cloche. L'odeur familière n'existe plus, car ils ont fait exploser ma maison.

Non. Non, c'est faux. Je ne peux pas m'en empêcher, je me frappe violemment à la tempe. Abruti. C'est faux, abruti. Le bunker n'est pas ta maison. Maman et Gina sont ta maison.

Il y a des moments, comme maintenant, où je voudrais plus que tout tuer l'oiseau qui jacasse derrière la fenêtre et agrafer les rideaux pour bloquer chaque millimètre de lumière du soleil. Je veux le silence et l'obscurité. Je veux retrouver l'odeur de moisi et les araignées qui parviennent à passer à travers les plus infimes fissures du béton. Je veux entendre le bruit familier de la porte qui s'ouvre et sentir l'odeur de la nourriture quand Hugh arrive avec le dîner.

Et je me déteste pour ça.

Je le vois entrer dans le bunker. Un sac en plastique dans une main, une bouteille de boisson gazeuse dans l'autre.

— Je t'ai acheté une nouvelle brosse à dents aujourd'hui, mon grand.

Je le remercie.

Que me dit-il d'autre ? Hugh aimait s'écouter. Il faisait partie de ces gens qui pouvaient vous convaincre en trente secondes qu'ils étaient des personnes bien, juste en bavardant avec vous. C'est quelque chose que maman a dit il y a quelques mois et ça m'a paru vrai.

Mais ce matin, une remarque isolée tourne en boucle dans mon esprit. Il n'y a rien de particulièrement notable à son sujet. C'est simplement que Hugh l'a dit une fois et qu'en me réveillant ce matin, je m'en suis souvenu.

« Le trajet depuis Londres a été long aujourd'hui. Parfois, j'aimerais qu'il y ait un endroit entre ici et là-bas. À mi-chemin. »

En quoi est-ce important ?

Le visage de maman apparaît dans l'embrasure de la porte. Elle est d'une pâleur fantomatique et maladive.

— Ah, tu es réveillé. Tant mieux. On devrait aller au poste de police et parler à l'inspecteur-chef Stevenson. J'espère qu'il pourra nous dire comment gérer cette demande de rançon.

— Tu me laisses m'habiller, s'il te plaît ? dis-je en serrant les dents.

Je n'arrive pas à croiser son regard. Je ne veux pas qu'on me fixe.

Elle s'éclipse en silence.

Je suis enfin seul.

Chapitre 16

EMMA

Gina a disparu depuis six jours. Je n'ai pas vu son visage ni entendu sa voix depuis près de cent cinquante heures. Je ne sais pas si elle est en sécurité, en bonne santé, correctement nourrie et hydratée. Elle peut être sale, blessée ou affamée. Et si elle avait peur ? Je continue à l'imaginer pleurant pour s'endormir ou nous appelant, Aiden ou moi.

Mais malgré toutes ces choses, je n'ai pas perdu l'espoir qu'elle nous revienne saine et sauve, car Aiden m'est revenu.

Six jours, c'est long, mais ce n'est pas dix ans. Nous pouvons la retrouver. Nous pouvons la ramener à la maison.

Cette demande de rançon remet en question tous mes soupçons et change la façon dont la police aborde cette affaire. Cela signifie que nous devons entretenir la supercherie, tout en nous préparant à la promesse sinistre d'une communication ultérieure. Nous devons vivre nos vies comme si nous n'étions pas en contact avec la police.

Comme nous n'avons pas trouvé l'enveloppe accompagnant la lettre, Stevenson a suggéré d'installer des caméras de sécurité à l'extérieur de la maison. Si la personne a déposé ce mot chez nous, nous devrions la voir sur les prochains enregistrements. Il m'assure également que des agents surveilleront discrètement la maison, ainsi qu'Aiden et moi, même si nous ne les voyons pas.

— Tu es prêt, petit ?

Aiden lève ses yeux expressifs et acquiesce.

— Tu n'auras pas besoin de ce pull, il fait chaud dehors.

Il l'enlève et enfile une paire de lunettes pour se protéger du soleil. Elles ont été conçues par un spécialiste. Je presse les miennes sur mon visage, évitant le miroir du couloir. Mes racines sont blanches, ma peau est tachetée. Je ne peux pas me résoudre à prendre soin de moi alors que ma fille est portée disparue. Je ne peux pas appliquer de crème hydratante ni revitaliser mes cheveux. Mon existence s'est encore arrêtée. Je connais bien ce sentiment.

Rob nous rejoint à la voiture. C'est une sortie en famille banale, sauf qu'elle est destinée à acheter des caméras de sécurité pour la maison.

— Vous êtes prêts ?

Je hoche la tête.

— Tu as vu des photographes ?

— Quelques-uns, admet-il. Mais je pense que les médias commencent à passer à autre chose.

J'étouffe un juron et je m'appuie contre la voiture.

— Ce n'est pas une bonne chose ? demande-t-il.

— Pas pour Gina. Elle a besoin que tout le pays la recherche.

J'essuie la sueur qui coule le long de ma nuque.

— Oh, je ne sais pas, Rob. C'est peut-être une bonne chose. Ils ne faisaient qu'imprimer des mensonges sur moi de toute façon.

J'ouvre la porte et je monte en voiture. Aiden est déjà à l'arrière, les mains sur les genoux. Il me rappelle le garçon qu'il était il y a quatre ans.

Rob démarre. Il dispose d'une voiture spécialement modifiée pour l'aider à conduire avec des commandes manuelles. Le voir freiner sans pédale me fait bondir à chaque fois.

— Tu vas la récupérer, dit-il. Tu as l'argent, n'est-ce pas ?

— On va me procurer des billets marqués pour qu'ils soient inutilisables. Ils mettront un traceur dans le sac au cas où l'échange aurait bien lieu. On ne sait même pas encore si la lettre est réelle. La police n'est pas convaincue. Ils n'arrêtent pas de me dire de ne pas me faire de faux espoirs.

Nous quittons l'allée en direction du village. J'ai décidé d'emmener

Rob avec moi pour m'épauler dans le choix des caméras. Il connaît mieux ce genre de technologies que moi.
— Et tu penses toujours que c'est Amy ? demande-t-il.
Je regarde Aiden dans le rétroviseur.
— Si c'est l'argent le mobile, alors non.
— Et dans le cas contraire ?
— Alors Hugh a façonné un monstre très rusé.

Il ne nous faut pas longtemps pour acheter des caméras de sécurité, les installer et remplir les placards de nourriture. Rob reste avec nous pendant tout ce temps, se plaignant de ne plus être aussi en forme qu'avant et de ne plus pouvoir nous aider à porter les sacs lourds.
— Je déteste ça, admet-il. Mais je suis content d'avoir pu faire quelque chose pour Jake. J'aurais pu mieux faire, mais au moins j'ai pu agir. Maintenant, je suis inutile.
Il avance en boitant avec sa canne. L'effort se lit sur son visage et une rougeur monte de son cou.
La canicule est toujours là et nous ouvrons toutes les fenêtres. Je dois aller récupérer le ventilateur à la cave, mais je n'en ai pas encore eu l'occasion.
Je prends Rob à part pendant qu'Aiden nous prépare une tasse de thé.
— Écoute, je sais ce que tu traverses, mais je ne pense pas que ce soit bon pour Aiden de t'entendre parler comme ça.
Il fronce les sourcils.
— Qu'est-ce que tu veux dire ?
— Il a vingt ans maintenant. C'est un adulte et il veut aider. Quand tu parles comme ça, ça donne l'impression qu'il ne nous aide pas ou ne nous protège pas. Tu vois ce que je veux dire ?
— Oui, dit-il. Désolé, Em. Je n'avais pas réfléchi.
— Ce n'est pas grave.
Ce n'est pas tout à fait vrai, mais c'est ce que Rob a besoin d'entendre en ce moment. Il doit comprendre qu'il n'a pas besoin d'être aux commandes et d'être l'homme de la situation. Mais même si je me soucie de lui, c'est une perte d'énergie pour moi et pour Aiden, or nous avons besoin d'être forts. Je déteste penser ainsi, mais ses insécurités sont un fardeau en ce moment. Je pose une main sur son bras. Il m'en-

lace. Je pose ma tête contre sa poitrine pendant un moment, en écoutant les battements de son cœur. J'ai toujours besoin de lui, quoi qu'il arrive. Et puis je me retire, me rappelant comment j'ai failli le perdre.

Nous nous dirigeons vers le salon avec les tasses de thé, et nous attendons le reste de la journée.

Stevenson m'appelle plusieurs fois au cours de l'après-midi et son conseil est toujours le même. Attendre est la chose la plus difficile à faire dans cette situation. Mais c'est ce que je dois faire. *Leur montrer la mère en deuil*. Cela implique que ma fille est déjà morte.

Rob reste avec nous, et Josie nous rejoint plus tard pour cuisiner. Nous avons pris la décision de leur parler de la lettre, mais de ne la mentionner à personne d'autre, car rester coincés dans cette maison tout seuls serait encore pire. D'ailleurs, Aiden fait les cent pas, les poings serrés.

Il n'est pas dans un bon jour, je le vois bien. Il se replie sur lui-même, dans cette coquille protectrice qu'il a créée pour se protéger du monde. J'espère qu'il ne retourne pas là-bas, dans le bunker. Il m'a déjà dit qu'il avait laissé les souvenirs s'estomper afin de prendre de la distance, mais ils doivent rester dans son subconscient, toujours à l'affût.

Finalement, il s'installe sur le canapé avec l'ordinateur portable. Je me dirige vers la cuisine pour refaire du thé. Parce qu'un supplément de théine est exactement ce dont nous avons besoin pour nous détendre. Josie me suit.

— Je déteste cette situation, dit-elle en sortant des tasses du placard. J'aimerais t'aider, mais je ne sais pas comment.

J'appuie sur l'interrupteur de la bouilloire et je soupire.

— Tu m'aides déjà, Jo.

Elle m'adresse un sourire triste.

— Tu vas bien ? Désolée, je ne sais pas pourquoi je demande ça.

— J'ai la tête en vrac et je n'arrête pas de penser à elle.

Je presse ma paume contre le comptoir de la cuisine, en poussant aussi fort que je l'ose. Puis je relâche la pression.

— J'essaie de tirer ça au clair, mais je sais que je ne devrais pas. Je devrais laisser la police s'en occuper.

— Non, dit Josie avec fermeté. Ton opinion compte également. Tu connais très bien Amy.

— C'est ce que je croyais. Mais tout ça sonne faux. La rançon. La note impersonnelle. Et si ce n'était pas elle après tout ?

Elle secoue la tête.

— Je ne sais pas.

— Jo ?

— Oui ?

— Tu penses que Hugh avait un autre plan ? Qu'il prévoyait d'enlever un autre enfant ?

J'observe la façon dont ses doigts s'agitent lorsqu'elle pose une tasse sur le plan de travail. Je vois la tension qui court le long de sa mâchoire et son teint grisâtre.

— Je ne sais pas.

Elle ferme le placard avec un peu plus de force que nécessaire et sursaute devant le bruit.

— Désolée, je... Je n'en ai aucune idée.

— Ne t'en fais pas, dis-je d'un ton apaisant. J'essaie de comprendre, mais rien n'a de sens. Pour être honnête, je ne suis même pas sûre que la demande de rançon soit réelle.

Je prends quelques sachets de thé dans la boîte.

— Mais ce qui pourrait avoir du sens, c'est si Amy avait un plan à suivre en enlevant Gina. Si Hugh avait aménagé un autre endroit pour un autre enfant. C'est une question qui s'est posée quand Aiden a quitté le bunker. Ils lui ont demandé si d'autres enfants auraient pu être séquestrés ailleurs.

Elle se penche sur le comptoir de la cuisine, sa poitrine se soulevant rapidement.

— C'est... J'ai vraiment du mal à penser à tout ça.

Je pose une main sur son épaule.

— Je sais, et je suis désolée de devoir te poser la question. Mais je dois retrouver Ginny. Si tu peux m'aider de quelque manière que ce soit...

— Je vais regarder dans ses affaires, dit-elle. Il a fait l'acquisition du terrain boisé du bunker avant d'enlever Aiden. Peut-être qu'il en a acheté d'autres. La police a pu passer à côté de certains papiers lors de la première enquête.

Elle se redresse, se ressaisit.

— Mais je ne sais pas, Emma. Deux enfants à deux endroits ? Logistiquement, comment aurait-il pu s'en sortir ?

Je me contente de hausser les épaules.

— Je ne sais pas non plus. Il avait l'intention de tuer Aiden quand il aurait seize ans.

Je ferme les yeux pour ne pas laisser monter la rage qui accompagne ces pensées. Quand je me ressaisis, je dis :

— Il avait besoin d'un remplaçant.

— Pourquoi ne pas utiliser le bunker d'Aiden ?

Derrière moi, j'entends un gargouillis et un clic lorsque la bouilloire s'éteint d'elle-même. Mon cœur fait un bond.

— Tu as raison, je ne sais pas. Il avait tout installé là-bas. À moins qu'il n'ait trouvé un meilleur endroit.

Josie soulève la bouilloire et commence à verser l'eau chaude.

— Que sommes-nous devenues pour avoir ces pensées si sombres ? Je ne sais toujours pas comment j'ai pu épouser un monstre comme lui.

Ses mains tremblent tellement qu'elle renverse un peu d'eau et pose la bouilloire.

— Je peux te dire quelque chose ?

Je pose ma tête contre l'une des portes du placard, l'épuisement s'infiltrant dans toutes les parties de mon corps.

— Tu peux tout me dire, tu le sais.

— Il y a des jours où Jake me manque.

Je tape mon front contre le bois.

— Je sais qui il était, ce qu'il était. Un meurtrier. Un prédateur. Mais pendant la majeure partie de notre vie de couple, c'était l'homme qui m'aimait. Est-ce que c'est tordu ?

Quand je me tourne vers Josie, des larmes coulent sur son nez.

— Hugh me manque aussi. Je le déteste. Et il me manque. Chaque fois qu'il se passe quelque chose dans ma vie, ma première pensée est d'en parler à Hugh, jusqu'à ce que je me rappelle qu'il est mort. Et puis je me souviens de ce qu'il a fait.

Elle essuie ses larmes avec le dos de sa main.

— Qu'est-ce qui ne va pas chez moi ? Pourquoi je suis comme ça ?

Nous nous prenons les mains et les serrons fort.

— Il n'y a rien qui cloche chez nous, Jo. Ce n'est pas nous, les monstres, pas vrai ? On ne doit pas culpabiliser.

Je prends une longue inspiration.

— Je pense qu'on aurait dû commencer une thérapie il y a *longtemp*s.

Elle rit.

— Je crois que tu as raison.

— Je pense que c'est l'amour qui nous manque, pas eux. Les hommes qu'ils prétendaient être quand ils étaient avec nous nous manquent.

Je lâche ses mains pour essuyer mes larmes. Je ne perdrai plus mon temps à penser à Jake Hewitt ou Hugh Barratt.

— Préparons vite ces thés avant que la bouilloire ne refroidisse.

— Maman ?

Sans surprise, nous n'avons pas entendu les infimes bruits de pas d'Aiden. Le son de sa voix me fait pousser un petit cri.

— Désolée, mon amour, tu m'as fait peur !

— Maman, dit-il encore, et cette fois j'entends l'avertissement dans sa voix.

— Quoi ?

Je traverse la cuisine en moins de cinq enjambées. Il a l'ordinateur portable entre les mains.

— Ils ont appris pour la demande de rançon, dit-il.

— Qui ça ?

Josie se penche alors que je tends la main pour prendre l'ordinateur portable.

Le site d'« informations » n'est pas particulièrement réputé. C'est le genre de site rempli de *clickbait* avec un diaporama d'une vingtaine de photos de célébrités. Je suppose qu'Aiden et moi sommes des célébrités à notre manière. Nous sommes tristement célèbres. Je scrute la page remplie de publicités de mauvais goût pour de la liposuccion et de potins de célébrités. Le titre de l'article est le suivant : « UNE LETTRE DE RANÇON REMISE À LA FAMILLE PRICE ». L'article commence de manière théâtrale par : « Il y a du nouveau dans l'affaire de la fillette disparue, Gina Price. Selon nos sources, une lettre de rançon a été remise à la famille, exigeant 50 000 £ pour leur remettre l'enfant indemne. »

L'article continue, mais je détourne les yeux de l'écran. Ça pourrait bien tout compromettre.

CHAPITRE 17

EMMA

Il me faut une certaine retenue pour ne pas jeter l'ordinateur portable contre le mur. Comment est-ce possible ? Personne ne sait pour la lettre de rançon, sauf la police, Rob et Josie. Je leur confierais ma vie à tous les deux. Aucun d'entre eux ne laisserait quelque chose de mal arriver à Gina.

— Je n'arrive pas à le croire.

Réprimant l'envie de le jeter, je pose l'ordinateur portable sur la table de la cuisine et je presse mes doigts contre mes paupières closes.

— Qui a fait ça ?
— Essaie de rester calme, Em.

La voix de Rob pénètre à grand-peine l'épais nuage de colère qui m'engloutit.

— On va essayer de le découvrir. Appelle Stevenson.

Je hoche la tête. La police doit être informée le plus rapidement possible. Je vérifie quand l'article a été posté. Il y a à peine une heure. Peut-être que la police peut faire pression sur le site pour qu'ils retirent l'information avant que quelqu'un d'autre ne la voie.

— Comment l'as-tu trouvé ?

Je me tourne vers Aiden en même temps que je récupère mon téléphone dans ma poche. Il répond pendant que je cherche Stevenson dans mes contacts.

— Quelqu'un sur Instagram me l'a envoyé.

Je secoue la tête.

— Aiden, tu ne devrais pas parler à des gens comme ça.

— Ça nous a aidés, pas vrai ? dit-il doucement.

— Tu sais combien il est dangereux de parler à quelqu'un qui n'est pas dans cette pièce.

Mes doigts tremblent lorsque je tape sur l'icône pour appeler Stevenson.

— Tu ne peux pas échanger avec ces gens. Tu as parlé à quelqu'un de la demande de rançon ?

Il regarde ses pieds. Rob se rapproche de son fils et place un bras protecteur autour de son épaule. Pendant un moment, je me sens exclue de ce lien paternel.

— Arrête, Em. Tu sais qu'il n'est pas stupide, dit Rob.

Le téléphone sonne. Je prends une profonde inspiration.

— Je suis désolée, bonhomme, dis-je. Je sais que ce n'était pas toi.

Aiden se contente de hocher la tête, évitant toujours tout contact visuel avec moi.

— Ce n'est pas contre toi que je suis en colère, ajouté-je, c'est contre celui qui a divulgué ça à la presse.

Alors que le téléphone continue de sonner, ma main tremble de fureur. Quelqu'un sur ce site de *clickbait* a tapé cet article en sachant pertinemment qu'il pouvait mettre la vie d'une enfant de quatre ans en danger. La rage qui en découle me consume entièrement. C'est physique, comme un virus. Mais je ne peux pas la laisser se déverser sur les gens que j'aime.

— Stevenson.

— La demande de rançon a fuité, lâché-je. Un pseudo-journaliste minable a retranscrit chaque putain de détail de la lettre.

— Donnez-moi le nom du site.

Je lui donne les informations, les dents serrées, faisant les cent pas dans la petite cuisine tandis que tout le monde se tient autour de moi, l'air embarrassé. Josie se mord la lèvre inférieure. Aiden fixe le sol. Rob agrippe si fort sa canne que ses jointures sont blanches.

— Donnez-moi la liste de tous ceux à qui vous en avez parlé, dit Stevenson.

— C'est vite vu. Aiden, évidemment, Josie et Rob.

— C'est tout ?

— Rob, tu l'as dit à tes parents ? demandé-je.
— Non.
— Donc la liste se résume bien à ça. C'est un de vos flics. Forcément.
— Ne tirons pas de conclusions hâtives, dit-il. La chose la plus importante à faire maintenant est de s'assurer que ce site retire l'article avant que les journaux nationaux ne décident de l'imprimer.
— C'est possible ?
— Je ferai en sorte que oui, répond-il. Aucun journaliste qui se respecte n'imprimerait ça. Personne ne veut courir le risque d'être poursuivi en justice si...

Il s'interrompt, mais je connais la fin de cette phrase. *Si l'enfant meurt*.

— C'est l'acte désespéré d'un site qui veut attirer l'attention à tout prix. Je suis vraiment désolé, Emma. Je sais que ça ne vous rassure pas, mais si cette lettre de rançon se révèle être fausse, cela ne fera pas de différence de toute façon.

Je sais que c'est vrai, mais le mal est fait. Quelqu'un de la police est derrière cette fuite, et maintenant je sais que je ne peux pas leur faire confiance.

Trois longues heures plus tard, l'article est supprimé. Après une recherche approfondie sur le web, nous constatons que l'information n'a pas été reprise dans d'autres articles, mais qu'elle a été partagée quelques dizaines de fois par divers comptes Facebook. Les gens ont vu et ont lu l'article. J'ai les nerfs en pelote. La tension est palpable dans la maison et j'ai l'impression que les murs se referment sur moi.

Ni Rob ni Josie ne veulent me laisser seule, ou peut-être ne veulent-ils pas laisser Aiden seul avec moi. Je l'ai vertement réprimandé quand il m'a parlé de son compte Instagram. Mais après avoir regretté d'avoir perdu mon sang-froid, j'ai accepté qu'il le conserve au cas où quelqu'un lui enverrait un message pour lui signaler avoir vu Gina. Je suis consciente que ça pourrait être utile, mais l'idée que toute cette toxicité d'Internet atteigne mon fils me donne la nausée.

— Tu dois te rappeler qu'aucune de ces personnes n'est ton amie, lui dis-je. Si tu n'as pas rencontré quelqu'un dans la vie réelle, tu ne sais pas qui il est. C'est important de ne pas devenir trop proche d'eux, d'accord ?

Mais tout ce que je dis est entaché par les mots durs prononcés auparavant. J'ai l'impression qu'il ne m'écoute même pas.

La soirée cède la place à la nuit. Je réussis à grignoter quelques toasts, mais je suis bien trop agitée pour manger un vrai repas. J'aimerais avoir la lettre de rançon pour pouvoir la regarder à nouveau, mais elle est toujours au poste de police. La seule information que j'ai reçue est qu'ils effectuent des tests dessus, pour essayer de trouver des traces d'ADN qui pourraient leur offrir une piste.

Finalement, Josie me convainc d'aller me coucher et cette fois, j'utilise mon ancienne chambre, plutôt que de m'affaler sur le canapé. Tous mes os souffrent d'épuisement et je cherche un moyen d'arrêter la douleur. Pendant ces journées interminables, j'ai plus que jamais envie d'alcool, mais je ne peux pas me permettre d'y toucher. Je risquerais de commencer à boire et de ne plus jamais m'arrêter.

Dans mes rêves, Aiden est enterré vivant. Je suis à genoux sur le sol, creusant avec mes mains, désespérant de le trouver. Le fantôme de Gina se tient derrière moi. Il rit.

Le matin arrive et je me réveille en sursaut, m'attendant à trouver de la terre sous mes ongles. Il n'y a rien, mais je suis trempée de sueur après une nouvelle nuit étouffante de cet été indien implacable. J'écarte la couette et m'assois, respirant l'air poisseux. Où que soit Gina, j'espère qu'elle n'a pas trop chaud. J'imagine son petit corps couvert de transpiration, son cou rouge. Elle a encore sa graisse de bébé, et ses jambes sont mignonnes et potelées. Elles me manquent. Son odeur me manque.

Sept jours.

Il y a une semaine, je passais la matinée à préparer Aiden et Gina pour l'interview télévisée. Aiden portait sa chemise bleue élégante et j'avais mis mon tailleur gris. Nous nous rendions à Londres par des routes terrifiantes, arrivions au studio et étions maquillés. Gina charmait les assistants, les producteurs et les maquilleurs. Ça semble aussi réel que le cauchemar que j'ai fait la nuit dernière.

Et maintenant, tout ça est fini et je suis à l'agonie.

Je m'allonge sur le lit et efface la sueur avec mes larmes.

— Emma ! Em !

La voix de Rob n'a plus sa puissance d'avant, mais je perçois l'urgence de son ton lorsqu'il m'appelle dans les escaliers. Rapidement, j'essuie mes larmes et j'attrape ma robe de chambre. Des nouvelles ? De bonnes nouvelles ?

— Emma, on a du nouveau, s'écrie-t-il. Aiden ! Descendez.

Mes pieds dévalent les escaliers, et je manque de trébucher. *Ne te tue pas maintenant,* me dis-je. Reste en vie pour elle.

— Quoi ? demandé-je en déboulant dans le salon, Aiden sur les talons.

— Je viens de raccrocher avec ma mère. Une autre lettre est arrivée chez eux.

— Quoi ?

J'écarte les cheveux humides de mon visage.

— Mais ça n'a aucun sens. Pourquoi envoyer une lettre chez tes parents ?

— Le maître chanteur a dû se rendre compte que la police surveillait ta maison. Ou il nous a vus installer les caméras, peut-être, suggère-t-il.

Qui que soit cette personne, elle est intelligente. Au bout d'une semaine complète, elle n'a pas commis d'erreur. Elle sait où je vis, où Rob et ses parents vivent. Soit cette personne nous a traqués – ce qui ne serait pas difficile vu la quantité de photos de nous en ligne – soit elle connaît le village et elle me connaît. Amy me connaît. Amy connaît le village.

— Que dit la lettre ? demandé-je.

— Ils nous l'amènent, dit-il. Mais elle me l'a lue au téléphone. La lettre donne des indications pour effectuer le dépôt. Le maître chanteur veut l'argent vendredi, et il veut que ce soit Aiden qui le dépose.

Je me tourne vers mon fils, le cœur battant à tout rompre.

— Pourquoi Aiden ?

— Je ne sais pas, répond-il. On en saura peut-être plus quand la lettre arrivera.

— Hors de question que tu y ailles, dis-je à mon fils.

— J'irai si ça permet de récupérer Gina, répond Aiden.

Il a encore ce regard dur. Le même que le jour où son nouveau livre est arrivé à l'appartement à Manchester. Une des rares fois où Aiden a fait entendre sa voix.

— C'est trop dangereux.

Je secoue la tête, les pensées tourbillonnant dans mon esprit. Je ne veux rien de plus que ramener ma fille à la maison, mais cela signifie mettre mon autre enfant en danger. Comment pourrais-je m'y résoudre ?

— S'il t'arrivait quelque chose, je ne me le pardonnerais jamais.

— Pourquoi aurais-tu besoin de te pardonner ? rétorque-t-il d'un ton glacial. C'est à moi de prendre cette décision. Je suis un adulte, tu te souviens ?

— Allons, allons, fait Rob en posant une main sur mon épaule dans un geste de réconfort. Parlons à la police et voyons ce qu'ils ont à dire à ce sujet. Ils auront peut-être une idée pour protéger Aiden s'il s'occupe de la livraison.

— C'est hors de question !

Je m'éloigne d'eux.

— Je m'en occupe. Je ne peux pas laisser Aiden le faire.

— Mais c'est ce qu'ils veulent, insiste Aiden. C'est pour Gina, tu te souviens ? Tu l'as oubliée ?

— C'est... C'est injuste, dis-je. Vous ne voyez pas que c'était son plan depuis le début ?

— Le plan de qui, Em ?

La voix de Rob a ce côté patient qui suggère qu'il essaie d'apaiser la folle qu'il a devant lui.

— Amy. Elle veut attirer Aiden et ensuite lui faire du mal pour me punir pour ce que je lui ai fait. Ce n'est pas une question d'argent. Elle va essayer de le tuer, j'en suis sûre.

— Allons, sois raisonnable, dit Rob. Comment pourrait-elle faire ça avec la police autour ? Elle ne sera pas postée sur un toit avec un fusil de sniper.

— Elle a peut-être engagé quelqu'un pour le faire.

— Comment ?

— Je ne sais pas. Le dark web.

Rob se penche sur moi, me rappelant le pouvoir qu'il avait autrefois.

— Tu laisses la paranoïa prendre le dessus. Pour ce qu'on en sait,

Amy s'est suicidée il y a des mois et le ravisseur espère gagner un peu d'argent en enlevant un enfant d'une famille très médiatisée.

Je secoue la tête, furieuse qu'il balaie mes craintes si facilement.

— C'est encore moins logique, Rob.

On frappe à la porte. Cela nous tire de cette spirale de dispute et j'en suis heureuse. Josie va ouvrir, ce qui me surprend, car je n'avais même pas remarqué qu'elle était encore dans la pièce.

— Tu vas bien, maman ? demande Aiden.

Je pose une main sur ma poitrine, en espérant que la chaleur calmera mon cœur qui bat à tout rompre. Je hoche la tête.

— Emma !

La voix de Sonya perce le bref moment de silence.

— Pourquoi tu ne nous as rien dit ?

C'est Rob qui répond.

— C'était ma décision, maman.

— Vous ne nous faites pas confiance ?

Elle entre en trombe dans le salon, son regard dirigé vers moi.

— Nous avons été entraînés là-dedans sans préambule.

— Je sais. Je suis désolée, dis-je, mais la vérité est que je ne le suis pas.

Je ne pouvais pas prévoir que la lettre leur serait adressée. S'ils doivent être entraînés dans cette pagaille, qu'ils le soient. Je suis prête à tout pour récupérer Gina.

— Emma ne voulait pas que ça arrive.

Josie s'affale dans un fauteuil, la voix et le corps épuisés.

— Tu as mis la lettre sous plastique ? demandé-je.

— Oui. Je ne suis pas stupide. Elle est dans un sac à sandwich.

— Avec l'enveloppe ?

Elle acquiesce.

— Il n'y a pas de timbre.

Ainsi on l'a déposée directement, et le ravisseur sait où vivent les parents de Rob.

— Je peux la voir ?

Elle me tend la lettre, qui glisse dans son plastique. Je l'examine, prêtant attention au maximum de détails possible. Elle est encore écrite en majuscules. Le papier est un format A4 normal, plié en trois pour pouvoir être inséré dans une enveloppe normale. De l'autre côté du papier, je vois l'enveloppe en papier kraft avec l'adresse également écrite en lettres majuscules.

IL EST TEMPS DE LIVRER L'ARGENT.

MINUIT. VENDREDI. À L'ENTRÉE DE LA FORÊT DE ROUGH VALLEY.

AIDEN DOIT VENIR SEUL.

GINA VOUS ATTEND.

Chapitre 18

AIDEN

Nous sommes vendredi. Il est 22 heures et la nuit est encore chaude. Les fenêtres de la cuisine sont grandes ouvertes et l'air transporte les parfums du village, de la légère odeur de bois de Rough Valley à la fumée des barbecues de fin de soirée d'été.

Nous sommes assis autour de la table. J'ai le sac rempli d'argent à mes pieds. L'inspecteur-chef Stevenson est sur haut-parleur. Il passe en revue une fois de plus la marche à suivre avec nous. Marcher. Marcher. Poser l'argent. Attendre Gina. Marcher. Marcher. Conduire.

Des policiers seront à nos côtés, tapis dans l'ombre, l'arme au poing, attendant que le maître chanteur montre son visage. Il fera nuit. J'espère ne pas me trouver sur la trajectoire d'une balle.

Garder la victime en vie est leur priorité. Capturer le kidnappeur est secondaire, du moins c'est ce qu'ils nous ont dit.

Entre mercredi et aujourd'hui, maman a rôdé dans la maison comme une lionne dans une stupeur contemplative. Elle sort de son brouillard et rugit, puis se replonge dans ses pensées. Il n'y a pas grand-chose que je puisse dire ou faire pour soulager sa douleur, mais je sais une chose : je suis là avec elle. Je ressens tout ça.

Après que grand-mère et grand-père nous ont remis la note, maman a appelé l'inspecteur-chef Stevenson et nous avons commencé à élaborer un plan. Tout d'abord, un autre officier en civil est passé. Nous lui avons remis la lettre et il l'a prise pour effectuer des tests. Stevenson nous a dit qu'avec deux lettres, ils auraient beaucoup plus de chances de trouver de l'ADN.

À la demande de maman, la police a comparé aux lettres que nous avons reçues des échantillons d'écriture d'Amy Perry, provenant de l'époque où elle était encore enseignante. Les résultats n'ont pas été concluants. Les seules particules trouvées sur les lettres provenaient de gants chirurgicaux. Il n'y avait rien pour prouver ou réfuter les soupçons de maman. À chaque fois, je vois sa paranoïa grandir. Mais mes propres soupçons s'amenuisent. Nous sommes de plus en plus en opposition tous les deux. Faith dit que maman ne fait pas attention à moi parce qu'elle est en pleine crise d'hystérie.

Une fois les tests terminés, nous avons rencontré le directeur d'une banque mis dans la confidence pour retirer l'argent. La police veut utiliser des billets marqués pour empêcher le maître chanteur de pouvoir les dépenser. Ils nous ont également remis un sac équipé d'un traceur GPS afin de pouvoir suivre le kidnappeur après l'échange.

— Écoutez, dit Stevenson. Les enlèvements sont peu fréquents dans ce pays, car ces affaires tournent rarement en leur faveur. La plupart des kidnappeurs s'appuient sur la corruption généralisée pour s'en sortir. C'est pourquoi les enlèvements sont monnaie courante dans les pays aux gouvernements véreux.

— Qu'est-ce que ça signifie pour nous ? demande maman.

— Eh bien, la raison pour laquelle les gangs du Moyen-Orient multiplient les enlèvements est que les familles ont souvent trop peur de la police. Le maître chanteur a peut-être supposé qu'à cause de votre passé avec Aiden, vous seriez moins encline à venir nous voir. Ou peut-être qu'il est juste stupide.

Maman fronce les sourcils. Elle n'a pas l'air d'y croire.

Mon téléphone vibre. Je le sors et consulte mes messages.

FAITH : Bonne chance, Aiden. Tu peux le faire pour Gina. Je sais que tu le peux.

MOI : Maman est en train de flipper.

FAITH : Rien d'étonnant. Elle est déséquilibrée. Peut-être même folle.

FAITH : Il te suffit de suivre les instructions. Je sais que tout ira bien.

— Aiden, tu écoutes ? s'énerve maman.

Je glisse mon téléphone dans ma poche.

— En gros, ce que je veux dire, reprend Stevenson, c'est que nous allons très probablement attraper la ou les personnes qui ont enlevé Gina ce soir.

Il marque une pause.

— À moins que ce ne soit un canular. Mais dans ce cas-là, nous n'avons rien à perdre. Ça va aller ?

— Oui, merci, dit maman.

J'espère qu'il a raison et qu'on attrapera le ravisseur, parce que je veux qu'il souffre. La nuit dernière, j'ai rêvé que j'avais la batte que j'avais utilisée pour tuer Hugh et que je frappais le kidnappeur avec jusqu'à ce qu'il gise en sang sur le sol de la forêt. Le maître chanteur n'avait pas de visage dans mon rêve. Peut-être que je commence à douter de l'insistance de maman à dire que c'est Amy. Même l'inspecteur-chef Stevenson a des doutes. Il penche pour le crime organisé. Mais il admet que c'est étrange qu'un enfant aussi médiatisé ait été enlevé. D'un autre côté, les gens peuvent penser que maman a de l'argent maintenant en raison de l'étrange statut de célébrités qu'on nous a conféré. Les récompenses du traumatisme. Quelle drôle de façon de devenir célèbre.

— Ça ne me plaît quand même pas, dit maman. Je n'aime pas l'idée qu'Aiden apporte l'argent.

La voix de Stevenson est étouffée par le haut-parleur.

— Je sais, Emma. Nous serons là avec Aiden. À chaque étape.

— Vous voulez dire ces mêmes policiers qui ont divulgué des informations cruciales ? rétorque-t-elle.

— Nous avons découvert qui c'était, dit prudemment Stevenson. Ce n'était pas un acte malveillant. Malheureusement, cet agent avait un proche qui écrivait pour le site et qui a surpris une conversation privée. Il a perdu son emploi depuis, Emma. Et il est mortifié par ce qui s'est passé. C'est malheureux que ce soit arrivé, mais la fuite ne semble pas avoir affecté votre affaire.

Elle secoue la tête, le regard dur et peu compatissant.

— Ça n'aurait quand même pas dû arriver.
— Je sais, admet-il.

Je ne ressens pas la même chose que maman, mais je comprends tout de même sa réaction. Ma mère a survécu à plus de déchirements que la plupart des gens, ce qui l'a endurcie de la même manière que mes expériences m'ont façonné. J'ai regardé un film sur un kidnapping l'année dernière. La mère a hurlé pendant les deux heures. La mienne ne fait pas ça. Elle pense. Elle résout les problèmes et trouve des idées. Elle fera tout ce qui est nécessaire.

— Je veux être dans la voiture qui attend près de la forêt, dit maman calmement.

— C'est d'accord, dit Stevenson.

Il a l'air si sûr de lui. Comment peut-il être certain que tout se passera bien alors qu'il n'a jamais fait ça avant ? Je jette un coup d'œil aux cinquante mille livres dans le sac. Un petit sac de voyage. Des billets marqués.

Nous avons encore une heure à attendre avant de partir.

Les phares de la voiture percent les ténèbres de la route qui mène vers la forêt. Nous sommes dans une voiture aux vitres teintées, et je suis certain que le kidnappeur se rendra compte que ce n'est pas la voiture de ma mère. Un agent de police est assis sur le siège du conducteur, portant une casquette de baseball pour masquer ses traits.

L'agent s'arrête sur un parking à environ cinq minutes de marche de l'entrée de la forêt de Rough Valley. Je sens le pin et l'odeur terreuse de la forêt. Au sein de ces arbres, je vivais en cage.

— Tu vas bien ? demande maman depuis le siège arrière.

Ses yeux sont écarquillés, et ils se baladent entre l'officier sur le siège avant et moi. Aucune drogue ne pourrait produire le genre d'adrénaline qu'elle ressent en ce moment.

— Je vais bien, la rassuré-je. Essaie de te détendre.

Elle laisse échapper un léger gémissement, puis plaque ses mains sur sa bouche.

— Je peux marcher avec toi ?

Sa voix se brise sous l'effet de l'émotion. Cela m'effraie plus que l'argent qui repose sur mes genoux.

— Non.

L'officier se penche pour parler à ma mère derrière.

— Je suis désolé, Mlle Price, mais le maître chanteur a demandé à Aiden de venir seul et nous pensons qu'il est préférable de respecter ses exigences. Mais regardez entre les arbres, Mlle Price.

Je regarde maman tourner la tête pour regarder à travers la vitre de la voiture.

— Vous ne pouvez pas les voir, mais il y a des hommes entraînés dans ces bois. Ils seront avec lui à chaque étape du chemin.

Elle ravale ses émotions et hoche la tête. Je sais que la confiance entre maman et la police s'est dégradée lorsqu'elle a vu l'article sur le site de *clickbait*, mais elle leur fait encore suffisamment confiance pour les laisser me protéger avec leurs armes. Je suppose qu'elle n'a pas mieux pour le moment.

— Je t'aime, Aiden, dit-elle.

Ces mots me traversent, me submergent. Je les entends souvent et ils ont tendance à me laisser indifférent. Il y a une partie de moi qui ne peut pas accepter ces paroles venant de qui que ce soit. J'ai beaucoup entendu ces termes, mais avec une voix différente. Je dois me rappeler que maman pense ce qu'elle dit, qu'elle ne me fera pas de mal, que nous nous aimons.

— Je t'aime aussi, maman. Tout va bien se passer. Essaie de ne pas t'inquiéter, d'accord ?

Elle me touche l'épaule.

— Je sais. Je crois en toi. Mais fais attention, d'accord ?

La prière d'une mère.

— Oui, maman. C'est promis.

— Il est minuit moins cinq, dit l'agent. C'est peut-être l'heure de te mettre en route ?

Mes doigts s'enroulent autour de la poignée du sac de voyage.

— Je suis prêt.

Chapitre 19

AIDEN

Le Dr Anderton parle de la culpabilité du survivant. Ce que l'on ressent quand on survit à une situation improbable et que d'autres y restent. Combien d'enfants reviennent après avoir été enlevés ? Combien ne reviennent pas ? Je désire plus que tout que Gina rentre à la maison. Sa vie est entre mes mains.

Le talkie-walkie crépite. L'officier répond et se tourne ensuite vers moi.

— Très bien, tu peux y aller. Vas-y doucement et fais-nous signe si quelque chose ne va pas.

Ma main libre trouve la poignée de la portière. Je pensais que je serais plus calme que ça, mais mon cœur bat la chamade. *Boum-boum boum-boum.*

À l'extérieur, la fraîcheur de la brise nocturne me chatouille la nuque. Comme les nuits sont plus chaudes que d'habitude, je porte juste un t-shirt à manches longues avec un jean. Mon haut est jaune vif pour que la police puisse me voir.

L'odeur de pin et d'humus parvient jusqu'à mes narines. Je m'en imprègne à chaque pas. C'est l'odeur du bunker. L'odeur de mon enfance. Je suis la route étroite. Bientôt je tournerai à droite sur le chemin qui mène à l'entrée. Il y aura un panneau vert indiquant Rough Valley, et un échalier en bois. Ce n'est pas un bois pour les joggeurs ou les promeneurs de chiens, il est trop dense et indiscipliné, mais il y a un sentier praticable qui s'enfonce entre les arbres.

À mi-chemin, je commence à ressentir une certaine excitation. Si tout se passe comme prévu, je reverrai ma petite sœur. Elle pourra revenir vivre avec nous à la maison. Nous lui montrerons qu'elle peut survivre, comme je l'ai fait. Nous lui rappellerons ce qu'est l'amour et elle rira. Nous en rirons tous. Nous serons à nouveau une famille.

Si tout se passe bien.

Lorsque l'entrée du bois est en vue, je ralentis l'allure. Voilà l'échalier et le panneau vert. À l'intérieur, je me ferme, je me replie sur moi-même, je me dérobe... avant de me reprendre. Ma main serre la lanière de cuir du sac de voyage. Mes paumes sont moites. Je sais ce qu'il y a dedans et ce que ça représente pour ma famille.

En passant par-dessus l'échalier, j'utilise la lampe-torche de mon téléphone. Il n'y avait rien dans la lettre sur l'interdiction des téléphones. Elle contenait très peu d'informations, en fait. Ça a paru surprendre Stevenson lorsque nous lui avons lu le mot. Cela signifie-t-il que le kidnappeur est inexpérimenté ? Pas habitué aux demandes de rançons ? Est-ce une personne qui nous connaît ? Ou un mauvais plaisantin voulant faire fortune ? Je saute par terre et la semelle de mes baskets glisse sur une pierre. Je reprends mon souffle et projette le faisceau de la lampe à mes pieds. Je lève le téléphone et j'entends mon souffle irrégulier.

Les arbres bruissent et la brise fait se dresser les poils de mes bras tandis que je continue le long du chemin. Où sont les policiers ? Mon esprit paranoïaque m'incite à croire que Stevenson m'a piégé et qu'il n'y a personne pour me protéger. Que je suis à nouveau seul.

— Il y a quelqu'un ?

Je me racle la gorge et réessaie.

— Il y a quelqu'un ici ? Vous m'entendez ?

Je trébuche sur une racine et manque de tomber. La police n'aurait-elle pas dû me donner une lampe-torche ? Je suppose que personne n'y a pensé. Je tiens toujours le téléphone en l'air. Mon bras commence à me faire mal. La lumière éclaire un sol piétiné et durci, des touffes d'herbe, des racines et des pierres, l'écorce des arbres et, enfin, un banc.

— Il y a quelqu'un ?

Ma voix résonne dans l'obscurité.

— Gina ? Si tu es là, Gina, crie. C'est Denny. Je suis là pour te ramener à la maison.

Je retiens mon souffle en attendant une réponse, mais seul le silence des bois me répond.

Peut-être veulent-ils que j'attende sur le banc. Les instructions indiquaient l'entrée de la forêt de Rough Valley. Il n'y a pas d'autre endroit où attendre. Le cœur battant toujours la chamade, je m'assieds sur le banc et j'attends.

Rien.

Je commence à me demander si le ravisseur n'a pas laissé d'autres instructions sur le banc. Je le balaie du faisceau de ma lampe, regarde en dessous, inspecte les environs. Il n'y a rien. Peut-être que je suis trop impatient ? Peut-être que je m'agite trop et que personne ne viendra à ma rencontre ? Je décide de rester immobile aussi longtemps que possible, mais j'ai l'impression que quelqu'un se trouve derrière moi. Je me lève et j'éclaire les arbres à cet endroit. Les feuilles bruissent, mais personne n'émerge.

Je suis le bruit, m'enfonçant plus profondément entre les arbres, convaincu que quelqu'un m'observe. Pourquoi cette personne ne se montre-t-elle pas ?

— J'ai votre argent, crié-je. Rendez-nous Gina et il est à vous. On se fiche du reste.

Mon pied glisse alors que le sol s'incline sous moi. Je fais un roulé-boulé, manquant de perdre mon téléphone, atterrissant avec l'argent sous moi comme coussin. Quand je me remets sur pieds, le mouvement dans les bois s'arrête. Je ne suis plus certain qu'il y ait eu quelqu'un là-bas. Ou alors, c'était probablement la police. Je retourne vers le banc, qui est toujours vide, et je me rends compte que Stevenson avait raison. C'était un canular.

Lorsque je retourne à la voiture, maman se précipite vers moi et me prend dans ses bras, ses yeux fous examinant l'éraflure sur ma joue, la saleté sur mes vêtements. J'ai toujours le sac.

— Qu'est-ce qui se passe ? Où est Gina ?

Je secoue la tête. Mon esprit déborde de mots. Bruit. Peur. Gina. Perdu. Personne.

— Que s'est-il passé ?

Je déglutis. J'ai la gorge à vif. Chaque parcelle de mon corps est éreintée. Je suis sûr que je tremble de partout, mais quand je regarde mes mains, elles semblent stables.

— Aiden ?

Elle me caresse doucement le visage, mais je me dérobe et l'expression blessée est de retour.

L'un des agents vient à mon secours et explique tout.

— Personne n'est venu. On dirait bien que c'était un canular après tout.

— Peut-être que j'ai fait quelque chose de mal, dis-je. Peut-être que le ravisseur n'est pas venu parce que j'ai tout gâché.

Je me tourne vers les bois. Que se passerait-il si je retournais vivre là-bas ? Est-ce que je survivrais à la façon des enfants-loups ? J'ai lu des histoires d'enfants élevés par des loups. Parce que je pensais que je pourrais être l'un d'entre eux.

— Aiden.

Maman me saisit le menton pour que je la regarde.

— Ce n'est pas de ta faute. On va retrouver Ginny, je te le promets.

Elle me ramène à la voiture. Je suis responsable. Voilà ce qui tourne en boucle dans mon esprit. C'est le retour de karma lié à mon succès artistique. Pourquoi devrais-je gagner de l'argent avec la tragédie de ma vie ? Je me sens mal. La voiture me donne une impression de claustrophobie, avec cette odeur de plastique neuf.

Mon téléphone vibre.

FAITH : Que s'est-il passé ? Tu vas bien ?
MOI : Personne n'est venu.
FAITH : Sérieusement ? Pourquoi ?
MOI : Je ne sais pas.
FAITH : Tu vas bien ?
MOI : Tout est de ma faute.
FAITH : C'est faux. Tu n'as jamais rien fait de mal.
MOI : Si tu le dis.
FAITH : Et elle, elle t'a soutenu ?
MOI : Maman ? Oui.
FAITH : Comment ?
MOI : Elle a juste dit que ce n'était pas ma faute.

FAITH : Non, c'est la sienne. C'est après elle que les gens en ont.
MOI : Qu'est-ce que tu veux dire ?
FAITH : Lis les informations. Tout le monde lui en veut.
FAITH : Je sais que c'est ta mère, mais tu dois peut-être réaliser quelque chose d'important.
MOI : Quoi ?
FAITH : Que ce n'est pas une bonne personne.

Je lève les yeux vers maman dans le rétroviseur. Elle parle à l'officier de police qui conduit la voiture, l'expression crispée par le stress.

— Et maintenant ? demande-t-elle.

— Honnêtement, je ne sais pas trop, répond l'agent. Vous feriez mieux de voir avec Stevenson.

Maman se penche sur son siège et ferme les yeux. Puis elle tourne la tête et ses yeux bruns se posent sur moi.

— Je n'aurais pas dû te laisser faire ça. Je suis désolée.

J'ai envie de lui répondre que c'était mon choix, mais je n'en fais rien. Mon regard dérive vers les messages à l'écran.

FAITH : Que ce n'est pas une bonne personne.
MOI : Non. Tu te trompes.

Je suis sur le point de ranger mon téléphone, mais je remarque que Faith tape à nouveau.

FAITH : J'ai dépassé les bornes. Désolée.
FAITH : Ce n'est pas ce que je voulais dire.
FAITH : Tu es là, Aiden ?
FAITH : Sérieusement, réponds, je me sens mal.
FAITH : Aiden, s'il te plaît. Dis-moi que je n'ai pas merdé.

Finalement, je réponds : *C'est bon, je ne suis pas en colère.* Et je range mon téléphone.

Chapitre 20

EMMA

Il ne parle pas. Il est assis à l'arrière de la voiture, tremblant. Je dois le guider quand nous arrivons à la maison, car il ne semble pas savoir où il est. Pendant tout ce temps, j'ai le vague sentiment que je devrais lui parler, lui arracher des réponses, mais l'épuisement fait que je ne peux même pas bouger les lèvres.

Une odeur de vieille nourriture nous accueille quand nous rentrons. Je me souviens que j'ai jeté quelques parts de pizza et que nous n'avons pas sorti la poubelle. En temps normal, je m'en serais chargée immédiatement pour me débarrasser de l'odeur, mais je n'en fais rien. Je ferme la porte et conduis Aiden à l'étage. Je veux m'assurer qu'il va bien au lit.

Devant sa chambre, je le tourne vers moi.

— Rien de tout ça n'est de ta faute. Je sais que je l'ai déjà dit, mais je ne pense pas que tu me croies.

Il hausse les épaules.

— Parle-moi, Aiden.

Il retourne dans sa chambre et, pour une fois, ferme derrière lui. La vue de cette porte scellée me fait froid dans le dos. Il m'a perdue de vue ou bien je l'ai perdu de vue. Y a-t-il une différence ? Je m'appuie contre le mur et ferme les yeux. Était-ce Gina qui le gardait ancré à moi ? Qui l'aidait à parler ? Ses premiers mots ont été pour me prévenir que Gina arrivait. Il m'a montré la flaque sur le sol, se demandant pourquoi je faisais pipi. C'était Gina qui voulait venir au monde pour transformer les ombres en lumière.

Je quitte péniblement sa chambre pour regagner la mienne. Ginny est toujours là quelque part et nous ne sommes pas près de savoir où.

Maintenant que je sais que la demande de rançon était un canular, j'admets qu'elle a fait naître en moi plus d'espoir que je ne le pensais. Ça n'a jamais semblé réel, mais en même temps, ça expliquait l'enlèvement de Ginny et laissait entendre que je pouvais la ramener saine et sauve à la maison. C'est toujours comme ça dans les films. Il y a une raison. Ensuite, une transaction. De l'argent contre une vie. Mais ensuite, le héros intervient et élimine le méchant de sorte que ce dernier n'a plus rien.

L'argent n'est pas la raison de l'enlèvement de Gina. Je le sais maintenant. Mais qui a déposé cette lettre ? Cela pourrait-il être Amy, qui me fait tourner en bourrique, ou est-ce que je fais une fixation sur elle alors que je devrais envisager d'autres options ? Peut-être que Rob a raison. Peut-être qu'elle est partie.

Le nom de l'inspecteur-chef Stevenson apparaît sur l'écran de mon téléphone, mais je refuse l'appel. Rien ne va plus. La demande de rançon a fini sur Internet, et Aiden s'est aventuré seul dans un bois sombre sans raison. Il est peut-être temps d'essayer de faire les choses à ma façon.

Je me réveille avec le chant des oiseaux. Une lumière orange filtre à travers les stores. Tout mon corps est crispé. Mes bras et mes jambes sont tendus le long de mon corps. Le rêve que je faisais s'éloigne déjà, mais je sens que je faisais une immense chute et que le sol s'approchait.

Pour la première fois depuis la disparition de Gina, j'ai le sentiment d'avoir un but précis. Malgré mes muscles endoloris et les perles de sueur à la naissance de mes cheveux, j'écarte les couvertures et balance mes jambes hors du lit. Aujourd'hui, je vais commencer à prendre les choses en main.

Après une douche, je me sèche les cheveux, j'enfile un jean et une chemise, et je descends. La porte d'Aiden est encore ouverte quand je passe sur le palier, mais il n'est pas là. J'entends le bruit de la douche et je continue vers la cuisine.

Il est temps de ranger un peu le désordre qui s'est accumulé depuis que nous avons emménagé. Je sors la poubelle, nettoie les comptoirs, remplis le lave-vaisselle et fais la poussière dans la salle à manger. Au moment où Aiden descend, je nous prépare du café à tous les deux. Mais il secoue la tête quand je lui offre une tasse.

Quand il refuse le café, il me voit écarquiller les yeux, me crisper. Il sait que j'ai peur qu'il ne parle plus jamais, parce qu'il enchaîne avec :

— Je peux avoir plutôt du thé ?

Mais quand j'essaie de le serrer dans mes bras, il s'éloigne de moi et je me retrouve à enlacer ma propre poitrine.

— Va t'asseoir au salon et je te l'apporterai si tu veux, réussis-je à dire sans que ma voix ne déraille.

Il s'éloigne et j'appuie sur le bouton de la bouilloire.

Dès qu'il est hors de vue, je m'agrippe au comptoir, regardant le sang quitter mes doigts et ma peau devenir d'un blanc éclatant. J'ai besoin de lâcher prise. D'être à genoux, la tête entre les mains, pleurant si fort que de la morve coule de mon nez et que mes sanglots sont audibles depuis la rue. J'ai besoin d'être une épave. Mais je ne peux pas. Au lieu de cela, je presse mon bras contre ma bouche et je gémis dans la manche de ma chemise. Le gémissement devient un cri étouffé de frustration, masqué par le bouillonnement bruyant de la bouilloire.

On sonne à la porte et je me ressaisis, lissant la manche de ma chemise, réarrangeant le col, essuyant les larmes sous mes yeux. Je prends deux grandes inspirations et je me dirige vers la porte.

Un homme d'environ vingt-cinq ans, aux cheveux châtain clair, se tient là. J'examine ses pores lisses, l'ardeur de ses yeux bleus brillants, la façon dont sa bouche s'incline aux coins.

— Je ne parle pas aux journalistes, dis-je.

— Oh, vous faites erreur, répond-il. L'inspecteur-chef Stevenson ne vous l'a pas dit ? Je suis votre nouvel agent de liaison avec les familles.

Je ferme la porte, mets le loquet et reviens dans la cuisine pour préparer la tasse de thé d'Aiden. La sonnette retentit encore deux fois, puis on frappe avec hésitation.

Au troisième coup, Aiden entre dans la cuisine.

— Qui est-ce ?

— Notre nouvel agent de liaison avec les familles, apparemment.

— Tu ne vas pas le laisser entrer ?

— Non.

Je lui passe le thé avant de prendre une gorgée de café. Le troisième coup semble être le dernier. Peu importe son nom, il a compris et est parti. Mon téléphone sonne à nouveau. Je le lève pour montrer l'écran à Aiden. C'est Stevenson.

— Qu'est-ce qui se passe, maman ? demande Aiden.

Je hausse les épaules.

— On ne peut pas leur faire confiance, n'est-ce pas ?

Je pense à l'inspectrice Khatri qui m'a forcée à quitter la conférence de presse, à la fuite d'informations sur la demande de rançon.

— Maman, on ne peut pas l'ignorer.

Aiden pose sa tasse sur la table. Je réalise qu'il a perdu du poids. Il n'est pas allé à ses séances de kiné ni à la salle de sport. Aiden essaie de renforcer sa musculature depuis un certain temps maintenant. C'est la première fois que je le vois à nouveau décharné.

— Il pourrait avoir des informations intéressantes.

Ma gorgée de café semble aigre au creux de mon estomac.

— Je sais, mon amour, mais nous devons aussi nous protéger.

Je hoche la tête vers la table, faisant signe à Aiden de me suivre.

— J'ai essayé de travailler avec eux, mais il est clair que ça ne marche pas. Personne n'est de notre côté : ni la police, ni la presse, ni les personnes qui t'envoient des messages sur Instagram ou celles qui nous envoient des cartes. Il n'y a que toi, moi et Gina. C'est compris ?

Aiden manque de s'étrangler.

— Et papa ? Grand-mère et grand-père ?

— Ils sont importants, concédé-je. Mais ils ne sont pas nous.

Il secoue la tête et croise les bras sur sa poitrine.

— Aiden, écoute-moi une minute. Je sais que nous n'avons rien demandé, mais nous sommes célèbres maintenant. Les médias ont imprimé nos photos et raconté notre histoire si souvent que les gens pensent tout savoir sur nous. Ils pensent que nous sommes leurs amis. Mais nous ne le sommes pas.

Je marque une pause pour frotter mes mains l'une contre l'autre. Les démangeaisons entre mon pouce et mon index reviennent plus fort chaque jour que je passe loin de Gina.

— N'importe quel flic travaillant sur l'affaire pourrait vendre nos informations. N'importe qui sur Internet pourrait utiliser tes posts sur les médias sociaux pour son profit personnel. Tu comprends ce que je dis ?

— Tu veux que j'arrête d'utiliser Internet ?

Je me penche en arrière.

— Honnêtement, je ne sais pas trop.

Je réfléchis un instant.

— Non, garde ton compte. Une fois que Gina sera de retour, ça te sera utile pour tes œuvres. C'est ta vocation et tu ne dois pas y renoncer. Mais arrête de poster et de répondre aux messages.

Son visage se tord.

— Tu ne peux pas me contrôler comme ça. Ce n'est pas juste.

— Tout déballer ne ramènera pas Gina à la maison. Je t'ai vu répondre à des gens en ligne. Ça pourrait nuire à Gina. Tu ne comprends pas ? Tout ce que tu diras pourra être utilisé contre nous.

— Très bien, dit-il doucement. Mais quel est l'intérêt de garder mon compte ouvert si je ne peux rien poster ou commenter ?

Je me frotte les yeux et pousse un long soupir.

— Ce que je veux dire, c'est... Fais attention, d'accord ? Ne communique pas avec les gens. C'est important. Tu le sais, n'est-ce pas ?

Il acquiesce.

— On va retrouver Gina et la ramener à la maison.

Je me penche et pose une main sur l'ordinateur portable familial.

— J'aurais dû le faire plus tôt. Je vais engager un détective privé. On a besoin d'aide.

Je vois les rouages du cerveau d'Aiden tourner à plein régime. Il finit par hocher la tête.

— Tu dois quand même écouter la police, maman. Ils pourraient avoir des informations importantes à nous communiquer.

— Je le ferai, c'est promis. Je vais rappeler Stevenson et voir ce qu'il a à dire. Mais nous n'aurons pas d'autres agents de liaison.

Je repense à la conversation forcée, aux platitudes constantes, aux yeux indiscrets et aux oreilles attentives. Hors de question de revivre ça.

Après avoir passé un peu de temps à rechercher des sociétés de détectives privés potentielles, je rappelle Stevenson. Il répond à la première sonnerie. Sa voix est quelque peu tendue.

— Emma. Bonjour. J'ai essayé de vous joindre.

Il tousse, peut-être nerveusement.

— Écoutez, mon service travaille de plus en plus avec la Met depuis la demande de rançon et ils voulaient que vous ayez un nouvel agent de liaison. J'ai envoyé quelqu'un chez vous, mais il semble que vous l'ayez empêché d'entrer.

— Vous êtes notre agent de liaison, dis-je. On ne va pas recommencer à débattre là-dessus.

— Ça rationalise le processus et ça me laisse le temps de…

— Tout ce que vous avez à faire, c'est m'appeler dès qu'il y a du nouveau, dis-je en essayant de garder mon calme. Et vous assurer que personne ne divulgue d'informations à la presse. Je suis désolée, mais je dois protéger Aiden autant que je dois trouver Gina. S'il y a quelqu'un chez nous pendant de longues périodes, cela signifie que cette personne pourrait divulguer des informations sur nous aux médias.

— Écoutez, Emma, je comprends, mais…

— Vous ne me ferez pas changer d'avis. Ma décision est prise.

Je marque une pause.

— Mais nous ferons tout de même notre possible pour faire avancer l'enquête. Vous savez que j'ai apprécié tout ce que vous avez fait pour nous, à l'époque et maintenant.

— Je suis heureux de l'entendre, dit-il. Nous sommes toujours une équipe. D'accord ?

Je me rappelle qu'il a été là pour moi quand Aiden m'a montré le bunker par cette nuit froide dans les bois. Je me souviens de ses paroles calmes au téléphone et du fait qu'il a tout laissé tomber pour venir me chercher.

— D'accord.

— Je suis désolé que la demande de rançon ait été une impasse, dit-il. Nous travaillons d'arrache-pied sur chaque piste que nous avons.

— Quelles sont ces pistes ? demandé-je.

— Des témoins qui déclarent l'avoir vue, dit-il. L'un à York, qui semble prometteur. D'autres, pas tant que ça. Le Devon. Aberystwyth, même l'Espagne.

— Vous me tiendrez au courant ?

— Bien sûr, répond-il, et je note la déception dans sa voix.

Il sait que je me suis endurcie envers lui et le reste de la police. Que je leur ai tourné le dos.

— Très bien, dis-je. Merci.

Aiden attend derrière moi alors que je remets mon téléphone dans la poche de mon jean. Il baisse les yeux d'un air attristé quand je lui transmets les nouvelles. Bien que je me sois réveillée déterminée, ces témoins potentiels me laissent de marbre. Il y a beaucoup trop de gens qui aiment détourner l'attention de la police.

Nous retournons devant l'ordinateur portable, établissons une liste de potentiels détectives privés et préparons le déjeuner. Encore un plat trop bourratif. Nos assiettes restent à moitié pleines pendant que nous travaillons. Cette journée m'épuise, mais cela m'aide d'être active.

Rob et ses parents arrivent quelques heures plus tard. Je leur ai déjà parlé de l'échange raté au téléphone en rentrant chez moi la veille. Sonya me prend dans ses bras, mais je ne le lui rends pas son étreinte. Rob me dévisage de la tête aux pieds. Il remarque mon changement d'attitude, mais n'aborde pas le sujet en présence de ses parents.

Nous préparons le thé. Aiden reste silencieux pendant que j'explique comment il s'est aventuré dans les bois seul. Rob est d'accord avec moi concernant l'agent de liaison avec les familles et le détective privé.

— La police a eu sa chance, dit-il. Elle a échoué trop souvent. Les flics ont laissé tomber Aiden pendant toutes ces années.

Nous acquiesçons tous. Il est temps de faire les choses à notre façon.

Lorsqu'ils finissent par partir, je suis épuisée. Aiden monte dans sa chambre dès que la nuit tombe. Je décide de regarder des sitcoms insipides jusqu'à ce que je ne puisse plus garder les yeux ouverts.

Je m'assoupis. Ma tête dodeline et mon menton atterrit presque sur ma poitrine. C'est alors que je l'entends : le bruit reconnaissable entre mille d'une boîte aux lettres qui se ferme.

Je bondis du canapé, toute somnolence ayant disparu. Je fonce dans la cuisine et j'attrape la lettre posée sur le paillasson. Mais je ne peux pas l'ouvrir pour l'instant. Je dois rattraper la personne qui l'a glissée dans la boîte. J'attrape mes clés sur le crochet du mur et je tâtonne pour trouver la bonne. Une ou deux secondes plus tard, j'ouvre la porte et je cours dans l'obscurité.

Chapitre 21

LA CHAPELLE

Oui, Emma est une bonne mère, je dois l'admettre. Mais elle n'est pas une femme parfaite. Son auréole n'a pas toujours été aussi brillante. Il fut un temps où elle était aussi mesquine que les autres. Sais-tu que lorsque j'ai déménagé à Bishoptown pour vivre avec ma tante et mon oncle, elle m'a traitée comme une étrangère, de la même manière que tous les autres ?

Chut, mon trésor. Laisse-moi te raconter la suite de mon histoire. Laisse-moi te la raconter maintenant, et ensuite nous pourrons partir. Il y a un endroit où je veux t'emmener. J'ai des choses à faire.

De tout ce qui m'est arrivé à l'école, le pire s'est produit à Wetherington House. Nous avions seize ans et nous étions partis camper. Ce n'était pas la première fois que des élèves allaient camper, mais c'était la première fois que j'étais invitée. Ces séjours au camping étaient légendaires. La moitié des élèves de seconde partaient avec des caisses de Hooch et de WKD. Il y avait toujours des histoires de baisers et de sexe en état d'ébriété. Par la suite, ces ragots faisaient le tour de l'école pendant des semaines. Qui avait trompé qui ? J'écoutais attentivement, pour savoir quelles relations étaient condamnées, et lesquelles étaient solides.

Je n'aurais jamais imaginé y aller moi-même, jusqu'à ce qu'Emma m'invite.

La semaine précédente, nous avions travaillé ensemble sur un projet de groupe. Je ne me souviens plus de ce que c'était : une sorte d'expérience sociologique. Forcer les élèves de sixième à répondre à un questionnaire ou quelque chose comme ça. Elle n'avait pas été une garce avec moi, contrairement aux autres, et j'en avais déduit que nous étions amies.

— Ce n'est pas grand-chose, avait-elle dit. Juste quelques personnes qui prennent du bon temps près de Rough.

Rough Valley se trouvait à proximité du domaine de Wetherington House. J'avais entendu des rumeurs selon lesquelles le camping empiétait souvent sur les terres du duc. Nous devions être prudents au cas où un de ses gardes tirerait sur quelqu'un.

C'était exagéré, bien entendu.

— Bien sûr. Je vais voir si je suis libre, avais-je répondu.

Je me souviens du sourire en coin sur son visage, car elle savait que j'étais libre. C'était évident que j'essayais de la jouer cool parce que je n'étais jamais invitée nulle part.

Cette nuit-là, j'ai demandé à mon oncle si je pouvais emprunter une tente pour aller camper. Il m'a sorti un tas de matériel, dont un réchaud de camping, des casseroles, une torche, de l'antimoustique et bien d'autres gadgets que j'utilise maintenant à la chapelle. Il m'a expliqué comment utiliser chacun d'eux.

— Il y aura des garçons là-bas ? avait-il demandé.

— Non, que des filles, avais-je menti.

— Je devrais peut-être venir avec toi.

Horrifiée, j'avais rapidement dissipé toutes ses inquiétudes et fait mes bagages. Il m'avait montré comment assembler sa tente robuste. Je connaissais le mode d'emploi de chacun des gadgets, d'un bout à l'autre. J'étais préparée à toute éventualité.

Le soir venu, j'ai pris le bus pour les bois, en mentant à oncle Gregory, prétendant que j'allais retrouver Emma chez elle et que sa mère m'amènerait là-bas. Il n'était pas particulièrement ravi que je parte, mais tante Kim était au courant de certaines brimades que je subissais et avait insisté pour que j'y aille pour me faire des amis. J'avais seize ans après tout. J'étais assez âgée pour avoir des relations sexuelles et vivre seule si je le voulais.

En sortant du bus, j'ai marché dix minutes en traînant mon lourd sac à dos et ma tente. Les lanières s'accrochaient dans mes cheveux, que je portais en une longue tresse désordonnée dans le dos. Parfois, les garçons tiraient dessus en plein cours, mais je n'arrivais pas à me résoudre à me couper les cheveux.

Le temps que j'arrive, les autres étaient déjà légèrement ivres. Au début, personne n'a remarqué mon arrivée, jusqu'à ce qu'un des garçons me voie et me montre du doigt.

— Hé, la tarée ! Qui a invité cette cinglée ?

Emma, assise sur les genoux de Rob, une bouteille d'Orange Reef à la main, a dit :

— C'est moi qui l'ai invitée. Laissez-la tranquille, OK ?

Il y a eu quelques ricanements, mais je lui ai souri avec reconnaissance avant de monter ma tente. Ce faisant, j'ai imaginé ce que ça ferait de m'asseoir sur les genoux de Rob. Je me suis demandé si le fait d'être amie avec Emma me permettrait de me rapprocher de Rob, et s'il y avait un moyen de le convaincre de la quitter pour moi. Pendant un moment, mon esprit a dérivé vers des fantasmes dignes des films que je regardais. La fille ringarde qui enlevait ses lunettes et qui était belle depuis le début.

— C'est quoi ce truc ?

Un des amis de Rob – je crois qu'il s'appelait Dan – a donné un coup de pied au mât de ma tente.

— C'est une tente de l'armée, ai-je répondu. Je l'ai empruntée à mon oncle.

— Hé les gars, venez voir cette monstruosité.

J'ai jeté un regard gêné aux tentes colorées et branchées que tout le monde utilisait. C'était le genre de tentes que l'on voyait quand la caméra faisait un panoramique sur un festival comme Glastonbury ou Leeds.

Sans que je sache comment, entre deux rires, quelqu'un a glissé une bière dans ma main. J'en ai bu une gorgée – ma toute première – et j'ai commencé à me détendre.

Ma présence était une nouveauté pour eux et ils ont décidé d'en tirer le meilleur parti. Ils m'ont posé des questions. D'où je venais. Avec qui je vivais. Ce que mon oncle faisait dans la vie. C'était amusant. Jusqu'à ce que les questions deviennent plus personnelles. Avais-je déjà embrassé un garçon ? Baisé un mec ? Est-ce que j'en avais déjà tripoté un ? J'ai cherché Emma du regard, mais elle embrassait Rob près du feu de camp.

— C'est quoi cette coupe ? a demandé Dan.

J'ai tiré ma tresse pour la passer devant moi.

— Qu'est-ce que tu veux dire ?

— Je veux dire, pourquoi ? Pourquoi ne pas les faire couper ?

Une des filles a ricané et j'ai su alors que mes cheveux étaient dégoûtants par rapport à ceux des autres filles.

— Ma mère aime qu'ils soient longs, ai-je répondu.

J'ai avalé une autre gorgée de bière. Dire ça à voix haute m'avait fait mal. Je n'avais pas vu ma mère depuis quatre ans à ce moment-là. Et je ne m'étais pas fait couper les cheveux depuis aussi longtemps.

— Pourquoi tu ne vis pas avec ta mère ? a demandé quelqu'un.

Je ne me rappelle pas qui c'était.

— Je pense que je vais aller dans ma tente, ai-je dit en me levant de l'herbe.

Le soleil venait de se coucher, et j'avais froid. Mon gilet était dans ma tente.

— Tu vas déjà te coucher ? a plaisanté Dan. C'est un peu tôt, non ?

— Je suppose.

J'ai frissonné et bu plus de bière. J'ai continué à chercher Emma, mais elle était toujours en train d'embrasser Rob. Ils étaient enlacés. Perdus l'un contre l'autre. Je la détestais. Elle portait sa veste à lui, bien au chaud, blottie contre le garçon que tout le monde convoitait.

— Si tu as froid, viens près du feu, a suggéré Dan. Approche-toi un peu plus. Tu pourrais t'asseoir à côté de moi.

Je n'aimais pas Dan. Il avait un air qui laissait entendre qu'il se croyait tout permis. Hugh l'avait aussi, mais je pouvais le pardonner chez lui. Il y avait beaucoup de jeunes gens à Bishoptown qui pensaient que le monde était à eux parce que leur famille avait de l'argent. Certains découvrent l'empathie et s'en sortent, d'autres non. Je n'ai pas beaucoup vu Dan depuis l'école. Je ne peux donc pas affirmer qu'il est toujours le même, mais mon instinct me dit que oui.

Même si je ne l'aimais pas beaucoup, je me suis quand même rapprochée de lui. Je voulais être plus populaire. Je voulais me faire des amis. Peut-être que la meilleure façon de le faire était de s'asseoir près d'un garçon pendant quelques heures.

— Je ne mords pas, a-t-il dit en écartant un bras pour que je puisse m'y blottir.

La fille qui ricanait nous regardait attentivement, et j'ai eu peur qu'elle soit sa petite amie. Je n'avais pas l'impression qu'il y avait quoi que ce soit entre eux, mais elle avait une expression étrange. Puis j'ai décidé que si elle était jalouse, c'était tant mieux. Je voulais que les autres filles m'envient.

J'en étais à ma deuxième bière et je ne dirais pas que j'étais ivre, mais j'étais un peu éméchée. Mon cœur battait fort. L'adrénaline m'a envahi. J'ai senti un changement s'opérer en moi. Je découvrais peu à peu une nouvelle forme de pouvoir. Cette nuit-là, c'était le début, je pouvais le sentir.

— Tu es contente d'être venue ce soir ? a demandé Dan en prenant ma canette vide et en la remplaçant par une nouvelle.

— Je suis vraiment contente d'avoir été invitée, ai-je dit. Je n'ai jamais assisté à un événement comme ça avant.

Il a émis un petit bruit qui laissait entendre que ce n'était rien.

— Bah, ils ne sont pas si intéressants que ça. Mais rien de ce qui concerne Bishoptown n'est intéressant.

Il a bu quelques gorgées de bière, me regardant faire de même.

— Hé, c'est une araignée sur toi ?

Je me suis regardée avec horreur.

— Où ça ?

Mais Dan n'a pas répondu. Il m'a plaquée au sol et a crié :

— Maintenant !

La fille qui ricanait a sorti une paire de ciseaux de sous ses jambes croisées. Elle avait dû aller les chercher pendant que je parlais à Dan.

— Retourne-la, a-t-elle dit.

— Qu'est-ce que tu fais ? ai-je lancé assez fort pour qu'Emma m'entende.

C'était elle qui m'avait invitée. Elle pouvait sûrement les arrêter.

Dan m'a fait basculer sur le ventre avec facilité, pressant son corps contre moi alors que j'essayais de me tortiller. Il était plus lourd que moi. Je n'avais aucune chance de m'échapper.

La fille a saisi ma tresse au niveau de ma nuque, pressant le bord froid du métal contre ma peau. Il y a eu un son tranchant quand elle a taillé mes cheveux épais. Sa main lourde a tiré douloureusement sur mes racines et j'ai glapi ; j'avais l'impression qu'une centaine d'aiguilles me transperçaient le cuir chevelu.

J'ai senti les murmures des autres, ainsi que des bruits de pas qui m'ont indiqué que des gens arrivaient.

— Tu n'as pas fait ça !
— Putain de merde !
— Dan, tu es complètement fou !
— Oh mon Dieu, elle a le droit à un relooking.
— Qu'est-ce que vous foutez ?

La dernière voix était celle d'Emma, la fille qui était censée empêcher que quoi que ce soit de mal m'arrive ce soir. La soi-disant amie qui m'avait invitée et m'avait laissé entendre que j'étais la bienvenue, qui m'avait fait croire que je serais en sécurité. La fille qui avait passé toute la nuit à embrasser le garçon qui m'obsédait.

Il y avait un coude planté dans mon dos. J'ai senti l'air froid sur mon cou nu. La fille a émis une sorte de bruit de triomphe, qui a été suivi par les acclamations de tous les autres.

Il y a eu de nouveaux bruits de pas et j'ai entendu des gens demander à la fille ce qu'elle allait faire avec ma tresse. Emma était silencieuse.

Finalement, Dan m'a laissée me relever, et j'ai essuyé l'herbe humide de mon visage.

J'aimerais pouvoir dire que je l'ai giflé, frappé ou que j'ai fait quoi que ce soit dans ce sens. Mais je n'ai rien fait de tel. J'ai pleuré. De la morve est sortie de mon nez. Des larmes ont coulé sur mon visage. J'ai senti ce qui restait de mes cheveux friser au niveau de mes lobes d'oreilles. Que dirait ma mère si elle me voyait ? Comment allais-je expliquer ça à mon oncle et ma tante ?

Les autres étaient tous debout autour d'un arbre. C'était un vaste chêne dont les branches basses s'étendaient dans le champ. En ce mois de juin, il était d'un vert luxuriant, verdoyant de vie.

Dan était avec eux, tenant un piquet de tente et un poteau. Il plantait quelque chose dans l'écorce. Les rires résonnaient autour de moi, couplés au bruit de mon propre sang. J'ai titubé jusqu'à l'arbre, en essuyant la morve de mon nez.

C'est là que j'ai vu ma tresse. Attachée à l'arbre.

Il a ri et a commencé à chanter.

— Amy Perry n'a pas de cheveux. Pas de cheveux. Pas de cheveux.

Les autres se sont joints à lui.

Non, arrête de pleurer. Tu dois entendre ça. Tu dois comprendre ce qui s'est passé et pourquoi je dois faire ça.

Chapitre 22

EMMA

Il n'y a rien d'autre que l'air nocturne et le faible bruit d'une voiture. Je cours dans l'allée et déboule sur la route, essayant de la poursuivre, mais je suis enveloppée par le bleu profond de la nuit. Je remonte ma main jusqu'à mon cou, le cœur battant, le cuir chevelu me picotant, les nerfs à vif.

La lettre.

Mes pas vers la maison sont beaucoup plus lents. Maintenant que je sais que le kidnappeur est parti – était-ce Amy ? Suis-je passée à un cheveu d'elle ? –, je ne veux pas faire face à ce qui m'attend. Je ne veux pas voir.

Doucement, je referme la porte derrière moi et j'écoute attentivement les bruits de la maison. Depuis le salon s'élève le faible écho de rires provenant de la télévision. Le reste de la maison est calme. Aiden est toujours au lit.

Je me dirige vers la table, remarquant que ma respiration couvre le bruit de la télévision dans la pièce voisine. Mon cœur qui bat la chamade ponctue le tout. L'enveloppe blanche est posée de travers sur la table. En attente.

Il est écrit « Emma » sur le devant de l'enveloppe en majuscules. La dernière lettre n'avait pas d'enveloppe, mais nos deux noms figuraient en haut. Celle-ci est juste pour moi.

Amy. Je peux la sentir, sentir sa présence. Sentir le petit jeu auquel elle joue. Et si son canular visait à nous isoler ? Nous forcer à devenir paranoïaques, nous séparer. Et si Amy avait joué avec moi tout ce temps ?

Je sais qu'elle n'est pas là physiquement, mais il me suffit de penser à elle pour qu'elle prenne de la place. Je réfrène une grimace de dégoût. Je sais maintenant que la haine que je lui voue s'est infiltrée dans mon corps. C'est une haine personnelle que seules deux femmes peuvent nourrir. Il y a longtemps, j'ai essayé de l'aider, et c'est comme ça qu'elle me remercie.

Même si j'ai désespérément envie de déchirer la lettre, je ne le fais pas. À la place, j'enfile des gants en caoutchouc propres et je prends un couteau aiguisé dans le tiroir de la cuisine. En tenant un coin avec mes doigts gantés, j'ouvre l'enveloppe en deux. Il me faut toute ma concentration pour éviter que le couteau ne glisse et n'attrape mon doigt, car je tremble de partout.

Pendant que je fais glisser le morceau de papier hors de l'enveloppe, je me demande ce qu'elle a à me dire. Je suis transportée des années en arrière. Quand elle a rejoint mon école. J'avais pitié d'elle à l'époque, car elle n'avait jamais de vêtements à la mode ou de belle coupe de cheveux. Elle était malmenée et mise à l'écart. Il ne reste rien de cette pitié. Je crois que les gens peuvent surmonter les circonstances. Je dois y croire, sinon je condamnerais Aiden à une vie que je ne veux pas imaginer.

Je déplie la note, prenant une profonde inspiration pour calmer les battements de mon cœur. L'écriture est exactement la même que celle de la demande de rançon. Après avoir lu cette dernière lettre, je sais, avec certitude cette fois, qu'Amy Perry a ma fille.

Emma, Emma. Jolie petite Emma.
J'aime ta nouvelle coupe de cheveux. Ça te va bien.
Tu te rappelles, Emma ?
Nous étions jeunes, mais pas si jeunes que ça.
J'avais des cheveux comme les tiens, autrefois. Avec une tresse.
Ils m'ont emmenée à l'arbre. Ils m'ont déchirée.
Tu te rappelles, Emma ?
Montre-moi que tu t'en souviens.
Viens seule.

Ne préviens pas la police. Je le saurai.

Je remets la lettre dans l'enveloppe. Je sais ce qu'elle attend de moi.

Je ne vais pas me coucher, mais je ne peux pas rester à errer dans le noir, alors je m'assieds et j'attends le matin. Juste avant le lever du soleil, je me glisse discrètement hors de la maison, laissant à Aiden un mot indiquant « je reviens vite » avec l'imprécision d'une personne qui évite de donner des détails sur l'endroit où elle va. J'espère que ça ne l'inquiétera pas, mais je ne vois pas de raison valable pour que je parte sans lui. Avec un peu de chance, je serai à la maison avant qu'il se réveille.

Il fait une chaleur étouffante ce matin-là. Je porte les mêmes vêtements que la veille, avec de la sueur fétide sous les bras. J'ai les manches retroussées jusqu'au coude. J'ai avec moi un sac de voyage que je place sur la banquette arrière de la voiture avant de partir.

Des oiseaux m'accompagnent le long du trajet. Ils sont alignés sur des fils téléphoniques et des branches d'arbres. Ils s'envolent avec leurs congénères. À l'extérieur de la voiture, je les imagine chantant le refrain du matin, ignorant béatement le monde humain autour d'eux, toute la douleur, émotionnelle et physique, mais aussi l'amour. Je pense à la lettre d'Amy, pliée dans la poche de mon jean, et au sac sur la banquette arrière. Un soupçon de doute s'insinue dans mes entrailles. Et si je ne me souviens *pas* de l'endroit exact ? C'est clairement ce qu'elle veut que je fasse – me rappeler ce qui lui est arrivé. Elle veut que j'admette sa douleur.

J'ai eu de la peine pour elle quand c'est arrivé. Pendant longtemps, j'ai cherché sans grande conviction à me racheter en essayant de lui parler dans les couloirs de l'école. La plupart du temps, elle s'éloignait de moi, les yeux baissés, traînant des pieds comme un pingouin anxieux. Puis elle a commencé à sortir de sa coquille, et je me souviens d'avoir pensé : « Tant mieux pour toi, Amy. Tu tournes enfin les choses à ton avantage ».

C'est en première qu'elle a commencé à nous fréquenter, Rob et moi. Nous étions une dizaine à traîner au pub ou dans la forêt de Rough Valley. Amy en faisait partie. Elle semblait avoir un petit ami différent chaque semaine. Et puis je suis tombée enceinte d'Aiden et je n'ai plus fait partie du groupe.

Je me gare sur un petit parking en gravier près du camping. Il ne s'agit pas vraiment d'un camping, mais d'un champ situé à la périphérie du domaine appartenant au duc de Hardwick. Ou plutôt à la duchesse, maintenant que le duc est en prison pour possession de pornographie enfantine sur son ordinateur portable. Je pense à Maeve en grimpant sur l'échalier entre les poteaux de la clôture. Il y a une chance que j'empiète sur son terrain. Ce ne serait pas la première fois.

Même à 6 heures du matin, l'air est suffisamment chaud pour que de la sueur se forme sur ma lèvre supérieure tandis que je hisse mon corps fatigué par-dessus l'échalier avec le sac. Le tissu s'affaisse, tiré vers le bas par le poids du marteau.

Je m'arrête et scrute le champ. J'aperçois un troupeau de moutons en train de paître, leur corps laineux ressemblant à des nuages crémeux. Un petit groupe est rassemblé sous un grand chêne, s'abritant du soleil chaud du matin sous le couvert des feuilles. Leur vue me rappelle le son des rires et le bruit des larmes. *Tu vas sérieusement... Tu es fou ! Putain de merde.* Le temps que j'aille voir ce qui se passait, il était trop tard. Je me souviens d'Amy clouée au sol. Je me souviens du rassemblement autour du tronc d'arbre. Je me souviens même de l'emplacement des tentes aux couleurs vives. Seule Amy avait apporté une tente verte en toile épaisse qui semblait bien terne à côté des tons roses, bleus et rouges.

C'était moi qui l'avais invitée. Un coup de poignard familier de culpabilité me frappe, mais je le repousse. Elle ne le mérite pas, plus maintenant. Alors que je m'avance vers l'arbre, le rire de Gina tourbillonne dans mon esprit. Tu as enlevé ma fille. Tu vas payer pour ça.

Mais elle n'est pas là. La lettre ne disait pas qu'elle serait présente, mais je savais comment attirer son attention au cas où elle ne viendrait pas à ma rencontre. Je prends une profonde inspiration et je me concentre.

Les moutons s'éloignent de l'arbre tandis que je me tiens à l'endroit où Amy s'est fait brutaliser il y a des années. La lueur orangée du soleil levant est partiellement cachée par les grandes branches du chêne. Je touche l'écorce, je la sens rugueuse sous le bout de mes doigts. Je remarque la caméra immédiatement. Elle est fixée à une branche basse, son revêtement façon camouflage ne trompant que les animaux qu'elle est censée enregistrer. Amy a installé une caméra utilisée par les chasseurs et les photographes animaliers. Je ne suis pas une spécialiste. Je ne les ai jamais vues utilisées que dans les films d'horreur américains, lorsque des images vert-noir lugubres montrent le monstre ou le fantôme tapi dans les bois. Mes yeux se tournent vers la caméra. Ces images lui seront-elles envoyées ?

Je laisse tomber le sac sur l'herbe et détourne mon regard de la caméra suffisamment longtemps pour m'agenouiller et sortir les ciseaux. J'ai su ce qu'elle voulait dès que j'ai lu cette lettre. Ciseaux dans la main droite, je me lève et fixe la caméra. Est-ce qu'elle me regarde ? Est-ce qu'elle a Gina avec elle ? Une douleur se forme dans mon ventre.

Avant de venir, j'ai tressé mes cheveux, et j'ai été surprise par la longueur qu'ils ont maintenant. Ma tresse n'est tout de même pas aussi longue que celle d'Amy quand nous sommes allées camper cette nuit-là. Je la saisis de la main gauche, je lève les ciseaux pour les montrer à la caméra, puis je passe la main derrière ma tête, en tâtonnant un peu pour faire passer les lames des ciseaux autour de la tresse, et je commence à couper.

L'épaisseur de mes cheveux et les lames émoussées des ciseaux – j'ai pris mes ciseaux ménagers ordinaires plutôt que ceux pointus utilisés par les coiffeurs – font qu'il me faut un certain temps pour en venir à bout. Brin par brin, la tresse se détache. Le bruit du métal me fait frissonner. Je ne suis pas tendre avec mes cheveux, tirant sur ma nuque jusqu'à ce que ça fasse mal. Les lames peinent, la douleur irradie des pores douloureux à la racine de chaque cheveu et je pousse un cri de frustration à mi-chemin. C'est ce qu'elle veut, me rappelé-je. Elle veut que je m'en souvienne, que je souffre comme elle a souffert. Mais ce ne sera pas suffisant, car je ne serai pas humiliée.

Quand les cheveux se détachent enfin, je serre le haut de la tresse, je jette les ciseaux par terre et j'enlève un élastique à cheveux de mon poignet. Une fois les cheveux scellés en haut et en bas, je récupère le lourd marteau dans le sac, ainsi qu'un clou, et je les aligne contre l'écorce.

Le passé et le présent se heurtent alors que je plante le clou dans le bois. Rob ne riait pas ce jour-là, mais tous les autres oui. Va te faire foutre, Amy. Ça ne justifie pas ce qui s'est passé après. Va te faire foutre, Amy. Je vais récupérer ma fille.

Voilà. C'est ce que tu veux. C'est fini. La tresse est attachée à l'arbre.

Je suis tentée de baisser la caméra et de la tourner pour qu'elle puisse voir mes cheveux cloués à l'écorce. Je l'imagine regarder la scène en riant, amusée par son propre pouvoir. Au lieu de ça, je fixe l'objectif. Je pense à ce que je pourrais lui dire. La caméra a-t-elle un micro ? Je n'en suis pas sûre. Tout ce que je dis pourrait la pousser à faire du mal à Gina et je veux éviter ça à tout prix. Je pourrais la supplier de ne pas faire de mal à ma fille, mais ça ne servirait à rien.

Au lieu de ça, je rassemble mes affaires dans le sac et le mets sur mon épaule. Le marteau me frappe à travers le tissu. Je le sens à peine.

Chapitre 23

AMY

Tu as de beaux cheveux. Doux, couleur miel, qui tombent sur ta peau crémeuse. Là, laisse-moi passer une mèche derrière ton oreille pendant que tu dors. Je vais être douce. Dors bien, ma petite. Nous avons un long chemin à parcourir.

La lumière rouge du soleil filtre à travers la tente. Je n'ai plus qu'un gilet et un short, mais je ressens encore les effets de l'atmosphère moite.

Je n'ai pas dormi. J'ai pris des risques avec cette dernière lettre. Je pensais qu'Emma et Aiden seraient endormis, mais j'avais tort. Alors que je m'éloignais de la porte, j'ai entendu du mouvement dans la maison et j'ai dû m'enfuir rapidement, en roulant un peu plus vite que je n'aurais dû.

Emma saura que la lettre est de moi – elles le sont toutes –, mais j'ai quand même pris mes précautions. J'ai garé la voiture plus loin dans la rue et je portais une capuche qui masquait mes traits. Il y a un risque pour que ma voiture soit identifiée par les caméras de surveillance à proximité de la maison, mais Bishoptown est un petit village. Il n'y a pas autant de caméras qu'en ville. Ils ne seront pas en mesure de suivre mes déplacements avec autant de facilité.

C'est un coup de chance qu'Emma ait décidé de revenir au village, mais je m'en doutais avant même de mettre ce plan à exécution. Je savais que la presse ne resterait pas longtemps de son côté, que la vie à

Londres serait intense, et qu'elle aurait besoin de fuir l'attention. C'est arrivé plus tôt que prévu.

Le smartphone bon marché commence à vibrer. Je le récupère vivement sur le sac de couchage. Pour que mon plan fonctionne, j'ai dû configurer une nouvelle carte SIM et un système de paiement à l'utilisation. Heureusement, c'est l'une des nombreuses choses intéressantes que j'ai apprises de Hugh de son vivant. Il installait parfois des caméras dans le bunker pour garder un œil sur Aiden quand il était absent.

Lorsque je reçois une notification, cela signifie qu'il y a eu du mouvement près de l'arbre. La caméra m'envoie des enregistrements de ces mouvements. La plupart du temps, ce sont des moutons qui bêlent, et je m'attends à ce que ce soit la même chose.

Ce n'est pas le cas.

Je ne sais pas pourquoi cette image d'Emma est tellement plus évocatrice pour moi que toutes celles des journaux, mais elle l'est. Elle se tient sous l'arbre, les yeux rivés sur la caméra. Elle sait que je peux la voir. Comme il fait jour, j'ai les images en couleur, et ses yeux bruns sont comme deux cailloux durs dans ses orbites. J'ai l'estomac noué. Mon plan progresse, mais j'ai peur. Je serais stupide de ne pas considérer Emma comme une ennemie dangereuse. Elle a assassiné Jake.

Et pourtant, tout ce que j'ai fait jusqu'à présent a fonctionné – et pas seulement ça, je l'ai contrôlée du début à la fin. Les lettres de canular ont particulièrement bien fonctionné. Au fur et à mesure que les informations ont fuité dans la presse, sa paranoïa a augmenté. Je l'ai forcée à regarder son précieux assassin de fils s'enfoncer seul dans les bois avec un sac rempli d'argent. C'est dommage qu'il y ait eu trop de policiers autour pour m'en prendre au garçon du bunker. Une partie de moi avait espéré que j'aurais une chance, mais ce n'est pas grave. J'ai d'autres tours dans mon sac.

Même si mon plan s'est globalement déroulé sans accrocs, je ne peux pas me reposer sur mes lauriers. Le trait le plus dangereux qu'Emma possède est sa capacité à continuer la lutte, même lorsqu'elle perd. Je me souviens de la lame froide qu'elle a pressée contre mon cou. De la chaleur du sang qui a coulé jusqu'à ma clavicule.

Les mains d'Emma se lèvent jusqu'à sa nuque et je rapproche l'écran de moi, la regardant bouger tandis que mon cœur s'accélère. Elle se rappelle. Elle se souvient de tout. Je savais que tu le ferais, Emma. Je le savais. Je la vois grimacer en essayant de couper ses cheveux épais avec une paire de ciseaux de ménage. Je me lèche les lèvres et me penche. Emma a toujours eu de beaux cheveux. Elle a tendance à les porter lâches sur ses épaules. Ils sont châtains, comme ceux d'Aiden. Comme ceux de Rob. Ils n'ont jamais frisé comme les miens.

Ce n'est pas la même chose que ce qui m'est arrivé. Elle n'a pas de mains qui la plaquent contre la terre, ni de rires de brutes dans les oreilles. Elle n'a pas grandi comme moi, non désirée par mes parents ; une enfant qu'on se refilait comme de vieux vêtements.

Ça ne va pas s'arrêter là. Il reste encore beaucoup à faire. Je n'ai même pas commencé.

Chapitre 24

EMMA

En m'éloignant de l'arbre, je réalise que la caméra a probablement une portée limitée. Le domaine de Wetherington n'est pas loin, et le signal n'est généralement pas trop mauvais par ici, mais pourrait-elle se trouver dans une autre partie du pays et recevoir tout de même les images ? Elle devait être à Bishoptown pour pouvoir déposer la lettre. Elle a dû venir installer la caméra. Elle doit être dans les parages.

Je passe les deux heures suivantes à marcher dans les champs, à m'enfoncer dans les bois, manquant de me perdre à plusieurs reprises. C'est étrange de sentir mon cou nu, mais au moins je n'ai pas trop chaud lorsque le soleil se lève. Je ne suis que trop consciente du fait que ma chemise est collée à mon dos.

Finalement, je retourne à la voiture, des bouts d'herbe collés à mes chaussures, les jambes douloureuses à force d'arpenter la campagne vallonnée, les cuisses frottant contre le denim de mon jean. Je monte en voiture et je baisse le pare-soleil pour me regarder dans le miroir.

Mes cheveux sont asymétriques. À droite, ils arrivent près de mon oreille, et à gauche, ils sont un peu plus bas. Qu'est-ce que je vais dire à Aiden ? Il est 8 h 30. Mes chaussures sont couvertes de terre et d'herbe collante. Ma chemise est tachée de sueur. Je me suis coupé les cheveux à la sauvage. Si des paparazzi me prennent en photo, je ne serai plus jamais prise au sérieux. Je ne peux pas rentrer chez moi comme ça.

Je démarre et me dirige vers le village à la place. Mon ancienne coiffeuse ouvre à 9 heures. J'attends devant le salon quand elle arrive pour ouvrir. Elle ne me pose pas de questions, et se contente de faire ce que je lui demande.

De retour à la maison, j'entre, un peu penaude. Aiden est debout. Il y a des ombres sous ses yeux.

— Tu es debout depuis longtemps ?
— Tu es allée te faire couper les cheveux ?

Il me regarde d'un air incrédule.

— Pourquoi tu ne me l'as pas dit ? Cette note, c'était...

Il hésite, comme s'il cherchait le mot juste.

— Je n'en avais pas l'intention, suis-je forcée d'admettre. Je suis allée prendre l'air et il faisait si chaud...

Je fais un geste vers ma chemise tachée.

— J'avais besoin de me débarrasser de cette longueur. Désolée. Je ne voulais pas t'inquiéter.

Il hausse les épaules et son corps se détend légèrement, comme s'il évacuait la tension.

— Je suis juste surpris, c'est tout.

Je sais ce qu'il pense : quel genre de femme se fait couper les cheveux alors que sa fille a disparu ? Il faudrait vraiment être stupide pour ne pas penser à la façon dont ça pourrait être perçu. Je vais devoir en assumer les conséquences. Ils ne connaissent pas la vérité et ça me va.

— Tu veux que je te prépare le petit déjeuner ? proposé-je.
— J'ai mangé des toasts, répond-il.
— Très bien, dans ce cas, je vais aller me doucher et me changer.

Ses yeux me suivent lorsque je quitte la pièce. J'incline la tête. J'aurais aimé pouvoir m'expliquer. Mais si je l'implique là-dedans, ça pourrait être dangereux pour lui. Et s'il devenait l'une des cibles d'Amy ? Et s'il l'était déjà ? Je réalise pour la première fois que je suis confrontée à cette même anxiété depuis qu'Aiden est revenu du bunker. Parfois, il s'agit d'un faible bourdonnement au fond de mon esprit et non de la panique qui me contracte les muscles et la poitrine en ce moment. Mais je me retrouve embarquée dans le jeu de la personne qui a kidnappé ma petite fille. J'ai affaire au mal, au mal absolu. Tout peut nous arriver. Tout peut lui arriver. Et si mon fils avait été agressé dans les bois ?

Après avoir actionné la douche, je ne peux m'empêcher d'examiner mes cheveux dans le miroir de la salle de bain. C'est une belle coupe, symétrique. Mes pointes sont soigneusement glissées sous mes oreilles. C'est une coupe assez tendance que j'ai vu quelques jeunes filles porter. Mais quand je me regarde, je vois tous mes échecs pour assurer la sécurité de mes enfants. Ne pas avoir tué Amy ou trouvé un moyen de la faire arrêter quand j'en avais l'occasion. Avoir laissé l'une des assistantes du studio éloigner ma fille de moi, ne serait-ce que pour un instant.

Je me déshabille, jetant les vêtements maculés de sueur par terre. Mon corps est à la fois plus mince et plus bouffi. Je perds du poids, mais en même temps je fais de la rétention d'eau, car je mange trop de sel. J'ai des valises sous les yeux, des stries sur le ventre. Je trace les vergetures avec mes doigts. Gina était un petit bébé et je n'ai eu qu'un petit ventre, mais la grossesse laisse toujours des traces. Je ferme les yeux et repense à la nuit dans les bois quand je poursuivais Aiden. Trébuchant à travers les arbres aussi vite que mon corps le permettait. Sentant les contractions me déchirer. Ma paume se tendant vers un arbre pour me soutenir. Je peux presque sentir sa rugosité contre ma peau.

Je m'avance sous l'eau pour effacer ces souvenirs.

Comme c'est dimanche, Aiden veut aller chez Rob, mais je ne peux pas m'y résoudre. Je lui demande s'il veut y aller sans moi, et sa mâchoire s'affaisse légèrement. Ses sourcils se rapprochent. Je peux l'imaginer se demandant qui est cette femme devant lui. On est loin de la mère qui ne lui permet jamais de faire quoi que ce soit par lui-même.

— Je te dépose et je te récupère, ajouté-je.

Il acquiesce.

Ce qu'il ne sait pas, c'est que j'envisage de le tenir éloigné de moi. Il sera en sécurité chez Rob pendant que j'essaierai de trouver Amy. Elle doit être au village. Et si elle l'est, alors ça veut dire que Gina est avec elle. Ma fille n'est pas loin. Pendant que nous roulons vers le B&B, j'inspire, et je jurerai pouvoir sentir le shampoing pour bébé que j'utilise pour lui laver les cheveux. Celui avec l'éléphant dessus.

— Je passerai vers 16 heures, d'accord ? dis-je en déposant Aiden en bas de l'allée.

— Tu n'entres pas dire bonjour ? demande-t-il.

Je secoue la tête.

Il fronce les sourcils, confus, et je peux le voir essayer de comprendre ce qui se passe. Je sais qu'Aiden a raté beaucoup de choses lorsqu'il était dans le bunker, comme apprendre à lire les expressions faciales et le langage corporel par exemple. Je vois bien qu'il essaie de comprendre ce que je pense.

— Tout va bien, le rassuré-je en souriant. C'est promis. La semaine dernière a été rude pour nous tous. J'ai juste besoin d'un peu de temps pour moi. Tu comprends ?

— Je suppose.

Aiden ne peut pas cacher ses sentiments. Bien qu'il ne soit pas la personne la plus émotive du monde, il a du mal à mentir ou à tromper les autres. Il est à la fois ouvert et fermé.

— Je t'aime.

Aiden déglutit.

— Je t'aime aussi.

Il sort et je le regarde s'avancer jusqu'à la porte d'entrée du B&B. Je vois Rob ouvrir et sourire immédiatement à la vue de son fils. Je le vois lever la tête et froncer les sourcils. Il me fait signe et je lui retourne son salut. Avant qu'il ne puisse descendre l'allée en boitant, je démarre, les larmes aux yeux. La route est floue et j'essuie mes larmes à la hâte. C'est ma famille, mais elle ne sera jamais complète tant que Gina ne sera pas à la maison.

Maintenant que je sais qu'Amy est dans le coin, je dois trouver où elle loge. Rester à Bishoptown ou en périphérie serait risqué. C'est là que les gens me connaissent le mieux. Ils sont friands d'informations. Ils auraient vu le visage d'Amy dans les journaux. Certains la connaissent de toute façon et la reconnaîtraient facilement. Elle ne peut donc pas vivre à Bishoptown, mais peut-être se trouve-t-elle dans une ville voisine. Comment la retrouver ?

Sur le chemin du retour, je remarque une voiture en retrait, mais bien visible. C'est une Toyota gris foncé, mais je ne suis pas sûre du modèle. Je prends à gauche, près du parc, puis je tourne, estimant que c'est probablement un photographe. Je suis seule, et je suis sûre qu'ils l'ont compris. Ils connaissent ma voiture. Tout comme les véhicules utilisés par Josie et les parents de Rob. Ils savent tout de nous, chaque petit détail.

En sortant de la voiture, je suis vaguement consciente d'un mouvement de l'autre côté de la route. J'avais raison. Il y a bien un photographe qui me suit. Un homme de plus d'un mètre quatre-vingt, au torse large et aux cheveux clairsemés. J'imagine qu'il utilise sa taille intimidante pour obtenir toutes les photos qu'il veut. Je remonte mes lunettes de soleil sur ma tête pour avoir une meilleure vue.

— Jolie coupe, lance-t-il.

Je l'ignore et me dirige vers la maison, imaginant déjà le genre de critiques que j'essuierai lorsque les gens réaliseront que je me suis fait couper les cheveux alors que ma fille a disparu. La compassion pour moi était déjà mince. Maintenant, elle sera inexistante. Peut-être que ça se transformera en suspicion. Quelqu'un, quelque part, écrira un commentaire sur la façon dont j'ai fait kidnapper ma propre fille pour attirer l'attention, gagner de l'argent ou promouvoir un livre que je suis sur le point d'écrire. Peu m'importe. Les mots rebondissent sur moi maintenant.

Je jette mes clés sur le comptoir, j'attrape mon ordinateur portable et je me mets à rechercher tous les gîtes, chambres d'hôtes et petits hôtels que je peux trouver dans un rayon de 15 km. Je suppose qu'Amy a une voiture et de l'argent pour pouvoir financer tout ça. De toute évidence, elle a de l'argent, sans quoi elle ne pourrait pas séquestrer un enfant comme ça. Mon estomac fait des bonds, mais je me concentre et la nausée disparaît. C'est ce que je dois être. Une femme capable de faire face aux réalités sans sourciller. C'est comme ça que je l'attrape.

Après avoir dressé une liste de lieux possibles, je rappelle rapidement certains des détectives privés. Les choses vont maintenant plus vite que prévu et je vais devoir examiner ces endroits moi-même, mais j'aurai besoin d'aide. Puis je fais défiler mes contacts et je laisse mon doigt survoler le numéro de l'inspecteur-chef Stevenson. *Ne préviens pas la police. Je le saurai.* Ces mots sont lourds de sens. Cela me fait penser à un œil qui me suivrait partout. M'observant constamment. Mais un officier de police pourrait lui échapper, n'est-ce pas ? Le problème, c'est que je ne sais pas si je peux y arriver seule. Devrais-je l'appeler ? Si je savais qu'il pouvait travailler indépendamment du reste de la police, alors je n'hésiterais pas.

En fermant les yeux et en m'adossant à la chaise dure, je me demande si je prends la bonne décision. Est-ce ce que veut Amy ? Que je sois isolée, loin de la police ? Si c'est le cas, elle est intelligente. Même si je suis rentrée à Bishoptown, elle parvient toujours à tirer les ficelles. Comment fait-elle pour faire tout ça et garder Gina à l'écart du monde ? Mon estomac se retourne quand une petite partie de mon cerveau murmure : *Et si elle était déjà morte ?* Non, je refuse d'y croire.

Au lieu de ça, je regarde la liste. Vingt lieux potentiels. Ça représente beaucoup de travail, et je crains que les politiques de confidentialité ne me permettent pas d'obtenir beaucoup d'informations de la part des entreprises. C'est alors que j'ai une idée. Il y a un endroit, désormais vide, lié à Amy. J'ai peut-être un moyen de mener ma propre enquête.

Chapitre 25

AIDEN

Le silence est familier. Il m'apaise. Mais il n'y a presque jamais de véritable silence. Même quand je suis seul dans ma chambre, j'entends les bruits de la maison. Quelqu'un dans une autre pièce, traînant les pieds, faisant craquer le plancher. Ou le faible bruit d'une télévision. Le cliquetis des tuyaux ou le bruit d'une voiture sur la route. Le bunker était plongé dans le silence le plus pur que je connaisse. Je pouvais éteindre mes pensées et m'y plonger. Le silence signifiait que j'étais en sécurité. C'était quand j'entendais une clé dans la serrure que je commençais à avoir peur.

Grand-mère s'agite dans la cuisine en faisant s'entrechoquer les assiettes. Elle fredonne une chanson qui passe à la radio et que je ne connais pas. Ça a l'air vieux. Grand-père et papa regardent la télévision. Du cricket. De temps en temps, l'un d'eux secoue la tête et marmonne avec colère.

La maison est pleine de bruits et je devrais être heureux d'être ici, dans cet endroit sûr, mais une partie de moi ne cesse de réclamer le silence.

— Alors comme ça, ta mère s'est fait couper les cheveux ?

Papa est avachi dans le canapé, ses pieds reposant sur le pouf à motifs.

— Elle avait trop chaud avec les cheveux longs.

Je ressens le besoin de justifier son geste. Mais je ne sais pas si c'est pour lui ou pour moi.

Il acquiesce, mais je peux voir la surprise sur son visage.

— C'est une drôle de priorité compte tenu des circonstances.

— Elle a le droit de se payer une foutue coupe de cheveux, marmonne grand-père.

— Évidemment, papa. Je voulais juste dire que ça ne ressemble pas à Em, c'est tout. Ça ne veut pas dire qu'elle n'aime pas Gina ou qu'elle ne fait pas tout son possible pour la récupérer.

Il fronce les sourcils.

— Elle t'a semblé aller bien, Aiden ? C'était bizarre qu'elle ne vienne pas me dire bonjour au moins.

Il faut un moment pour que ma bouche fonctionne.

— Elle voulait être seule un moment.

Papa hoche lentement la tête, reportant son attention sur le cricket alors que mon téléphone vibre à nouveau. Un autre message de Faith. Elle me supplie maintenant : *Je suis vraiment désolée pour ce que j'ai dit. Je sais que tu as dit que tu n'étais pas en colère, mais tu ne me réponds plus et je pense que tu es contrarié. Pardonne-moi. Réponds-moi. Dis-moi que tu vas bien.* Faire défiler ces messages fait naître un certain nombre de sentiments contradictoires en moi. De la tristesse pour elle, et pour moi, et pour le changement dans notre relation. Une étrange sensation de nausée au creux de mon estomac. La honte ? La peur ? La douleur. Elle me manque. Le réconfort que me procuraient ses mots me manque.

— Le repas est prêt, dit grand-mère en entrant dans la pièce. À table.

La vie continue, pensé-je. Je jette un dernier coup d'œil à mon téléphone avant de passer à table. Nous déplaçons les chaises, bougeons couteaux et fourchettes. Nous allons de l'avant, nous vivons.

Une pensée me frappe. Est-ce que Gina m'en voudra quand elle rentrera ? Elle a probablement été ciblée à cause de moi. Elle a été enlevée dans les studios de télévision parce que j'ai insisté pour donner cette interview. Quand on la retrouvera, m'en voudra-t-elle pour le restant de ses jours ?

— Des pommes de terre rôties ?

Grand-mère tend une cuillère vers moi. Ses sourcils sont levés très haut. Je pense qu'elle s'inquiète pour moi parce que je suis à nouveau silencieux.

— Deux, s'il te plaît.

Elle se détend et en dépose deux dans mon assiette.

Après que tout le monde a commencé à manger, j'envoie un message rapide à Faith.

Je te pardonne.

— Qu'est-ce qu'elle fait, selon toi ? demande papa, en faisant tourner sa cuillère autour de son bol pour recueillir chaque molécule de glace fondue.

Nous avons eu le droit à des fruits au sirop accompagnés d'une boule de glace pour le dessert.

— Elle te l'a dit, Aiden ?

Je remue ma glace fondue dans les pêches gluantes. J'ai des crampes d'estomac à chaque fois que papa parle de maman.

— Elle n'a pas dit ce qu'elle allait faire. Elle est probablement rentrée à la maison.

— C'est compréhensible, non ? répond grand-père.

— Je suppose que oui, dit papa d'un ton presque sarcastique.

Même moi, je vois bien qu'il n'y croit pas.

— Mais vous ne trouvez pas que c'est bizarre ? Vous avez déjà vu Emma, pendant les quatre années qui ont suivi le retour d'Aiden, quitter ses enfants des yeux ?

— Oh, mon Dieu, dit grand-mère.

Je lève la tête de mon bol de pêches.

— Qu'est-ce qu'il y a, maman ? demande papa.

Il laisse tomber sa cuillère et attrape le téléphone que grand-mère tient en l'air. Après avoir consulté l'écran pendant quelques instants, il lève les yeux au ciel.

— Nous y voilà. Je savais que ça arriverait. *La maman du bunker se fait couper les cheveux.* Bon sang, ils lui ont trouvé un surnom à elle aussi.

Il secoue la tête.

— Et merde.

— Rob ! fait grand-mère en le dévisageant. Pas devant ton fils.

— Désolé, mon grand.

Il tend la main et tapote le dos de ma main.

— Je suis tellement en colère contre ce « journaliste ».

Il agite ses doigts en l'air pour former des guillemets aériens.

— Cet article insinue qu'Emma est une mauvaise mère. Ils ont même posté la photo d'un mannequin avec la même coupe de cheveux, comme si Em était entrée chez le coiffeur en demandant à avoir la même.

Grand-mère hoche tristement la tête.

— Ils ne comprennent pas, ces gens. Ils ne se rendent pas compte qu'il faut faire de petites choses pour rester sain d'esprit.

Elle soupire et jette sa serviette sur la table.

Je regarde mes pêches, en remuant le mélange jusqu'à ce que le sirop et la glace se confondent.

— C'est ma faute si Gina a été enlevée, pas celle de maman. J'ai insisté pour aller à cette stupide interview télévisée.

Grand-père soupire.

— Rien de tout cela n'est de ta faute, Aiden.

— Et si Gina me déteste à son retour ?

— Elle ne pourra jamais te détester, dit papa. Tu es son grand frère !

— C'est vrai, mon amour, ajoute grand-mère. Tu es son Denny.

Elle renifle et essuie quelques larmes.

— Allez. Prenons une bonne tasse de thé et calmons-nous. Viens, mon amour.

Elle nous pousse pratiquement à retourner dans le salon. Je sors mon téléphone et trouve l'article. Papa l'a bien résumé. Ils qualifient les cheveux de maman de « tendance » et de « glamour ». La photo la montre sortant de la voiture, portant les mêmes lunettes de soleil, le même jean et le même haut rouge que quand elle m'a déposé au B&B. Elle met toujours ces lunettes quand elle conduit et qu'il y a du soleil. Mais sur cette photo, on a l'impression qu'elle les porte pour avoir l'air cool. Même moi, je peux le voir. J'ai lu beaucoup d'articles de type *click-bait* au cours des quatre dernières années et j'arrive désormais à en identifier le style. Maman m'a expliqué que ce n'était pas du vrai journalisme, mais simplement un moyen d'inciter les gens à cliquer sur l'article, puis sur un produit pour l'acheter. Ils gagnent de l'argent de cette façon. Je vois plusieurs mots surlignés, comme la marque de la voiture de maman. Je clique dessus, et ça m'amène sur le site web du fabricant.

Des gens se font de l'argent sur notre dos. Il y a des moments où je crois vraiment que le monde peut être plus douloureux à l'extérieur du bunker qu'à l'intérieur. Le monde extérieur est plus désordonné, plus compliqué et souvent plus impitoyable. Voir cet article me donne une idée. J'ouvre mon compte Instagram, je fais défiler les photos de maman et de Gina, j'en trouve une jolie, puis je commence à taper.

« Ma mère s'est battue pour nous protéger depuis que j'ai disparu il y a quatorze ans. Elle m'a sauvé la vie. C'est une battante. Elle nous aime plus que tout et elle fait tout ce qu'elle peut pour retrouver ma petite sœur Gina. Laissez ma famille tranquille. »

Quelqu'un trouvera le moyen de sortir mes mots de leur contexte, pour me faire paraître aussi déséquilibré que maman. Après tout, je suis le garçon du bunker et la plupart des gens s'attendent à ce que je sois pris de folie meurtrière un jour. Ils pensent que je suis irrécupérable. Qui pourrait survivre à ça ? C'est ce qu'ils pensent tous. Qui pourrait vivre dans cet endroit pendant dix ans et en sortir indemne ?

— Ça va, mon grand ?

Papa me sourit. Les sourires sont censés être synonymes de bonheur. Mais ce n'est pas le cas. Les sourires cachent ce que vous ressentez vraiment. Il a peur pour moi. Peur pour Gina, maman et tous les autres. Nous avons tous peur sous nos sourires.

Je lui dis que je vais bien, puis j'écris un autre message à Faith. *J'ai peur.*

CHAPITRE 26

EMMA

Le moteur de la voiture se tait lorsque je coupe le contact. Les nouvelles technologies peuvent se heurter aux vieux souvenirs. Je venais parfois ici au volant de la Volvo de ma mère avec son frein à main défectueux. Ce n'est pas comme si c'était fréquent, mais un sentiment familier me submerge. C'est ici que vit Amy. Cette maison sur le chemin du seul pub de Bishoptown qui servait des adolescents mineurs. Ces briques, ce lopin de terre font partie de mon histoire.

C'est après la soirée camping que je suis venue ici pour la première fois. Elle s'était réinventée, passant d'une fille timide et étrange à une véritable croqueuse d'hommes. Sa réputation de fille facile s'était répandue, apparemment. Je n'ai pas prêté attention à ces rumeurs, car je suis tombée enceinte à peu près au même moment. Amy avait pu avoir une vraie carrière et je lui en voulais parfois pour ça. C'était elle la fille aux mœurs légères, mais j'ai été la première de l'école à tomber enceinte.

Tout ça me semble futile maintenant. Une façon typique pour les femmes de se rabaisser les unes les autres. La philosophie du *Tu as fait des choix différents des miens et je t'en veux pour ça*. J'ai appris plus tard qu'elle était jalouse de moi.

Je sors de la voiture et je jette un coup d'œil à la maison. Selon Stevenson, la police est déjà venue et n'a rien trouvé. Mais qu'ont-ils manqué ? N'y a-t-il pas des choses que je pourrais remarquer, moi ? J'ai besoin de fouiller cet endroit par moi-même.

Ils ont l'air d'avoir fait installer une nouvelle serrure après la perquisition de la police. Je me dirige vers l'arrière de la propriété, sans me soucier des répercussions d'une éventuelle intrusion. L'urgence de la situation va au-delà d'une arrestation pour un délit mineur.

À l'arrière de la maison, il y a une fenêtre qui donne sur la petite salle à manger. J'ai apporté mon fidèle marteau. Je le sors de mon sac, je détourne mon visage de la fenêtre et je frappe aussi fort que je peux. J'ai fait des recherches avant de partir. Les fenêtres à double vitrage sont plus vulnérables dans les coins inférieurs. La vitre extérieure se brise en premier, si bruyamment que j'imagine la plupart des voisins âgés en train d'écarter leurs rideaux pour savoir d'où provient ce bruit. La troisième fois, je passe à travers la deuxième vitre et j'élargis le trou pour pouvoir passer. J'ai apporté une épaisse couverture de pique-nique à poser sur la fenêtre pour être sûre de ne pas me couper.

Manquant cruellement de grâce, je me hisse sur le rebord de la fenêtre et j'entre dans la maison. Mes Doc Martens broient les éclats de verre sur la moquette. Je les ai mises dans ce but précis. Je ne peux prédire ce qui va suivre, car je l'ignore, mais je compte bien être forte et m'en sortir exempte de blessures.

La pièce est étrangement calme et suffisamment vide pour que mes pas créent un faible écho. Tous les meubles de la salle à manger ont disparu. Je ne saurais dire si Amy a déplacé ses affaires ou les a vendues. Mais il n'y a clairement plus rien dans cette pièce. Je me dirige vers la cuisine.

Je fouille les placards, ne trouvant que des miettes et de la poussière. Une grosse araignée a élu domicile dans l'évier.

Ensuite, le salon. L'endroit où j'ai acculé Amy dans un coin avant de placer un couteau sous sa gorge. C'est la deuxième fois que je fais saigner une personne. Je me souviens encore du goût du sang de Jake, et de ma surprise devant la facilité avec laquelle mes dents l'ont déchiré. Mes dents et mes griffes. Comme toute mère qui se battrait.

Je prends mon marteau, je le retourne et j'utilise la panne pour arracher la moquette. Peut-être qu'elle a des secrets cachés sous le plancher. N'importe quoi qui pourrait aider. Mais il n'y a rien. Pas de planche lâche. Pas de cavité secrète. J'essuie la sueur de mon front et je monte les escaliers.

À ce stade, je crains que quelqu'un ait pu voir la fenêtre cassée et appeler la police, et je passe donc rapidement en revue les pièces de l'étage. Il semble qu'Amy ait laissé quelques affaires derrière elle. Il y a quelques sacs-poubelle remplis de vêtements. De vieux livres. Des magazines. Quelques CD de groupes des années 90. Rien de particulièrement personnel, comme un album ou des photos encadrées. Elle a dû les prendre, ce qui suggère qu'elle se soucie des autres, à moins qu'elle ne s'en soit débarrassée. Mais alors, n'aurait-elle pas jeté ces vieilleries aussi ?

Je renouvelle l'opération dans cette pièce : je déchire la moquette, je transpire dans mon haut et je cligne des yeux pour chasser la poussière. Pas de lames branlantes. Il n'y a rien ici. Aucun plan diabolique accompagné d'une carte. Rien.

Mon dernier espoir est le grenier. Je lève les bras au-dessus de ma tête et je fais descendre l'échelle. Mes mains tremblent lorsque les barres métalliques se déploient. Je ne sais pas si ce sera une pièce aménagée ou s'il n'y aura que les poutres et l'isolation. Un pas malheureux et je pourrais passer à travers le plafond. Je risque de me casser une cheville ou de me faire une commotion cérébrale.

C'est lorsque je grimpe en haut de l'échelle que l'épuisement me frappe de plein fouet. Mes muscles fatigués se plaignent et, dans un moment de panique, je commence à me sentir légèrement étourdie. Mais ça passe, et je me hisse sur les planches du grenier. Mes doigts essaient d'agripper l'air autour de moi, et je laisse échapper un juron. J'aurais dû penser à une lampe-torche. Puis je me souviens de mon téléphone dans ma poche et j'utilise la lumière de l'écran pour me guider. Lorsque je repère le cordon qui pend, je le saisis avec reconnaissance. Une ampoule illumine la pièce.

Grâce à cette nouvelle source lumineuse, je peux voir que l'espace a été partiellement aménagé, avec un sol approprié et un peu de mobilier. Il y a un vieux fauteuil et une table. En face du siège se trouve une chaise de salle à manger en bois, installée comme si deux personnes pouvaient converser. Qui voudrait passer du temps ici ? Je me retourne lentement pour observer les lieux. Je ne sais pas si la police est venue ici, mais il y a de vieux livres et des albums photo éparpillés sur le plancher. Peut-être que c'est ici qu'Amy a laissé ses affaires personnelles. Je prends un album photo et le feuillette. La plupart des photos sont celles d'Amy avec sa tante et son oncle, mais en remontant plus loin, je trouve des photos d'elle avec une jeune femme. Une femme aux yeux lointains, aux cheveux gras et aux membres longs et osseux. Ce doit être sa mère. Qui qu'elle soit, ou qu'elle ait été, elle avait clairement des problèmes. Elle ressemble à une droguée.

Il y a aussi quelques jouets pour enfants. Des ours en peluche, une poupée en porcelaine aux cheveux parfaitement tressés qui me fait frissonner. Le visage d'Amy me revient à l'esprit alors qu'elle me tendait le cadeau de la *baby shower* lors de mon dernier jour de travail il y a quatre ans ; le jour où j'ai reçu le coup de fil m'annonçant qu'on avait retrouvé Aiden. Une poupée parfaite avec un visage de porcelaine.

L'air du grenier est étouffant. Je sens la poussière s'infiltrer dans mes narines. Un filet de sueur s'écoule entre mes omoplates. Je m'assois sur la chaise et m'adosse, laissant mon poids s'y enfoncer. Pourquoi y a-t-il deux chaises ici ? Et ces jouets d'enfants ? Si le grenier était utilisé pour le stockage, je pourrais le comprendre. Mais il n'y a pas les cartons ou les piles de vieilleries auxquels on pourrait s'attendre. Amy aurait-elle pu séquestrer Gina ici ? Non : la police l'aurait trouvée. Et cette poupée est vieille. C'était celle d'Amy. Elle montait peut-être là étant enfant.

J'ai l'impression d'avoir une pierre au creux de l'estomac. J'éprouve une profonde lassitude. Qu'aurait fait Amy dans un grenier poussiéreux étant enfant ? Mais elle n'a aucune raison d'y être remontée une fois adulte. Deux chaises. Y avait-il quelqu'un avec elle ?

Je n'arrive plus à respirer. Je m'extrais rapidement de la chaise et descends l'échelle. Je ne peux pas supporter d'être dans cet endroit une seconde de plus.

Il est un peu plus de midi lorsque je sors de la vieille maison triste d'Amy. Le soleil est brûlant. Cette canicule de septembre dure trop longtemps, et partout où je vais, je vois la frustration des parents qui ont chaud et ont des enfants irritables. Je monte dans la voiture et je mets la climatisation. Après quelques instants adossée à l'appui-tête, un coup à la fenêtre me fait sursauter. Je me retrouve face à la voisine d'Amy, une femme d'environ soixante-dix ans, aussi frêle qu'un oiseau, aux articulations noueuses et aux yeux embrumés, qui me regarde à travers la vitre.

Je baisse la fenêtre à moitié.

— Emma Price ? demande-t-elle.

Je hoche la tête.

— Vous êtes entrée par effraction ?

— Oui.

— Ma foi...

Elle soupire et regarde la maison d'Amy.

— Je ne peux pas vous en vouloir. J'espère que vous récupérerez votre fille.

— J'ai entendu dire qu'elle était partie il y a environ six mois. C'est vrai ? demandé-je.

— Ça me semble exact, oui, répond-elle. Mais elle n'a jamais mis la maison en vente. Nous avons trouvé que c'était étrange de la laisser vide comme ça.

— Amy a-t-elle fait quelque chose de suspect avant de partir ? demandé-je, décidant de saisir l'opportunité d'en apprendre plus.

— Pas que je sache.

— Tous ses meubles ont disparu.

— Avant qu'elle ne parte, des gens passaient en récupérer de temps en temps. La table et les chaises de la salle à manger. La télévision aussi. J'ai pensé qu'elle était à court d'argent et qu'elle vendait tout.

— Est-ce que ce sont des personnes différentes qui récupéraient les meubles à chaque fois ?

— Oh, oui, dit-elle. Et j'ai vu la camionnette d'une organisation caritative une ou deux fois, aussi.

— Vous n'avez pas vu Amy avec des enfants ?

Elle secoue la tête.

— J'ai bien peur que non, désolée.

— Mais vous ne semblez pas surprise que je la suspecte ?

Elle passe sa langue sur ses dents, marquant une pause avant de répondre, son regard dirigé vers la fenêtre de la maison.

— J'avais de la peine pour elle. Avec cet homme qui hurlait tout le temps

— Son oncle ?

— Oui. C'était un odieux personnage. Mais il y avait quelque chose de bizarre chez elle aussi. Amy, je veux dire. Vous saviez que sa mère l'avait abandonnée ici ? Pour autant que je sache, elle n'est jamais revenue.

— Vous pensez qu'Amy a été tellement traumatisée qu'elle pourrait avoir fait quelque chose d'horrible ?

— Je l'ai vue avec ce type une fois ou deux. Celui qui a fait du mal à votre garçon.

— Hugh ?

Elle acquiesce.

— Je ne l'ai jamais aimé non plus.

Je lui donne mon numéro et lui demande de m'appeler si elle se souvient d'autre chose, ou si elle voit Amy. En consultant mon téléphone, je vois quelques appels manqués de l'inspecteur-chef Stevenson et je décide de le rappeler.

— Emma, je suis désolé pour cet article, c'est vraiment injuste. C'était, euh, un drôle de timing pour changer de coupe, non ?

Je soupire.

— Quel article ?

Il me l'explique, mais j'ai du mal à me concentrer sur ce qu'il dit.

— Vous vouliez quelque chose ?

Mon ton ne se voulait pas cassant, mais je n'arrive pas à me concentrer sur autre chose que Gina en ce moment.

— Désolé, je ne voulais pas vous offenser, dit-il, perturbé par mon ton hautain. Je voulais juste vérifier que vous alliez bien.

— Je vais bien. Je ne veux pas paraître impolie, mais pouvez-vous m'appeler seulement quand il y a du nouveau ? Est-ce le cas ?

— Pas pour l'instant, mais nous y travaillons.

Je raccroche et prends une longue inspiration. Il n'est probablement pas sage de traîner devant la maison d'Amy, même s'il semble que les voisins ne comptent pas signaler l'effraction. Au moins quelqu'un est de mon côté.

Je suis sur le point de démarrer quand j'entends un autre coup sur la vitre de la voiture. Cette fois, c'est un garçon d'une quinzaine d'années, probablement plus grand que moi. Il est assis sur un vélo rouge, le guidon incliné vers la voiture comme une colonne vertébrale tordue. Je baisse la fenêtre.

— Vous êtes Emma ? demande-t-il.

Il est plus jeune que je ne le pensais. Plutôt douze ou treize ans, avec une voix qui n'a pas encore mué. Il se penche sur sa selle.

— Oui.

— La dame m'a demandé de vous donner ça.

Perplexe, je tends le bras et prends l'enveloppe blanche qu'il me tend. Je l'ouvre et trouve des cheveux à l'intérieur. Des cheveux doux, couleur miel, légèrement bouclés à l'extrémité.

Chapitre 27

EMMA

Une boule remonte de mon ventre à mon cœur, coagulée et épaisse, chaude et englobante. Mes yeux se remplissent de larmes. Le garçon s'éloigne sur son vélo, et, alors que je le vois partir, je réalise soudain ce qu'il a dit. *La dame m'a demandé de vous donner ça.*

Je pose l'enveloppe et la mèche de cheveux sur le siège et saute de la voiture.

— Attends, m'écrié-je. Attends ! Stop !

Le garçon, à mi-chemin de la rue, met pied à terre. Il attend que je le rattrape, l'air méfiant.

— Quel âge avait la dame qui t'a donné cette lettre ?
— Comme vous, je suppose.

J'ai le souffle coupé.

Je lui montre une photo sur mon téléphone.

— C'est elle ?

Il fronce les sourcils en regardant l'écran.

— Je ne sais pas, elle avait un chapeau.

C'est forcément Amy.

— Qu'est-ce qu'elle a dit ?
— Que vous étiez amies et que vous jouiez à un jeu ou quelque chose comme ça. Je ne sais pas... J'ai juste fait la commission comme elle me l'a demandé.

Sans un mot de plus, je me détourne du garçon et commence à courir le long de la route. Je cours jusqu'au coin de la rue, j'emprunte la route suivante et je reviens sur mes pas. Je fais la même chose de l'autre côté, courant dans les rues latérales. Comment est-elle partie si vite ? Je presse mes poings sur mes yeux et laisse échapper un cri de frustration. Va te faire foutre, Amy.

Tandis que je retourne vers ma voiture, l'agréable dame qui a répondu à mes questions sort de la maison pour vérifier que je vais bien. Je lui réponds que oui, puis je monte dans la voiture, appuyant violemment sur le bouton d'allumage. Les freins crissent au moment où je démarre, et le garçon sur le vélo me regarde, bouche bée.

Pendant les dix ou quinze minutes suivantes, je sillonne les environs en voiture. L'enveloppe blanche est posée sur le siège passager, la mèche de cheveux dessus. J'aimerais la presser contre ma peau.

Mais ce n'est pas suffisant. Ce n'est pas ma Ginny.

Au bout de vingt minutes, je suis forcée d'admettre qu'elle est partie depuis longtemps. Je sais qu'Amy a une voiture, car j'ai entendu un bruit de moteur suite à la livraison de la première lettre. Je ferais mieux de rentrer chez moi et de réfléchir à la suite. Je dois lire le contenu de cette nouvelle lettre. Je m'éloigne, sachant que j'étais à quelques mètres seulement de ma fille.

Je presse l'enveloppe contre ma poitrine. Je prends un moment pour respirer avant de sortir de la voiture. Combien de temps suis-je restée chez Amy ? Une heure, deux ? Je vérifie mon téléphone, il est 12 h 45. Tout va si vite. Il n'y a pas si longtemps, je me coupais les cheveux et les clouais à un arbre. Maintenant j'ai une mèche de cheveux de Gina en retour. Amy m'indique qu'elle a reçu mon offrande.

Dès que je suis dans la cuisine, je tombe à genoux et reste ainsi pendant que je sors les cheveux de l'enveloppe, les faisant glisser contre ma joue, sentant leur douceur. Puis je sors la lettre. Je replace délicatement les cheveux à l'intérieur de l'enveloppe afin de ne perdre aucune des précieuses mèches et je la pose près de mes jambes. Mon souffle est rauque tandis que je déplie le morceau de papier et que je lis son contenu.

. . .

Je suis contente que tu t'en souviennes, Emma.
Pour ce que ça vaut, je suis désolée qu'on en arrive là. Mais je suis prête à lui faire du mal si tu ne fais pas exactement ce que je te dis.
Rends-toi à l'arbre. Seule. À 1 heure du matin.
Règle ton alarme, Em.
Ne le dis pas à Rob.
Ne le dis pas à l'inspecteur-chef Stevenson.
Ne le dis pas à Aiden.
Viens seule ou je t'enverrai d'autres morceaux de ta fille.

Une chaleur familière s'insinue dans mon corps, commençant au niveau de mes orteils et se terminant par mon cuir chevelu qui picote. Elle inonde mes veines, chassant la tristesse et la déprime. C'est le feu qui m'a aidée à sauver Aiden il y a quatre ans. La rage qui m'a permis de continuer. Je ferme les yeux et je respire, je m'en imprègne. Rage et haine. C'est la seule façon de la battre. Je ne peux pas abandonner. Je ne peux pas.

C'est un piège. Je ne le sais que trop bien, mais Amy a ce que je veux, et je ne peux pas l'obtenir sans jouer son jeu. J'attrape l'enveloppe, je me lève et commence à arpenter la cuisine. J'ai besoin de réfléchir. J'ai besoin d'aide. Il y a toujours les détectives privés, mais pourront-ils intervenir à temps pour la retrouver avant 1 heure du matin ? Je pose l'enveloppe sur la table et décide de tenter le tout pour le tout.

Durant le restant de l'après-midi, je passe autant d'appels que possible. J'appelle Rob et je lui suggère qu'Aiden passe la nuit chez lui. Rob s'obstine à me demander si je vais bien, au point que je raccroche. J'appelle trois cabinets d'investigation, prête à leur envoyer un acompte s'ils peuvent commencer dès à présent. Ils promettent de me rappeler s'ils ont les ressources nécessaires pour commencer tout de suite. J'appelle tous les hôtels et B&B de ma liste, les suppliant pratiquement de me donner toutes les informations qu'ils peuvent par téléphone. Certains hésitent. La plupart sont réticents. Personne n'a vu qui que ce soit correspondant à la description d'Amy et Gina.

À la fin, je fixe le numéro de Stevenson sur mon téléphone. Pourrait-il m'aider ? Serait-il prêt à aller au-delà de ce qu'un inspecteur est censé faire ? Que me conseillerait-il ?

Je fais les cent pas dans la cuisine. Je joue avec les cheveux de Gina entre mes doigts. Je ne sais pas quoi faire. Je n'aime pas me sentir aussi seule, mais j'ai peur pour elle. Amy serait-elle prête à tuer Gina si elle voyait la police ? Je me souviens du malaise que j'ai ressenti à propos de la rançon et de la tournure qu'ont prise les événements.

À 17 heures, je me sers une tasse de café et je laisse la caféine s'insinuer dans mon système. Les images de la main de Gina serrée par celle d'Amy continuent de défiler dans mon esprit. Je ferme les yeux et je vois le couteau que j'ai tenu sous la gorge d'Amy, mais maintenant il est sous celle de Gina et tranche sa chair délicate. C'est insupportable.

Je secoue la tête, canalise à nouveau ma colère, et j'appelle l'inspecteur-chef Stevenson.

— Emma, désolé pour tout à l'heure.
— Est-ce que vous êtes prêt à m'aider ?
Il soupire.
— Vous savez que je fais tout ce que je peux…
— Pas la police. Personne d'autre. Juste vous.
Son ton change.
— Que s'est-il passé ?
— Je ne peux rien vous dire si vous ne me promettez pas que ce sera vous et personne d'autre.

Je l'entends expirer par le nez, puis j'ai l'impression de l'entendre marcher. Je l'imagine quittant un lieu public pour aller dans un endroit plus privé.

— Emma, écoutez-moi. Nous pensons qu'Amy est à Bishoptown. Des témoins signalent l'avoir vue dans le village et aux alentours…
— Je sais qu'elle est là, réponds-je. Amy a pris contact avec moi.
— Emma, vous devez me dire tout ce que vous savez.
— La vie de ma fille est en danger, dis-je.
— Je sais. Nous voulons vous aider.
— Nous ?
— D'accord. Juste moi. Je vous aiderai seul si c'est ce que vous voulez.
— Je pense que vous essayez juste de m'amadouer.

Mes doigts martèlent le comptoir de la cuisine.

— J'ai envie de vous faire confiance après l'aide que vous m'avez apportée la nuit où Jake est mort.
— Vous pouvez me faire confiance, insiste-t-il.
— Je ne sais pas. Vous me dites juste ce que je veux entendre.

— Dites-moi ce qui se passe, Emma. S'il vous plaît. Je ne peux pas vous aider si vous ne me racontez pas.

Mais je sais exactement ce qu'il va faire. Il va le signaler. Il va organiser une réunion à ce sujet et rassembler une équipe. Un plan sera établi. Je ne serai pas seule. Et Amy va tuer ma fille. Il y a quelque chose d'autre qui se trame. Je peux en voir les contours, mais pas les détails. Quand je l'ai menacée il y a quatre ans, j'ai déclenché quelque chose chez elle, et maintenant elle connaît les mêmes émotions que moi. La vengeance. La haine. Le deuil. Je ne sais pas exactement comment, mais je pense que tout a commencé dans ce grenier il y a des années.

— Je dois y aller.

Je lui raccroche au nez et pose le téléphone sur la table.

J'ai beaucoup de temps avant de devoir partir. Je mange un bout, puis je fais une sieste d'une heure. Quand je me réveille, je cherche des armes potentielles dans la maison.

À 18 h 30, on frappe à la porte. J'ouvre et Stevenson s'invite chez moi.

— Quoi que vous fassiez, je serai avec vous.

— Vous devez partir. Maintenant, dis-je en désignant la porte d'un geste vif. Elle ne peut pas...

— Quoi ?

Son regard suit le comptoir jusqu'au porte-couteau et à l'aiguiseur.

— Vous avez mangé du steak au dîner, c'est ça ?

Il hausse un sourcil.

— Voyons, Emma, vous ne pouvez pas faire ça toute seule.

— Je n'ai pas le choix. Elle a ma fille.

M'éloignant de la porte, mais sans la fermer, je me dirige vers l'une des chaises et en agrippe le dossier. La tension monte le long de mes bras, de mes épaules, dans mon cou.

— Allez-vous-en. Vous ne faites qu'empirer les choses.

— Non. Je vais vous aider.

Je laisse échapper un long soupir et me dirige vers la porte. Avec un regard furtif à l'extérieur, je ferme et retourne dans la maison.

Chapitre 28

EMMA

Je m'enfonce sans arme dans l'obscurité. La canicule touche à sa fin, et une rafale bienvenue agite les feuilles dans les hautes branches du chêne. En dessous, plusieurs moutons se blottissent pour se réchauffer. Alors qu'ils s'éloignent précipitamment de moi, le vent transporte l'odeur aigre de leurs excréments frais.

J'ai une oreillette et un micro qui descend sur ma poitrine. Stevenson écoute tout. Je suis sûre qu'il peut entendre le bruit de mon cœur qui tambourine contre ma cage thoracique. Il est couché sur la banquette arrière de la voiture, garée sur le même parking que d'habitude.

Durant les heures précédentes, nous avons discuté en détail de la rencontre. Amy n'est pas une criminelle professionnelle, mais elle nous a devancés à chaque fois grâce à sa planification intelligente.

— Elle a le contrôle, avait dit Stevenson. Parce qu'elle a Gina et que nous ne savons pas où elle est.

Finalement, il m'a persuadée de faire appel à la police. Il y a trois agents armés positionnés autour du terrain. Pourra-t-elle les voir ? Saura-t-elle ce qui se trame ? Je suis à cran. Je me demande si j'ai bien fait de demander de l'aide, ou si j'aurais dû y aller seule. J'ai les nerfs à vif, la gorge nouée.

Un traceur GPS est attaché à mon poignet, glissé sous la manche de mon manteau. Si Amy m'emmène ailleurs, la police pourra me suivre. Ça doit fonctionner. Le raisonnement est simple : Amy m'emmène jusqu'à ma fille, la police me retrouve et ils viennent l'arrêter. Mais si je suis reconnaissante à l'inspecteur-chef Stevenson d'avoir organisé tout ça, je suis aussi consciente que cela signifie qu'il m'a menti quand il m'a dit que ce serait juste lui.

Et j'espère que je n'aurai pas à payer pour ce mensonge.

En m'approchant un peu plus de l'arbre, j'aperçois une note attachée au tronc, clouée au même endroit que mes cheveux. Je sors mon téléphone et je prends une photo du mot avant de le décrocher. Je ne sais pas trop pourquoi je fais ça, on ne me l'a pas demandé, mais il me semble important de documenter la situation autant que possible.

La note se trouve à l'intérieur d'une pochette en plastique transparent. Je glisse la main à l'intérieur pour la sortir quand je remarque qu'il y a en réalité deux feuilles de papier. L'une d'elles indique : POUR TOI. Je commence par celle-là.

Reviens à 3 heures du matin. Débarrasse-toi de la police.

Je plie le papier et le glisse dans la poche de mon jean.

Le second dit :

Tu as rompu notre accord. Je ne viendrai pas. La vie de Gina était entre tes mains et tu l'as laissée tomber.

Je remets celui-ci dans la pochette en plastique et je retourne vers Stevenson.

— J'ai des agents dans les rues, dit-il en ramenant ma voiture au village. Elle n'ira pas loin. Je vous le promets. Nous garderons aussi un œil sur votre caméra de sécurité. Merci de nous avoir donné accès à l'application.

Mais je me tais, car dans ma tête, je pense au rendez-vous de 3 heures du matin. Mon cœur bat la chamade. Comment Amy s'en sort-elle ? Comment fait-elle pour rester loin de la police ?

— Emma, je sais que vous êtes déçue. Mais vous avez bien fait de m'appeler. S'il vous plaît, informez-nous s'il y a du nouveau. Vous ne pouvez pas vous en sortir toute seule.

Je hoche doucement la tête, et je pense qu'il y voit un assentiment. En réalité, je suis perdue dans mes pensées. Je réfléchis à la façon de sortir en douce de chez moi à 3 heures du matin sans que la police me voie. Je suis convaincue qu'ils me surveillent. Amy pourrait être une menace pour moi, elle pourrait venir chez moi. Ils le savent. Ils veulent l'attraper. Mais Amy ne fera rien si elle sait que la police est impliquée. A-t-elle une caméra installée quelque part près de chez moi ? Pour me surveiller ? Ou est-ce qu'elle me suit juste ?

Il est un peu plus d'une heure et demie quand je rentre chez moi. Je fais les cent pas dans la cuisine en me mordant les lèvres. Je vais devoir marcher, c'est le seul moyen. Prendre le volant attirerait trop l'attention de l'équipe de surveillance. Mais m'y rendre à pied prendrait au moins une heure, ce qui signifie que je dois partir maintenant.

Je prends l'un des couteaux les plus aiguisés de la cuisine et le glisse dans le passant de mon jean. J'enfile une veste sombre à capuche et je glisse mon téléphone dans la poche. On m'a déjà enlevé le micro et l'oreillette. Mais je retire le traceur GPS de mon poignet et le pose sur la table de la cuisine. Puis je me glisse dans le couloir jusqu'à la porte de derrière. Il y a une caméra à l'arrière de la maison, mais je connais sa portée, et je sais où me placer pour ne pas être vue.

L'éclairage du jardin est cassé depuis des années, je n'ai donc pas à m'en soucier. Je me dépêche quand même de me rendre à l'autre bout du jardin, en restant près de la clôture, là où la caméra ne peut pas me voir. C'est au niveau du mur, au bout du jardin, que je dois faire le plus attention. Je me hisse sur le mur. Cela représente une chute d'un mètre cinquante sur le trottoir en contrebas, ce que je n'aurais pas le courage de faire en temps normal, mais je laisse mon corps glisser tout en pliant mes genoux à l'atterrissage, pour soulager mes chevilles. Même avec cette méthode, la secousse me fait basculer en avant et je manque de tomber à genoux. Lorsque je me redresse, je secoue les deux jambes, inquiète à l'idée de m'être tordu la cheville, mais je n'ai pas l'impression d'être blessée. Je soupire de soulagement.

Le village est plongé dans le silence aux premières heures de l'aube. En restant dans les rues secondaires, il ne me faut pas longtemps pour trouver le chemin qui contourne les bois en direction du domaine de Wetherington. Pour la première fois depuis des semaines, j'ai froid malgré mes vêtements, malgré la veste à capuche. Elle est trop grande pour moi maintenant. Je l'ai achetée à une autre époque, et je frissonne à l'intérieur des longues manches qui couvrent mes doigts. J'enroule mes bras autour de mon corps et commence à avoir l'impression que tout ça arrive à quelqu'un d'autre. Un personnage de film. Quelqu'un qui pourrait se battre et gagner à chaque fois. Une partie cynique de mon cerveau envisage la possibilité que j'aie épuisé tout mon réservoir de chance quand j'ai sauvé Aiden des griffes de Jake.

Une fois que j'ai quitté la route, j'utilise la lampe-torche de mon smartphone. Mais je la garde braquée sur le sol pour guider mes pas plutôt que de l'agiter dans tous les sens et d'attirer les regards. Puis je m'arrête. Je suis à peine à cinq minutes du champ, bien consciente que je suis seule. J'ai le cœur lourd en envoyant à Aiden le SMS que j'avais prévu avant de partir.

« *Je retrouve Amy à 3 heures du matin au domaine de Wetherington.*
Si je ne rentre pas à la maison, essaie de suivre mon téléphone.
Je vais récupérer Gina. Je t'aime. »

Dès que le message est envoyé, je me mets à courir. Mon sang circule à plein régime et réchauffe mon corps. Assez rapidement, je rejoins le champ et me dirige vers l'arbre. Je n'ose pas éclairer le grand chêne au cas où je la verrais elle, ou pire, une autre note. Un autre obstacle à franchir. Je me mets à courir. J'aimerais tant que tout soit terminé. Les moutons se dispersent, paniqués.

Le silence est quasi total quand j'arrive. Mon souffle est irrégulier, les feuilles bruissent au-dessus de moi, mais il n'y a rien d'autre.

— Amy, dis-je essoufflée aux feuilles qui murmurent. Où es-tu ?
Je suis là, pensé-je, *j'ai réussi. Rends-moi ma fille.*

Mais il n'y a personne. Aucune note. Lentement, je fais le tour du chêne. Cela me confirme que je suis seule.

Je frappe l'écorce de l'arbre une fois. Deux fois. Un troisième bruit sourd s'élève. Le bruit de pas qui martèlent le sol.

Avant que je puisse me retourner, une main maigre m'attrape le bras. J'essaie de me dégager, mais la personne ne semble pas décidée à lâcher prise. Avant que je puisse réagir, elle remonte la manche de ma veste et quelque chose de froid et de métallique entre en contact avec ma peau. Je pousse un cri de surprise. Quand je regarde mon poignet, il y a un anneau d'argent autour. J'essaie de le retirer et je vois l'autre bras relié au mien par une menotte. Dans la fraction de seconde qui précède la découverte du visage de la personne, j'imagine que Stevenson m'a arrêtée pour avoir désobéi à ses ordres. Mais ce n'est pas Stevenson. C'est elle, et elle est menottée à moi. Le bruissement des feuilles n'était pas seulement le vent. Amy se cachait là-haut dans l'obscurité, et elle s'est laissé tomber d'une des branches pour me surprendre.

Elle me tire en avant.

— Viens.

Je me rends compte que ses yeux ont une lueur de folie lorsqu'elle ajoute :

— Si tu tentes quoi que ce soit, tout ce que tu feras, c'est retarder les retrouvailles avec ta fille. Je te le déconseille.

Je serre les dents.

— Où est-elle ?

— Je vais te montrer si tu m'accompagnes.

Elle me tire à nouveau en avant et s'arrête.

— Attends une minute.

Sa main libre tapote mon jean, de la hanche à la cheville. Je dois faire preuve de toute ma volonté pour ne pas la saisir à la gorge, essayer de prendre le contrôle, mais elle détient ma fille dans un endroit tenu secret. Si je blesse Amy, je ne saurai peut-être jamais où est Gina. Finalement, la main d'Amy découvre le couteau.

— Toujours à jouer avec des couteaux, à ce que je vois.

Elle l'enlève du passant de la ceinture de mon jean et le jette contre l'arbre. Puis elle sort mon téléphone de ma poche et fait de même.

— Les instructions étaient pourtant assez simples, Emma. Mais ton fils a toujours refusé d'écouter, lui aussi.

Je me mords la langue et la suis quand elle commence à marcher.

Les menottes nous lient. Nos êtres sont fusionnés par le métal. La sienne l'irrite-t-elle autant que la mienne ? Elle ne semble pas le remarquer tandis que nous marchons.

— Où est-elle, Amy ? Tu lui as fait du mal ? Dis-moi juste qu'elle va bien. Je t'en prie.

Malgré l'obscurité ambiante, j'aperçois le rictus qui se dessine au coin de sa bouche. Un sentiment d'effroi m'envahit sous forme de picotement glacial. Qu'a-t-elle prévu pour nous ?

Chapitre 29

AMY

De temps en temps, nos bras se frôlent, le tissu imperméable de sa veste frottant contre le mien. À cette heure tardive, le moindre son est amplifié. Ce qui alimente mon adrénaline.

Bientôt, je te l'amènerai. C'est la prochaine étape du plan. Bientôt Emma comprendra pourquoi cela devait arriver, pourquoi il était inévitable que nous finissions ici.

Mais je dois admettre que je ne m'attendais pas à ce qu'elle aille voir la police. Quand j'ai vu l'inspecteur-chef Stevenson entrer chez elle, j'ai su que je devais ajuster le plan. C'est pourquoi j'ai utilisé la deuxième note. Je savais qu'Emma reviendrait seule si cela ne fonctionnait pas la première fois. Mais la police est en état d'alerte maintenant, ce qui peut rendre le départ de Bishoptown encore plus délicat.

— Où est ma fille ? demande Emma.

Elle tire sur les menottes, me déséquilibrant presque.

Je l'attrape par la veste et la tire plus près.

— Je ne t'ai pas dit de bien te tenir ?

Elle s'éloigne de moi, de mes lèvres près de son oreille.

Même Emma ne saura pas se défaire de ces menottes. Je dois me rappeler que j'ai toujours le contrôle, qu'elle sera bientôt avec toi, que j'ai fait tout ce que je pouvais pour que ce plan fonctionne. Et ça marchera, j'y crois. Il y a une arme secrète dans ma poche.

— On doit y aller, dis-je.

Mais avant de partir, je récupère le cran d'arrêt caché dans la poche de mon manteau et le rapproche de ses côtes.

— Si tu essaies de crier, je n'hésiterai pas.

Emma acquiesce.

Tout est sous contrôle. Je remets le couteau dans ma poche.

J'ouvre la voie et nous trébuchons dans le noir, car je n'utilise pas de lampe-torche. J'ai besoin de mon bras libre pour maîtriser Emma au cas où elle tenterait quelque chose. Physiquement, nous sommes à peu près à égalité, même si le jardinage et la chasse à la chapelle m'ont rendue plus forte. Emma a perdu du poids, mais elle a le désir féroce de sauver son enfant.

— Où allons-nous ? demande-t-elle.

Je ne lui réponds pas.

— Comment as-tu fait ça toute seule ? Tu as pris quelqu'un sous ton aile, comme quand Hugh te contrôlait ? Comment as-tu organisé tout ça ?

Je ne réponds toujours pas.

Finalement, le terrain devient glissant et Emma se concentre pour ne pas tomber. Je garde les yeux rivés sur les arbres, à la recherche des petits indices que je me suis laissés lorsque j'ai planifié ce trajet. De très fines bandes de tissu jaune, arrachées d'une chemise, attachées autour de ce qui sera visible à mes yeux dans l'obscurité. La lune éclaire juste assez les bois pour me permettre de les distinguer et de suivre mon chemin jusqu'à l'endroit où j'ai garé la voiture.

Emma avance en silence alors que nous émergeons de l'autre côté du bois, près de la route. Je vois sa tête bouger d'un côté à l'autre alors qu'elle cherche de l'aide.

— Rappelle-toi que si tu cries, je te poignarde. Tu ne reverras jamais ta fille.

Mon propre cœur bat la chamade à présent. La voiture est garée dans l'allée d'une vieille propriété inhabitée à cinq minutes de route. J'ai décidé d'utiliser cet endroit parce que tout le monde ne sait pas que la maison est vide. Si j'ai raison, alors la police passera devant la voiture, supposant qu'elle appartient au propriétaire et ne pensera même pas à vérifier. Mais ce que je ne peux pas prévoir, c'est si la police va m'arrêter à la sortie du village. Je connais la route la moins fréquentée, et je connais les petites routes de campagne qu'ils ne connaissent peut-être pas, mais il faudra quand même que la chance soit de mon côté.

— Quoi que tu aies prévu... dit Emma.

Il y a un changement dans sa voix ; elle parle plus doucement, plus calmement. Son ton n'est pas tout à fait condescendant, mais presque.

— Ce n'est pas trop tard pour y mettre un terme. Je sais ce que je t'ai fait et je suis désolée, pour ce que ça vaut. Je suis allée chez toi et j'ai vu le grenier. Je sais que ta vie de famille était plus compliquée que ce qu'on pensait.

Je glisse la main dans la poche de ma veste et j'enroule mes doigts autour du couteau.

— Je pense que ton oncle et ta tante étaient probablement des gens horribles, tout comme ta mère.

Elle me regarde, attendant une réaction. Je ne lui donne pas cette satisfaction.

— Écoute-moi, Amy. Je peux être de ton côté si tu veux. Je t'aiderai à sortir de Bishoptown et à échapper à la police si tu nous laisses partir, Gina et moi. Je sais que la vie n'a pas été facile pour toi, et je pense qu'avec une thérapie, tu pourrais t'en sortir. Aller mieux.

Je secoue la tête. Elle ne comprend pas.

— Aiden va de mieux en mieux chaque jour. Tu ne le vois pas lutter, n'est-ce pas ? Je suis avec lui et je vois ses cauchemars. Je vois ses accès de colère et son incompréhension face aux autres. Il n'est plus le garçon qu'il était quand Hugh l'a enlevé, mais c'est une belle personne avec un brillant avenir. Tu pourrais l'être aussi.

Elle s'arrête de parler, essoufflée, et ses yeux ne cessent de se braquer sur mon visage. Elle a tout donné avec cette tentative de me raisonner. À présent, elle se tait parce qu'elle a peur. Elle voulait contrôler la situation, mais elle a échoué. C'est moi qui suis aux commandes. Enfin.

J'aperçois le mur écroulé et l'allée lézardée et couverte de mousse. Nous avons parcouru un long chemin et maintenant la palette de couleurs du monde passe du noir au bleu profond et royal. Bientôt les oiseaux vont commencer à chanter et le soleil va se lever. Nous devons agir rapidement.

Il nous faut une vingtaine de minutes pour rejoindre la voiture, qui n'est pas facile à repérer, à moins de savoir qu'elle est là. Emma semble décontenancée par le véhicule dissimulé. Elle pensait peut-être que je la conduisais à une cachette dans les bois.

— Depuis combien de temps tu prépares ça ? demande-t-elle.
Je hausse les épaules.
— Un long moment
— Avant la mort de Hugh ?
Je ne lui confirme pas qu'elle a raison.
— C'est ta voiture ? demande Emma.
Je hoche la tête.
— Je t'ai vue me suivre une fois. Je pensais que c'était un photographe.

Je peux presque entendre le conflit interne dans son esprit. Elle était à deux doigts de m'attraper. Et à la fois tellement loin.

Un merle gazouille. C'est un rappel qu'il faut se dépêcher. Je déverrouille la voiture et fouille doucement dans la poche de mon jean. Poche de la veste pour le couteau. Poche du jean pour l'autre chose.

D'une main, je fais sauter le bouchon avec le pouce. Emma ne voit rien venir lorsque je plonge l'aiguille dans son cou et que j'appuie sur la seringue.

Elle glapit.

Chut, lui dis-je.

— S'il te plaît, non, pleurniche-t-elle. Amy, s'il te plaît. Nous étions amies autrefois.

— Il ne reste rien de cette amitié, lui dis-je en jetant la seringue du côté passager de la voiture. Tu as tout emporté. Dans quelques minutes, tu vas somnoler, et je ne voudrais pas que tu te blesses. Tu ferais mieux de monter en voiture.

Je fouille plus profondément dans la poche de mon jean et je récupère la clé des menottes. La lèvre inférieure d'Emma vacille tandis que je déverrouille ma menotte et la passe sur son autre main. La drogue agit rapidement. Elle trébuche quand je la dirige vers la voiture.

Puis je la pousse sur la banquette arrière, la tête la première, et je claque la portière. Elle risque d'être pas mal ballottée pendant un moment. Je l'attacherais bien, mais je n'ai pas de temps à perdre. Je m'arrêterai une fois qu'elle sera dans les vapes, je lui attacherai les jambes, et je lui mettrai la ceinture de sécurité.

Nous allons te rejoindre, mon trésor. Ce ne sera plus long maintenant.

Chapitre 30

AIDEN

Peut-être que maintenant, je sais ce que c'est d'avoir quelqu'un qui s'éloigne de vous. Parce que quand maman a appelé pour nous dire qu'elle ne viendrait pas me chercher, ça m'a fait l'effet d'un coup de poing dans le ventre. J'ai déjà entendu grand-mère dire à papa que je suis la priorité, et qu'il faut veiller à ma sécurité.

— Si Emma a un problème, il vaut mieux qu'Aiden ne soit pas avec elle.

Puis les préoccupations se sont tournées vers les aspects pratiques, comme l'endroit où j'allais dormir. Ça m'importait peu, mais ça a quand même posé problème. Grand-père a suggéré que je prenne une des chambres d'amis vides. Papa leur a dit que j'aimais que la porte reste ouverte et que ce n'était pas possible dans la partie publique du bâtiment. Il a suggéré de prendre la chambre vide et de me laisser la sienne. J'ai essayé de leur dire que le canapé irait très bien, mais finalement, l'idée de papa l'a emporté. J'ai dormi dans sa chambre avec la porte ouverte et les grincements du vieux B&B qui s'infiltraient à l'intérieur.

Quand je me suis réveillé, la lumière du soleil venait d'un angle différent. Les draps n'avaient pas l'odeur du détergent que nous utilisons à la maison, mais plus une odeur florale, comme le parfum de grand-mère. Il y a des bottes à côté de l'armoire et un grand t-shirt gris accroché au dossier d'une chaise. Je me sens coupable d'avoir transpiré dans les draps et j'avance d'un pas maladroit vers la salle de bain. J'aimerais que maman soit en bas en train de préparer des toasts. Gina à table, ses petites mains potelées frappant la surface, sa tête se balançant en chantant le générique de sa série préférée. Maman la ferait taire :

— Tu vas réveiller Denny.

Et elle rétorquerait :

— Qu'est-ce que tu crois que je veux faire, andouilleee, avec ce petit geste insolent de la main qu'elle fait parce que ça fait rire les gens.

Je me suis réveillé légèrement paniqué, mais avec le sentiment d'avoir dormi d'un sommeil de plomb, celui de l'épuisement. Le genre de nuit que je passais dans le bunker après une semaine de pure panique.

Sous la douche, je sens les murs de la cabine se refermer, et je n'y passe que quelques minutes, laissant hâtivement l'eau éliminer la sueur, avant de me précipiter dans la chambre de papa pour me changer. Puis je refais le lit, et je reste assis un moment, respirant profondément.

Je prends mon téléphone sur la table de chevet de papa et je remarque un texto de maman. Mes doigts tapent rapidement mon code, faisant apparaître le message complet.

« Je retrouve Amy à 3 heures du matin au domaine de Wetherington.
Si je ne rentre pas à la maison, essaie de suivre mon téléphone.
Je vais récupérer Gina. Je t'aime. »

Je réponds par texto :

Maman ? Tu vas bien ?

Et je descends les escaliers quatre à quatre jusqu'au salon du B&B. J'ai l'impression que ma poitrine est prise dans un étau, et cette pression augmente à chaque pas. La pression de savoir que je dois parler, que je dois leur dire pour le message. Je devrais le crier pour gagner du temps, mais je ne peux pas. Au lieu de ça, je me dirige vers la cuisine où grand-mère fait cuire du bacon, et je reste là, à ouvrir et fermer la bouche bêtement. Elle fredonne en écoutant la radio. Grand-père feuillette le journal. J'entends le son de la télévision dans le salon et je sais que papa doit être là.

— Bonjour, trésor, dit grand-mère en souriant. Comment veux-tu ton bacon ?

Les mots ne sortent pas. J'émets un étrange bégaiement. Grand-père lève les yeux de son journal et fronce les sourcils, il le plie et le pose sur la table.

— Tout va bien ? demande-t-il.

Il se lève de la chaise et se dirige vers moi. Je continue à ouvrir et fermer la bouche comme un poisson.

Ils se tiennent tous les deux devant moi, me regardant fixement, fronçant les sourcils, mais je n'arrive toujours pas à parler. Mon cuir chevelu est bouillant. La sueur commence à perler par mes pores. Je lève le téléphone, les suppliant du regard de me le prendre des mains. Je serre ma poitrine et prends une profonde inspiration.

— Rob ! lance grand-mère en me poussant vers la toute petite table et en m'asseyant à la place de grand-père. Je vais te chercher de l'eau. Peter, tu peux lire ce qu'il veut que tu lises ?

— Je n'ai pas mes lunettes, dit grand-père en tapotant la poche supérieure de sa chemise.

C'en est trop. Ils ne réagissent pas assez vite. Maman a besoin d'eux et je ne peux pas leur dire ce que je veux qu'ils fassent. Je ferme les yeux et pose ma tête sur la table. Maman est-elle allée seule retrouver Amy ? A-t-elle appelé la police ? Comment a-t-elle trouvé Amy ? Est-elle en danger ?

— Dépêche-toi de les trouver ! lance grand-mère à grand-père.

— Tout va bien ?

C'est la voix de papa. Il a dû se traîner en boitant dans la cuisine. Je sens une main dans mon dos. Je sursaute et tout mon corps se crispe.

— Prends une grande respiration, mon grand.

— Elle est partie, gémis-je. Elle n'est plus là.

— Qui est parti, bonhomme ? dit papa calmement.

— Emma, répond grand-père. Ce message dit qu'elle est allée voir Amy la nuit dernière.

Quand je lève la tête, papa s'est éloigné de moi et fixe le téléphone.

— Et merde, dit-il. Vous deux, appelez la police. Aiden, viens avec moi. On va aller vérifier la maison et le domaine de Wetherington.

— Je ne pense pas que ce soit judicieux, dit grand-mère, ses yeux se tournant vers moi. Il est bouleversé.

— Non, je veux y aller.

Je me lève sur des jambes flageolantes. Au moins, si j'y vais avec papa, ça me permettra de faire quelque chose.

Grand-mère se tord les mains, mais elle accepte.

— Appelle l'inspecteur-chef Stevenson, dit papa. Peut-être qu'il sait quelque chose à ce sujet. On ne sait pas si Emma y est allée seule ou avec la police.

Il regarde sa montre et je sais à quoi il pense. Il est plus de neuf heures. Si maman était rentrée chez elle saine et sauve, elle aurait immédiatement appelé pour nous le faire savoir. Ou elle m'aurait au moins envoyé un message. Si elle avait retrouvé Gina, elle aurait voulu nous le dire tout de suite, elle ne nous aurait pas laissé attendre toute la nuit. Quelque chose de grave est arrivé. C'est pour ça que mon corps me semble faible et instable.

Mon esprit bourdonne alors que je suis papa hors du B&B. Comment maman a-t-elle pris contact avec Amy ? Y a-t-il eu une autre demande de rançon ? Si c'est le cas, ça pourrait expliquer pourquoi elle voulait que je reste chez papa.

Nous montons dans la voiture et partons sans dire au revoir. Il n'y a pas le temps pour ça. Papa traverse rapidement le village, mais avec prudence. Ses réflexes ne sont plus ce qu'ils étaient, et il le sait.

— Elle t'a dit quelque chose ? demande-t-il en chemin.

— Rien.

— Elle n'a pas dit qu'Amy l'avait contactée ?

— Non.

Il s'arrête près de la maison et marmonne :

— Sa voiture est toujours là.

À cette vue, mon cœur manque un battement. Peut-être que je me trompe. Et si maman était rentrée à la maison avec Gina ? Avant même que papa n'ait serré le frein à main, je bondis hors de la voiture, sortant mes clés de la poche de mon manteau. Elles glissent presque de mes doigts, mais j'ouvre la porte et j'appelle. J'attends.

— Emma ? crie papa derrière moi en boitillant dans la maison.

Silence.

Je me précipite dans le salon, puis monte les escaliers et vérifie sa

chambre, ma chambre, la petite chambre de Gina. Rien. Les battements effrénés de mon cœur ralentissent.
— Elle n'est pas là, dis-je à papa en le rejoignant en bas des escaliers.
— Je vois.
Il étire ses lèvres en une ligne fine.
— Alors, direction le domaine de Wetherington.

C'est le plus long moment que j'ai passé sans maman depuis que je suis revenu du bunker. Nous n'avons jamais passé une nuit séparés. Une semaine loin de Gina et maintenant une nuit loin de maman. Plus j'y pense, plus je commence à paniquer. Je sens que je m'éloigne de la réalité, que je cherche désespérément à retrouver le silence. Mais je ne peux pas. Ils ont besoin de moi.

Par la fenêtre, les champs verts se confondent. Le trajet est court, mais nous parcourons la route étroite qui relie certaines parties du domaine en nous demandant comment aborder cette recherche.

— J'ai réfléchi à la raison pour laquelle Amy voulait retrouver Emma ici, dit papa en dirigeant la voiture vers une barrière à bétail.

Sa voix résonne légèrement.

— Et je crois que je comprends maintenant. C'est logique. Emma qui se coupe les cheveux... Le domaine.

Il soupire.

— Putain de merde, Amy. C'est pour ça ?

Il frappe le volant d'une main.

— Qu'est-ce que tu veux dire ?
— Il y a eu une soirée camping qui a dérapé. Un petit groupe a maintenu Amy à terre et lui a coupé les cheveux. Elle pleurait... c'était assez terrible.

— Alors Amy a demandé à maman de se couper les cheveux ?

Il acquiesce.

— Peut-être que c'était une sorte de signal entre elles. Je trouvais qu'Emma agissait bizarrement, mais ça a du sens maintenant. Et je crois que je me rappelle où ça s'est passé.

Il gare la voiture sur un parking à côté d'un échalier. Puis il soupire.

— Je ne vais pas pouvoir passer par-dessus.

Il fait un signe de tête vers la marche en bois encastrée dans le mur.

— Je vais y aller.

Je détache ma ceinture de sécurité.

Il m'attrape l'avant-bras.

— Ce n'est pas sûr. On devrait attendre la police.

Je regarde le champ. Il y a un vieux chêne au centre. C'est le genre d'image qui ferait une jolie carte postale, avec des moutons, des murs de pierre et la lisière des bois sur un côté. Un frisson me parcourt l'échine. Que s'est-il passé ici ?

Après avoir raccroché, papa montre l'arbre du doigt.

— C'est là qu'ils ont accroché les cheveux d'Amy.

Sa voix est lente et essoufflée. Il a l'air fatigué.

— C'était il y a si longtemps. Elle avait l'air de s'en être remise.

Je reste silencieux pendant un moment, puis une soudaine prise de conscience me frappe. Maman et papa étaient là, et ils n'ont pas empêché ça. Je pensais que c'étaient des gens bien. C'est étrange de savoir qu'ils ont été impliqués dans quelque chose comme ça.

— Laisse-moi aller jusqu'à l'arbre et revenir, dis-je finalement.

Papa soupire.

— D'accord. Mais reste bien visible.

Je sors de la voiture et saute par-dessus l'échalier. Le sol est encore dur à cause du manque de pluie, mais il y a un peu de fraîcheur dans l'air pour la première fois depuis plus d'une semaine. Je rabats mes manches sur mes mains pour me réchauffer. Les moutons passent de la curiosité à la terreur en quelques instants, se dispersant dans l'herbe en poussant de petits bêlements inquiets. Avant l'épisode du bunker, je les aurais poursuivis en riant. Mais maintenant, je ne pourrais jamais supporter de les effrayer plus que je ne viens de le faire.

Alors que le soleil fait de son mieux pour percer la couverture nuageuse, je remarque un éclat métallique à côté du chêne. Trébuchant sur le sol inégal, je me précipite vers l'objet étrange. Quoi que ce soit, ce n'est pas censé être là. Les champs sont faits de boue, de boutons d'or et de pissenlits. Pas de métal.

Je récupère d'abord le téléphone. C'est celui de maman, et quand j'appuie sur le bouton d'alimentation, je vois l'image de notre famille. Maman, Gina, papa et moi, tout sourire. C'est Gina qui l'a choisie. Elle en a pris une avec papa sur la photo parce qu'elle veut que maman et papa soient ensemble. La vue du téléphone me retourne l'estomac. Je ferme les yeux et respire profondément, comme ma psychologue me le conseille lorsque je me sens dépassé. Fermer les yeux me donne envie de me perdre en mon for intérieur. Je me renferme sur moi-même.

Je glisse le téléphone dans ma poche. Puis je m'agenouille pour examiner l'autre objet niché dans l'herbe. Je le reconnais immédiatement : c'est l'un de nos couteaux de cuisine. Maman l'a apporté pour se protéger, mais elle ne l'a pas utilisé. Peut-être qu'elle n'en a pas eu l'occasion. Amy l'en a empêchée, et elle a emmené maman, où qu'elle soit allée.

Chapitre 31

AIDEN

Quand papa voit le couteau, il secoue la tête, s'effondre sur le volant et se met à pleurer. Au même moment, un souvenir de lui me vient à l'esprit. Il était jeune, une canette de bière à la main, les yeux rivés sur la télévision. Il y avait une finale de football à la télé et je crois que je portais un maillot pour enfant de l'équipe qu'il soutenait. L'un des joueurs a manqué le but qu'il était censé marquer, et le visage de papa s'est décomposé. Il a chassé une larme et m'a regardé.

— Tu n'as rien vu. Puis il s'est éclairci la gorge et a fait comme si de rien n'était.

Les hommes ne sont pas censés pleurer, mais je ne comprends pas vraiment pourquoi. Hugh pleurait parfois. Papa a pleuré à l'hôpital quand il m'a entendu parler pour la première fois. Il a aussi pleuré quand maman a été déclarée non coupable du meurtre de Jake. Mais je n'ai pas pleuré depuis longtemps et je ne sais pas quoi faire ou dire pour le réconforter. Depuis que Gina a disparu, je vois souvent maman pleurer et je reste toujours là à la regarder, pris dans un tourbillon d'émotions, sans trop savoir quoi faire.

Finalement, il se redresse, se frotte les yeux, s'essuie le nez et tousse.
— On doit rentrer à la maison. La police veut nous parler.

Je hoche la tête en plaçant le couteau dans la boîte à gants pour le garder en sécurité.

— Au moins, il n'y a pas de sang dessus, dit papa.

— Je n'ai pas vu de sang autour de l'arbre. Ça doit vouloir dire qu'elle va bien.

Je frotte mes paumes contre mon jean pendant que papa démarre.

— Tu crois que j'aurais dû laisser le couteau là où il était pour la police ?

— Je ne sais pas.

Papa sort du parking et commence à rouler vers le village.

— J'ai aussi pris son téléphone.

— D'accord, répond-il. On va expliquer à la police tout ce qu'on a trouvé.

Je sais que nous sommes tous les deux abattus alors que nous retournons au B&B, même si je ne suis pas doué pour remarquer ces changements d'atmosphère. Cette fois, c'est vraiment pesant.

— Que sais-tu d'autre sur Amy ? demandé-je pour rompre le silence tout en essayant de suivre un fil dans mon esprit.

Un vague souvenir me ramenant au bunker. À Hugh.

— Eh bien, elle était harcelée à l'école. Mais après l'incident du camping, elle est sortie de sa coquille. Elle a pris l'habitude d'aller au pub, de boire beaucoup, de flirter avec les garçons. Elle m'aimait bien. Beaucoup.

Il secoue la tête. Il baisse la voix dans un murmure.

— Je n'en ai parlé à personne. Je pense que je l'ai blessée à l'époque. Mais pour faire ça... Elle doit être vraiment malade.

Il frappe le volant de colère, et je décide de ne plus poser de questions. Je ne suis pas sûr que ça serve de toute façon.

Il y a une voiture de police dans l'allée du B&B et papa se gare à côté. Je me dirige vers lui pour l'aider avec la canne. Papa s'appuie sur moi. Il pèse moins lourd que je ne l'imaginais. Il me semblait si grand quand j'étais petit.

— C'est bon, dit-il en se stabilisant et en boitant jusqu'à la maison.

Grand-mère passe précipitamment la porte d'entrée.

— Vous avez du nouveau ?

Sa pantoufle bute sur une pierre et elle étouffe un juron.

— On a trouvé des objets qui appartiennent à Emma dans un

champ, dit papa, la voix tendue. Son téléphone et un couteau. On pense qu'Amy a dû la retrouver là-bas et forcer Emma à l'accompagner.

Grand-mère ouvre grand les yeux. Son visage est exsangue. Elle se déplace par mouvements saccadés, débordant d'une énergie anxieuse.

— La police est là.

Papa acquiesce.

— L'inspecteur-chef Stevenson aussi. Il a l'air en colère.

Ce devrait être un soulagement de savoir que la police est là, mais je ne peux m'empêcher de penser à la façon dont ils ont divulgué l'information sur la demande de rançon. Peut-être que maman avait raison de ne pas leur faire confiance. Ça me démange d'envoyer un message à Faith, de lui parler de tout ce qui se passe, mais je ne peux pas pour le moment.

— Chrissie, vous voulez bien mettre de l'eau à chauffer ? demande Stevenson à l'un des agents alors que nous entrons dans le salon.

Avec les deux policiers, l'inspecteur-chef Stevenson, ma famille et moi, la pièce est bondée. Stevenson se tourne vers nous, les traits tirés.

— Rob. Aiden. Asseyons-nous, d'accord ? Nous avons beaucoup de choses à passer en revue.

— D'accord, dit papa en s'installant sur le canapé. Je m'assois à côté de lui. Grand-père est déjà dans son fauteuil, et grand-mère rejoint la cuisine pour aider Chrissie la policière.

— Emma m'a contactée hier, dit Stevenson, en allant droit au but. Elle avait reçu une lettre d'Amy lui demandant de la retrouver au domaine de Wetherington près d'un chêne.

L'endroit où j'ai trouvé le couteau.

— La lettre lui demandait d'y aller seule, sans la police ni personne d'autre. Mais elle avait peur d'y aller seule. Elle m'a contacté et j'ai constitué une équipe.

Il soupire.

— Amy a eu vent de tout ça. Elle n'est pas venue. Nous sommes rentrés et j'ai mis quelques officiers en surveillance pour être sûr qu'Amy ne tente rien.

— Emma a accepté de la retrouver plus tard, sans la police. Pas vrai ?

Papa se penche et prend sa tête dans ses mains.

— Il semblerait, admet Stevenson. Elle a dû s'éclipser. Sa voiture n'a pas bougé, donc elle a dû y aller à pied. Quand je suis allé la voir ce matin, personne n'a répondu. Puis votre mère a appelé pour nous informer qu'elle avait disparu.

Il soupire.

— J'aurais préféré qu'elle ne prenne pas les choses en main de la sorte. Mais nous allons faire tout notre possible pour la ramener. Emma nous a donné accès à l'application de sa caméra de sécurité. Nous allons vérifier les images pour confirmer qu'elle est partie de son plein gré. Quelqu'un surveillait sa caméra cette nuit, mais n'a rien vu de suspect. Si Emma a décidé de sortir en douce de la maison, elle s'est assurée qu'on ne la voie pas.

— Elle y est retournée, dis-je. Elle m'a envoyé ce message.

— Nous supposons que c'est elle, répond gentiment Stevenson. Mais ce message a pu être écrit par Amy, ou Amy a pu forcer ta mère à l'écrire. Mais, pour ce que ça vaut, je pense que tu as raison. Emma y est allée de son plein gré pour essayer de sauver sa fille.

— J'ai deviné que l'arbre serait important pour Amy, dit papa. Nous y sommes allés ce matin et nous avons trouvé le téléphone d'Emma. Et un couteau.

Stevenson hausse les sourcils.

— Qu'en avez-vous fait ?

— Nous les avons ramenés, admet papa.

Stevenson soupire, mais dit ensuite :

— Nous savons qui l'a enlevée de toute façon. La police scientifique ne sera pas forcément très utile dans le cas présent. Ce que nous devons découvrir, c'est où Amy a pu emmener Emma. Avez-vous des idées ? L'un ou l'autre ?

Je secoue la tête. Papa fait de même.

— D'accord. Je vais envoyer une équipe pour fouiller la zone. Nous allons vérifier à nouveau l'ancienne maison d'Amy, bien qu'il semble peu probable qu'elle ait laissé des indices. Je place des hommes sur les routes et dans les bois.

Il soupire à nouveau.

— Si Emma m'avait appelé plus tôt, nous aurions pu trouver Amy avant que tout cela n'arrive.

Je remarque qu'il se lève lentement. Je vois bien qu'il est épuisé et je ne peux m'empêcher de me demander s'il a encore l'énergie nécessaire pour les retrouver.

. . .

Ils ne remarquent pas que je me faufile hors de la pièce et que je disparais dans la salle de bain. Au moins, personne ne me regarde partir.

Assis sur le rebord de la baignoire, je sors mon téléphone et j'ouvre Instagram pour consulter mes messages privés.

MOI : Elle a enlevé maman.
   MOI : Je ne sais pas quoi faire.

Mais Faith ne répond pas tout de suite. Elle n'est pas en ligne. Je remets le téléphone dans ma poche et je quitte la pièce, tirant la chasse d'eau et faisant couler le robinet en sortant pour ne pas éveiller les soupçons. Ça semble stupide, mais je le fais quand même.

Je regagne le salon. S'ensuivent de longues dépositions et je remets mon téléphone et celui de maman à la police. Je récupère le mien une fois qu'ils ont copié son dernier message. Nous remettons également le couteau à la police. Ni papa ni moi ne supportons de rester assis à ne rien faire. Il appelle d'abord les amis de maman. Puis ceux d'Amy. Seul un appel téléphonique de Josie Barratt nous apporte des informations intéressantes. Maman lui a demandé de fouiller dans les papiers de Hugh et de voir s'il y avait quelque chose de suspect qui aurait pu être négligé lors de la première enquête.

— Ta mère pensait que Hugh avait un lien avec tout ça, d'une manière ou d'une autre. Qu'est-ce que tu en penses ? demande papa.

Il me fixe, attendant clairement que je réponde. Tous les yeux se braquent sur moi. Ma gorge se serre. J'enroule mes bras autour de mon corps. Je n'ai pas du tout envie de parler de ça. Mais ça pourrait aider maman et Gina.

— Je pense que c'est probable, dis-je.

Encore une fois, mon esprit dérive vers un commentaire de Hugh dans le bunker. Quand il regrettait qu'il n'existe pas un autre endroit similaire, plus proche. J'ai l'impression que c'est un souvenir important que j'ai enfoui quelque part dans mon subconscient, mais je n'arrive pas à mettre le doigt dessus, en dépit de mes efforts. En grandissant, j'ai compris que Hugh voulait me remplacer. Je m'en souviens très bien. Je pense qu'il m'a peut-être révélé une partie de son plan en ce sens. Mais tout ça est lié aux choses que je me suis forcé à oublier. Si Hugh voulait un remplaçant, cela voulait-il dire qu'il cherchait aussi un nouvel emplacement ?

— Stevenson.

Papa se lève et fait un signe de tête vers l'inspecteur, qui est au fond de la pièce et parle avec l'autre policier. Pas Chrissie. J'ai déjà oublié le nom de cet homme.

— Nous allons chez Josie Barratt. Nous pensons qu'il y a un lien entre ce qui se passe avec Amy et le passé de Hugh Barratt.

— Je viens avec vous, dit-il.

En sortant, je consulte mon téléphone pour voir si Faith m'a répondu. Mais pas de nouvelles. Elle n'a pas vu mon message. À l'arrière de la voiture, je continue d'actualiser l'application, mais toujours pas de réponse. Certaines fois, Faith ne répond pas pendant plusieurs heures. Elle m'a dit une fois que la connexion Internet était instable chez elle.

Lorsque nous arrivons chez Josie, je réalise que j'ai peint cette maison de nombreuses fois. Pas aussi souvent que le bunker ou que la maison d'enfance de maman, mais quand même. De temps en temps, les souvenirs refont surface, et je les vois avec du recul. Les soirées heureuses avec les adultes dînant ensemble. Parfois, Hugh ou Josie qui me lisaient une histoire. Hugh faisait beaucoup de plaisanteries, surtout devant moi.

Je leur faisais pleinement confiance. Pourquoi en aurait-il été autrement ? Et cette maison était synonyme de bonheur pour moi. Je demandais même à venir passer du temps avec oncle Hugh et tante Josie.

C'est la première fois que je reviens depuis l'épisode du bunker et je ne sais plus quoi penser de cette maison. Elle est magnifique. Mon expérience est limitée en matière de bâtiments, mais je sais qu'elle est chère, propre, grande et luxueuse. Elle possède une sonnette qui ressemble à une vraie cloche, et une grande porte avec une poignée au centre.

Les yeux de Josie sont rouges et brillants. Elle ramène une mèche de cheveux derrière son oreille en nous conduisant à la cuisine.

— Je n'arrive pas à réaliser, dit-elle pour la deuxième fois. Je pensais qu'on était en sécurité. Que c'était fini. D'abord Gina…

Après avoir parlé, elle me jette un regard coupable et sourit. C'est un sourire d'excuse. Je lui rappelle ce que son mari a fait, et ce n'est agréable pour aucun de nous.

— Ce village est... pourri.

Elle s'essuie le visage, renifle bruyamment. Je la regarde. Est-ce qu'elle est sincère ? Maman aime Josie comme une sœur, mais je ne sais pas si je ressens la même chose. Elle a été mariée à Hugh pendant des années. Comment est-il possible qu'il n'ait pas déteint sur elle comme sur tous les autres ? Amy. Jake. Hugh était ami avec eux deux. Je pense qu'il a nourri leur mal.

Mais Josie est-elle immunisée ?

— Quelqu'un veut boire quelque chose ?

Elle désigne la bouilloire d'un geste peu enthousiaste.

— Nous ne voulons pas abuser de votre temps, dit Stevenson avec un sourire.

J'ai l'impression qu'il essaie d'atténuer une certaine gêne. Josie ne veut pas de nous ici.

Elle ne nous propose pas de nous asseoir dans la salle à manger ni de passer au salon. Papa s'appuie contre le mur. Stevenson se tient droit, le carnet sorti, prêt à prendre des notes. Je croise les bras et le regarde avec intérêt.

— Vous avez mentionné au téléphone qu'Emma cherchait à en savoir plus sur les finances de Hugh. Sur quoi portaient ses soupçons, selon vous ?

Stevenson tapote un stylo sur le dessus de son cahier.

— Elle pensait qu'il avait prévu d'enlever un deuxième enfant dès qu'Aiden aurait 16 ans, dit Josie, son doigt traçant une ligne sur le comptoir de la cuisine.

Ces mots provoquent une décharge le long de ma colonne vertébrale. *Gina est ce deuxième enfant.* Mais Hugh est mort, alors quel est l'intérêt ?

— J'ai fouillé dans ses papiers, mais je ne sais pas ce que je cherche, dit-elle.

— Accepteriez-vous de transmettre les documents de Hugh à la police ? demande Stevenson. Hugh avait aussi un bureau à Londres qu'il partageait avec son frère. Est-ce exact ?

— Oui, confirme Josie. Il pourrait y avoir conservé des papiers importants aussi.

— Je pourrais peut-être y envoyer une équipe. Nous avons des experts en finance. S'il y a quelque chose d'important caché dans les papiers de Hugh, je suis sûr qu'ils le trouveront.

— Je ne sais pas ce que ça pourrait être, dit Josie. J'ai hérité de tout. J'aurais sûrement remarqué s'il y avait des propriétés cachées.

— Un autre bunker ? demande Stevenson.

Ce mot me fait l'effet d'un coup de poing dans les tripes. *Un autre.* La pièce disparaît et je me retrouve dans ma cage, assis sur le sol aux pieds de Hugh. Il me caresse les cheveux. *Ce serait tellement plus pratique.* Il ne s'adresse pas à moi, mais plutôt à lui-même.

— Oui.

Josie passe ses bras autour de son corps. Elle fixe le sol carrelé.

— Un deuxième bunker.

Chapitre 32

EMMA

Je suis dans l'eau. Sa froideur s'infiltre à travers mes vêtements, ma chair, mes ligaments et dans mes os. Mes yeux s'ouvrent et je m'attends à m'étouffer avec le liquide glacial, mais je suis surprise de constater que je suis sèche. Il n'y a pas d'eau. La pièce est sombre. Confuse, mon regard dérive vers mes bras. Quelqu'un m'a enlevé ma veste. Je suis allongée sur de la pierre. En haletant, je me redresse et je laisse mes yeux s'adapter à l'obscurité.

Tout me revient alors. La panique quand les gens du studio se précipitent hors du bâtiment. L'alarme incendie qui hurle. Walnut dans les escaliers. La semaine de pure douleur, la disparition de ma fille. Les petits jeux d'Amy avec les lettres. L'arbre. Les cheveux.

Je me lève et une lumière aveuglante s'allume au-dessus de moi. Je me protège les yeux et fais quelques pas en arrière en titubant, entrant en contact avec le métal froid. Lorsque je me retourne pour inspecter la barrière, je trouve des barreaux métalliques devant moi. Je suis dans une cage, dans une pièce souterraine.

— Gina, chuchoté-je.

Amy m'a droguée et poussée dans une voiture, mais avant ça, elle m'a dit que j'allais retrouver ma fille. *Gina*. Je fais volte-face. Mes yeux se fixent sur le minuscule matelas dans le coin de la cage, sur le petit corps emmitouflé sous une couette, ses cheveux couleur miel étalés sur l'oreiller.

Je bondis et tombe à genoux, sans même sentir le sol de pierre dure sous moi. Les mains tremblantes, j'attrape avidement les couvertures, les arrache. Je porte mes mains à ma bouche. Je tombe sur le dos et m'éloigne de la chose dans le lit.

J'entends des pas qui descendent des marches que je ne peux pas voir. Elle entre dans la pièce et ma tête se tourne vers elle.

— Tu l'as trouvée, dit Amy.

Elle s'approche des barreaux et les caresse doucement.

— Mon bébé.

— Non, chuchoté-je.

Amy ne remarque même pas que je parle, elle fixe juste la chose dans le coin.

— Je voulais que vous vous rencontriez. C'est quelque chose que je voulais depuis très longtemps. Emma, pourquoi ne dis-tu pas bonjour à ma petite fille. Dis bonjour à Lily.

Je secoue la tête.

— Tu m'as menti.

— Oui, dit Amy. En effet. Je ne sais pas à quoi tu t'attendais.

Finalement, mes yeux reviennent sur le matelas dans le coin de la cage. La couette est froissée sur le sol, là où je l'ai jetée, découvrant l'enfant en dessous. Mais ce n'est pas une enfant, pas en chair et en os en tout cas. À la place, une poupée incroyablement réaliste est posée sur la literie froissée. Son visage est fait de porcelaine parfaite. Ses cheveux sont fins et duveteux. Ses yeux sont bleus. Ils fixent les barreaux au-dessus de sa tête. Mais elle n'est pas vivante, et ce n'est pas Gina.

— Où est ma fille ?

Je sens le goût de la bile dans ma gorge et ma tête me lance, séquelle de la drogue qu'elle m'a administrée. Mais maintenant que le choc initial de la découverte de la poupée commence à s'estomper, je peux me concentrer sur ce qui compte : retrouver Gina.

Amy s'éloigne des barreaux.

— Dis bonjour à Lily et peut-être que je te le dirai.

Elle sourit, révélant des dents légèrement tordues. Elles sont plus sombres que dans mon souvenir. Vit-elle ici depuis tout ce temps ? Où que nous soyons.

Je jette un autre regard rapide autour de moi et un froid glacial me parcourt l'échine. Nous sommes sous terre, dans une sorte de caveau. L'endroit me rappelle les cryptes sous la cathédrale d'York qui me donnaient des cauchemars quand j'étais enfant. Cette pièce, ou crypte, est beaucoup plus petite que celles de la cathédrale, mais possède tout de même de hauts plafonds voûtés. Le sol est poussiéreux. Il y a des toiles d'araignée dans les coins, beaucoup d'ombres.

Des lanternes électriques ont été installées un peu partout, ainsi que quelques bougies, mais la lumière vive provient d'un projecteur portable, comme ceux qu'on utilise sur les chantiers.

— Alors ? insiste Amy.
— Bonjour, Lily, dis-je.
— Assure-toi qu'elle est à l'aise.

Amy fait un signe de tête en direction de la poupée.

J'ai du mal à me résoudre à faire ça, à jouer à faire semblant avec elle. Mais je me lève, me dirige vers matelas et mets la poupée sous la couverture.

Quand je reviens vers les barreaux, Amy est tout sourire.

— Qu'est-ce qui te fait croire que je sais où est Gina ? demande-t-elle.

J'ai mal au ventre. Une lourde pierre qui tombe au fond de l'océan. Je la regarde fixement.

— Quoi ?

Amy se contente de rire et se détourne.

J'attrape les barreaux, pressant mon visage entre eux.

— Tu mens ! Tu sais où elle est. Tu avais ses cheveux. C'étaient ses cheveux, j'en suis sûre.

Je reconnais la texture des cheveux de ma fille, leur odeur. Je n'ai pas pu me tromper.

— Reviens, Amy ! Réponds-moi !

Elle commence à monter les escaliers. En désespoir de cause, je saisis la poupée et la rapproche des barreaux de la cage.

— Dis-moi où elle est, ou je mets Lily en pièces.

Le bruit de pas s'arrête soudain, puis je les entends descendre. Son visage réapparaît, pâle et malade.

— Je le pense, dis-je. Je vais le faire.

Elle hausse les épaules.

— C'est juste une poupée, Emma. Je peux en acheter une autre.

Son rire résonne dans les escaliers, et je reste dans la cage avec une poupée en guise de fille.

Elle ne revient pas, malgré mes cris et mes hurlements. Elle ne revient pas et je reste seule, examinant mon environnement. Ce sont les mêmes barreaux que ceux du bunker. Hugh a-t-il installé cette cage ici ? Comment la police a-t-elle pu manquer ce deuxième repaire ? Il y a eu une enquête après la découverte d'Aiden, mais comme il ne se souvenait pas de grand-chose et que Josie ne savait rien, la police a dû passer à côté.

Mais peut-être que Josie va trouver quelque chose. Elle a promis de vérifier à nouveau ses finances. Peut-être que ça mènera la police jusqu'à moi.

Je fais le tour de la cage. Comme dans le bunker d'Aiden, il y a un petit lit, où j'ai trouvé Lily. Mais il n'y a pas de toilettes ni de lavabo. Peut-être qu'il ne s'était pas encore occupé de la plomberie ou de l'électricité. Il n'y a pas de générateur. À la place, plusieurs grandes bouteilles d'eau en plastique et un seau reposent dans le coin. Des jouets en peluche sont disséminés dans la cage. Je ramasse un dragon rouge et le presse sur mon visage. Tout ce que je sens, c'est le même air humide que je respire.

En plus des jouets, je repère un tapis et un pouf. C'est tout.

Je m'écroule sur le sol. Que faire maintenant ? Comment sortir ?

Quand je ferme les yeux, je suis de retour dans l'appartement de Manchester. Je prends le petit déjeuner avec Aiden ou je joue avec Gina dans le parc. Ou elle m'aide dans mon atelier d'artiste, de la peinture sur le bout de son nez.

Ça suffit.

Prendre mes désirs pour des réalités ne me mènera nulle part.

En raison de la hauteur du plafond, cette cage passe au-dessus de ma tête et rejoint le mur derrière moi. La dernière cage que Hugh a construite allait du sol au plafond. J'essaie de coincer mes pieds entre les barreaux et de me hisser pour pouvoir examiner la partie supérieure. L'ensemble est solidement soudé. De quand cette cage date-t-elle ? Est-elle sûre ? Pourra-t-elle soutenir mon poids ?

Je me rends vite compte que je n'ai pas assez de force pour me hisser en haut. Je me mets alors à genoux et je vérifie le fond de la cage. Puis-je la soulever ? C'est peu probable, mais j'essaie quand même. Peine perdue. Elle ne bougera pas.

Déplaçant la poupée sur le lit, je m'assois et essaie d'empêcher les pensées de plus en plus terrifiantes de prendre le dessus. La claustrophobie s'invite dans mes cauchemars depuis des années, et maintenant je vis une situation similaire. J'ai beau inspirer profondément, mon esprit n'arrive pas à se fixer. Je dois réfléchir.

Mes yeux dérivent vers la poupée de porcelaine. *Lily*. Il doit y avoir une histoire derrière cette poupée. Pourquoi Amy l'a-t-elle en sa possession ? Et que fait-elle là ? Je dois pouvoir m'en servir.

Je retrace tous les événements qui ont conduit à ce moment, du plus récent au plus ancien. D'abord, à qui appartenaient les cheveux dans le mot que l'adolescent m'a remis dans la rue ? J'ai ressenti le coup de poing de l'instinct maternel quand je les ai touchés. Ai-je pu me tromper ? Ou Amy séquestre-t-elle bien Gina, mais me la cache-t-elle ? Je ne sais plus quoi penser.

Le bruit de pas qui résonnent et d'une porte qui s'ouvre s'infiltre dans le calme. Je me rapproche instinctivement des barreaux pour enrouler mes doigts autour du métal.

Les escaliers sont trop éloignés de la cage pour que je puisse la voir descendre, mais quelques instants plus tard, elle tourne à un angle et apparaît. Elle porte un plateau contenant des fruits, du chocolat et ce qui semble être de la viande cuite avec des légumes.

— Encore du lapin, Lily. Il y en a un peu pour toi aussi, Emma.

Je ne dis pas un mot.

— Ne mange pas si tu n'en as pas envie.

Elle hausse les épaules et pose le plateau.

— Ça n'a pas d'importance.

Je n'aime pas ce qu'elle insinue.

— Éloigne-toi des barreaux, s'il te plaît, Emma.

Ses yeux restent fixés sur les miens jusqu'à ce que je fasse ce qu'elle dit.

Je m'éloigne de trois pas et regarde Amy soulever les petits bols du plateau et les faire passer à travers les barreaux de la cage. Pourrais-je me mettre à genoux, bondir, attraper son bras et la tirer près des barreaux ? J'attends, prête pour la prochaine série de bols, mais quand je m'avance, elle s'éloigne.

— Reste tranquille ou tu ne mangeras pas, Emma, dit-elle. Tu ne veux pas garder tes forces ?

Je reste accroupie et je l'observe, attendant qu'elle bouge la première. Elle le fait. Elle fait un pas. Je me jette sur les barreaux, le bras droit s'étirant à travers, mes doigts tâtonnant sauvagement l'air. Elle rit. Elle est à deux pas de moi.

— Tu ne te rends pas service, dit-elle en levant un sourcil.

— Pourquoi m'as-tu emmenée ici ? dis-je en baissant le bras, mais en restant près de la cage.

— Trois pas en arrière. Sauf si tu veux mourir de faim.

Elle aime ça, le pouvoir. Est-ce parce qu'elle s'est sentie impuissante toute sa vie ? Elle a toujours été si facile à manipuler. Elle avait besoin de l'être, la plupart du temps. C'est pour ça que personne ne la respectait, pour ça qu'elle est devenue l'animal de compagnie de Hugh. Mais il est logique qu'elle ait suivi une formation d'enseignante, car tous les jours, entre 8 et 15 heures, elle exerçait un peu de pouvoir sur des êtres humains vulnérables. Je commence à la comprendre, et peut-être que je vais pouvoir tourner ça à mon avantage. Obéissante, je fais trois petits pas en arrière.

Amy jette le fruit dans la cage, sans se soucier qu'il éclate sur le sol dur. Puis elle fait glisser le dernier bol, se relève précipitamment et s'éloigne d'un pas rapide. Le fait qu'elle ait agi si vite m'indique qu'elle craint une confrontation physique. Je suppose que nous serions à égalité.

— Vas-y.

Elle désigne d'un signe de tête la nourriture sur le sol de la cage.

Je me penche et ramasse le repas.

— Où suis-je ?

Elle hausse les épaules.

— C'est une église, pas vrai ? dis-je.

— Une chapelle.

Elle s'assied en croisant les jambes par terre. Sa posture est droite, mais détendue. Tout s'est déroulé selon ses plans et elle est satisfaite. Rien de ce que j'ai fait, ni l'inspecteur-chef Stevenson, ni l'inspectrice Khatri, ni Aiden, ni Rob, ni personne d'autre n'a fait la moindre différence.

— C'est Hugh qui a construit tout ça ?

Elle acquiesce.

— Ce n'est pas tout à fait terminé. Il est censé y avoir plus de choses. Des toilettes qui fonctionnent. Un évier. Il allait construire une clôture autour du bâtiment pour s'assurer que personne n'entre.

— C'est ici qu'il voulait emmener le remplaçant d'Aiden.

— Pas exactement, répond Amy. Hugh allait le déplacer pour que ce soit plus pratique pour lui.

— Pourquoi ça ?

— Pour qu'il puisse être plus proche de Londres en cas de besoin.

— Et tu as gardé cet endroit pour moi.

— Oui.

— Dis-moi où est Gina, Amy. Je sais que tu l'as. Est-ce qu'elle est en haut ? Dans la chapelle ? S'il te plaît, dis-moi qu'elle est en sécurité. Laisse-moi la voir. Quoi qu'il se soit passé entre nous, s'il te plaît. Tu sais que ma famille ne mérite pas ça.

Un éclair passe dans les yeux d'Amy.

— Ça suffit.

— Ton oncle et ta tante sont morts. Tu peux passer à autre chose maintenant. Tu n'es plus leur victime.

Elle se moque.

— Je n'ai jamais été une victime.

Je secoue la tête.

— J'ai vu ta maison. J'ai entendu ce que ta voisine a dit sur ton oncle et la façon dont il te criait dessus. J'ai vu ton album photo et j'ai vu ta mère. Je sais que tu étais bonne autrefois. Je l'ai vu. Pourquoi penses-tu que je t'ai invitée à camper cette fois-là ?

— Pour me ridiculiser !

— C'est ce que tu penses ? Non, Amy, non. Ce n'est pas la raison. Ils étaient défoncés aux pilules. Je pense qu'ils n'avaient même pas prévu de te couper les cheveux.

— Ce n'était pas seulement ça, dit Amy. Ils ont chié dans ma tente. Un mois plus tard, la fille qui m'a coupé les cheveux m'a battue et a volé mon collier. Quand je suis rentrée à la maison, mon oncle m'a frappée pour l'avoir perdu. Il m'a battue…

Elle s'interrompt.

— Ça dépasse de loin ce que tu peux imaginer. Tu n'as aucune idée de ce que j'ai dû endurer, alors tais-toi.

— Tu peux me le dire, tu sais. Voici ton public, Amy.

Je fais un geste vers la cage.

— Raconte-moi.

Elle se contente de sourire.

— Pas encore.

Je me penche en avant et j'enroule mes doigts autour des barreaux.

— Écoute-moi. Tu n'es plus cette fille de l'école, dis-je. Tu peux être meilleure que ça. Meilleure que ces brutes. Laisse-moi aller voir ma fille. S'il te plaît. Je ferais n'importe quoi. Dis-moi où elle est !

Elle secoue la tête.

— Ce n'est pas le plan.

— Quel plan ? Hugh est parti. C'est toi qui commandes maintenant. Tu peux changer de plan quand tu le souhaites.

Elle ne dit pas un mot de plus. Au lieu de cela, elle se lève et sort, m'ignorant alors que je secoue la cage en désespoir de cause.

Chapitre 33

AIDEN

Quand nous sortons de la maison de Josie et Hugh – je continue à l'appeler la maison de Hugh dans ma tête parce que je n'arrive pas à faire autrement –, le soleil de midi réchauffe ma peau. J'ai oublié de mettre la crème à fort indice de protection solaire que maman m'achète. Ma peau est encore délicate, alors je me dépêche de rejoindre la voiture et de m'installer sur la banquette arrière, en regardant papa et l'inspecteur-chef Stevenson descendre l'allée.

La première chose que je fais est de vérifier mon téléphone. Enfin, une réponse.

FAITH : Quoi ? Tu vas bien ?
FAITH : Aiden, je suis tellement inquiète pour toi. Tu vas bien ?

Je réponds rapidement : Ça va.

— Ça a dû être dur pour toi, mon grand, dit papa, me tirant de mes pensées.

L'inspecteur-chef Stevenson s'installe derrière le volant et démarre.

Je ne sais pas trop quoi dire, et je ne sais pas comment le dire, alors je me contente d'acquiescer, avant de regarder à nouveau mon écran.

FAITH : J'aimerais pouvoir faire quelque chose. J'aimerais pouvoir au moins te réconforter.

— Tu penses que c'est possible ?
Papa croise mon regard dans le rétroviseur.
— T'a-t-il déjà... parlé d'un second bunker ?
Mon cœur bat la chamade. Entre les yeux tristes de papa dans le rétroviseur et les messages tristes de Faith, je sens que je dois les réconforter. Je me penche, mets ma tête entre mes mains et me tire mes cheveux. Quelqu'un s'approche de moi, me touche, mais je m'éloigne, je recule. La voiture me semble trop petite et j'ai envie d'ouvrir la porte et de m'enfuir, mais je me force à rester. Je lève la tête et la voiture se met en branle. Dehors, le soleil passe derrière un nuage et ma peau commence à refroidir.
Une fois que j'ai retrouvé mon calme, je réponds.
— C'est possible. Il a dit un jour qu'il aurait aimé que je sois à mi-chemin entre Londres et Bishoptown. Hugh retournait à Bishoptown entre deux voyages d'affaires à Londres.
Papa rugit, frappe le tableau de bord et la boîte à gants s'ouvre. L'inspecteur-chef Stevenson tend calmement la main et la referme.
— Dans ce cas, peut-être qu'il a acheté une sorte de propriété. Une maison, un terrain, quoi que ce soit, il a dû dépenser de l'argent pour l'acquérir. Il y aura forcément une trace écrite et cette fois, nous saurons ce que nous cherchons.
— Mais ce n'est pas Hugh, n'est-ce pas ? dit Papa. C'est Amy. Et si nous avions tort ?
— Elle termine ce qu'il a commencé, dit Stevenson. Et elle punit la personne qui a tout fait capoter en premier lieu.
— Emma ?
— Oui, répond-il. Ou Aiden. Peut-être les deux.
Mais je n'écoute qu'à moitié. Au lieu de ça, je sens mon téléphone vibrer, et j'ouvre mes messages.

. . .

MOI : J'aimerais que tu le puisses.
FAITH : Tu sais que je pense à toi, n'est-ce pas ?
MOI : Oui, je sais. Merci.
FAITH : Tu es tout pour moi.
FAITH : Je suis sérieuse.
MOI : Tu comptes beaucoup pour moi aussi.

Je marque une pause, ma peau est en feu, mes doigts planent au-dessus de l'écran. Que puis-je dire pour exprimer ce qu'elle m'a fait ressentir ces derniers mois ?

MOI : Tu m'aides à appréhender le monde.
FAITH : Je t'aime tellement.
MOI : Je t'aime aussi.

L'inspecteur-chef Stevenson passe beaucoup de temps au téléphone à parler à différents membres de l'équipe. De temps en temps, je le vois sortir un paquet de comprimés à mâcher contre l'indigestion et en prendre deux. À d'autres moments, il reste assis les yeux dans le vide. D'habitude, nous sommes entassés dans le B&B, mais cette fois, nous sommes assis dehors, dans le petit jardin derrière. Assis dans le salon de jardin en fer forgé.

Le soleil est intermittent, souvent masqué par les nuages. Les ombres vont et viennent le long de la pelouse. Grand-mère prépare du thé ou nous apporte des boissons gazeuses. Ils ont demandé à leurs clients de rentrer chez eux afin de pouvoir se concentrer sur la disparition de maman et Gina.

On me pose beaucoup de questions. Est-ce que je me rappelle ce que Hugh a dit exactement ? A-t-il mentionné des lieux spécifiques ? Étais-je censé y déménager ? Allait-il me garder avec l'autre enfant ? A-t-il parlé d'un deuxième enfant ?

Mais mes réponses ne sont pas détaillées. La vérité est que je me souviens d'une partie de ce qu'il a dit, mais j'ai oublié beaucoup de choses, parce que sa conversation me faisait peur. Tout ce que je sais, et tout ce que je leur dis, c'est que je crois qu'il cherchait un endroit qui lui convienne davantage.

Ces souvenirs me retournent l'estomac et mes mains tremblent. J'aimerais tant que tout soit terminé.

L'inspecteur-chef Stevenson essuie la sueur de son front et s'adosse à la chaise. Depuis un quart d'heure, il arpente la pelouse en parlant à nouveau au téléphone.

— Nous avons un mandat pour fouiller les bureaux de Hugh. Des officiers vérifient les cartes des bunkers de la Seconde Guerre mondiale. Des agents vérifient les bois et les environs. Nous allons les trouver.

— Je ne pense pas pouvoir rester assis ici à attendre, dit papa.

Il étire une jambe comme s'il avait mal, puis fléchit les doigts.

— Tu en as déjà trop fait, prévient grand-mère. Tu dois te reposer.

— Non. Non, je ne compte pas attendre.

Il se lève, fait quelques pas. Je vois bien qu'il ne sait pas quoi faire. Il se tourne vers l'inspecteur-chef Stevenson.

— Que puis-je vérifier ? Où puis-je aller ?

— Il vaut mieux que vous nous laissiez nous en occuper, Rob, dit gentiment Stevenson. Je vous jure que nous mobilisons toutes nos ressources. Nous allons les trouver.

Je fausse compagnie aux autres et me dirige vers le salon, où je trouve l'ordinateur portable posé contre le canapé. Je l'ouvre et commence à chercher tout ce que je peux. La disparition de maman a fait l'objet de plusieurs articles jusqu'à présent. Il y a de l'incrédulité dans les commentaires et de la colère envers la police. Certains disent que la couverture médiatique a poussé maman à se suicider. Dans un accès de colère, je commence à répondre à ces commentaires. Des propos ignobles sortent du bout de mes doigts. J'aimerais qu'ils soient morts. J'aimerais qu'ils souffrent. Et ensuite, je supprime tous mes messages.

Qu'est-il arrivé à Hugh pour qu'il devienne cet homme ? Personne ne semble connaître son passé. Je sors mon téléphone de la poche de mon jean et je réfléchis un instant. Après avoir fait défiler mes contacts, je trouve le numéro de Josie. Je continue de penser au temps qu'elle a passé avec Hugh, dormant à côté de lui, lui préparant à manger. Nous sommes les deux personnes, en dehors de ses parents, qui le connaissaient le mieux. Je touche l'icône d'appel. Elle répond par un « allô ? » sec et je décline mon identité.

— Oh, dit-elle en expirant brusquement, je pensais que c'était un de ces téléprospecteurs, tu sais. Tu tiens le coup ? Des nouvelles d'Emma et Ginny ?

— Non.

— C'est... c'est terrible. Je n'arrive pas à croire que le sort s'acharne comme ça sur ta famille. Je suis désolée.

Son ton est pressé, anxieux. D'après le peu de souvenirs que j'ai d'elle depuis mon enfance, je me souviens qu'elle riait beaucoup et faisait de mauvaises blagues. Mais elle n'est plus comme ça depuis la mort de Hugh.

— Je voulais te parler de Hugh.

— Oh, d'accord.

Encore une fois, elle semble anxieuse – comme lors de cette conversation gênante dans sa cuisine –, comme si parler de Hugh était la dernière chose qu'elle ait envie de faire.

Il me faut un moment avant de reprendre la parole. J'ai toujours du mal à trouver mes mots quand je suis stressé.

— Je... J'aimerais dire quelque chose.

— D'accord, mon chéri, dit-elle d'une voix cassée.

— Il était aussi mauvais qu'on puisse l'être. Mais il n'a pas toujours été un monstre avec moi. Il me parlait, m'a appris à lire et à écrire, m'a offert des cadeaux et parfois il me manque. Je sais que ça paraît tordu, mais c'est le cas, et ce n'est pas grave s'il te manque aussi.

Je peux l'entendre pleurer au bout du fil. Mais de mon côté, les larmes ne viennent pas. Je suis desséché.

— On ne devrait pas se sentir coupables pour ça. Pas vrai ? C'est ce que dit le Dr Anderton, en tout cas. C'était lui l'agresseur. Le prédateur.

— Oui, chuchote-t-elle.

— Mais on le connaît mieux que quiconque, pas vrai ? C'est nous qui avons passé le plus de temps avec lui.

— Oui.

— On doit découvrir quel était son plan avant de mourir, parce qu'Amy est en train de le mettre à exécution.

— D'accord, dit-elle, la voix toujours légèrement chevrotante.

— On peut le faire ensemble, pas vrai ? Parce que sa noirceur a déteint sur nous deux.

Sa voix est rauque à présent.

— Oui.

Je laisse échapper un long et profond soupir. Le visage de Hugh me revient à l'esprit, avant qu'il me supplie de le tuer. Il restait un peu d'humanité en lui. Je me demande souvent s'il se sentait coupable. Parfois, je pense que oui, d'autres jours, je pense que non. Ces jours-là, le souvenir de son sang sur le sol en béton ne m'apporte que du réconfort.

— Il était extrêmement rigoureux dans son travail, dit-elle. Il faisait autant de recherches que possible, pas parce qu'il voulait suivre les règles, mais parce qu'il voulait savoir comment les enfreindre tout en s'en tirant. *Qu'est-ce que j'y gagne si je le fais de cette façon ?* C'est la question qu'il se posait souvent. *Qu'est-ce que j'obtiens en retour ?*

— Peut-être que c'était comme ça qu'il voyait sa relation avec Amy. En étant avec elle, il savait qu'il avait quelqu'un prêt à lui fournir un alibi au pied levé. Une femme qui avait accès à de jeunes enfants et qui savait comment les mettre à l'aise.

Les mots pèsent lourd entre nous.

— Oui, dit-elle. Je suis désolée, je n'ai pas encore réussi à m'y faire.

Je ne dis rien parce que je ne peux pas me comparer à elle. Je n'ai pas de relations importantes à comparer à son mariage. Je suppose que ce serait comme découvrir que maman était secrètement un monstre.

— S'il voulait améliorer son mode de kidnapping, qu'aurait-il fait ? demandé-je, à moitié pour moi-même et à moitié pour Josie. En quoi un autre bunker l'aurait-il aidé à y parvenir ?

— Hugh aurait voulu que ce soit pratique, dit-elle.

— C'est vrai.

Je me souviens d'un commentaire que Hugh a fait un jour dans le bunker : *Parfois, j'aimerais qu'il y ait un endroit entre là-bas et ici. À mi-chemin.* Ça me rappelle une autre conversation entre Hugh et moi que j'avais oubliée. Une conversation importante.

— Merci, Jo, ça m'aide beaucoup.

— Vraiment ? dit-elle.

Je lui dis au revoir et je raccroche. Je dois parler à papa.

Chapitre 34

AMY

Ce n'est pas exactement ce que Hugh avait imaginé. Je déroule les plans sur le sol de l'église, à côté de la première rangée de bancs. La bande de papier fin révèle plusieurs schémas qu'il a dessinés, ainsi qu'une page de notes.

La cage avait été installée avant que je commence à squatter ici. Il devait y avoir des toilettes et un lavabo, et une caméra de sécurité pour qu'il puisse surveiller l'endroit à tout moment sur son téléphone. J'ai réussi à installer des caméras fonctionnant sur batterie, mais elles ne sont pas idéales. Il comptait également rendre la chapelle plus confortable et mettre un verrou sur la porte de la crypte. J'ai installé la serrure, mais la porte est vieille et en mauvais état. Elle ne serait pas très utile pour empêcher les gens d'entrer. Ses plans étaient sournoisement intelligents. Je me suis sentie privilégiée d'être introduite dans son monde secret. La moralité de la chose ne m'a jamais dérangée. Les puissants dominent les faibles. C'est ainsi que va le monde. Hugh était l'homme le plus puissant que j'aie jamais connu, et il m'aimait. C'était tout ce qui m'importait.

Il a acheté la chapelle au propriétaire du domaine en liquide. Avec des billets. Dans une mallette, officieusement. Il a même laissé le propriétaire du domaine garder les titres de propriété tant qu'il pouvait en faire ce qu'il voulait.

Il y avait un risque. Cet endroit était moins reculé et plus visible que le bunker. Mais tant qu'il gardait l'église dans cet état de délabrement, il pensait que personne ne s'y intéresserait. La chapelle passerait pour un nouveau projet de rénovation abandonné à cause de la récession.

Je me fraye un chemin dans les bois au lever du soleil. Il y a eu une averse pendant la nuit, et la pluie n'est pas tout à fait terminée. Je me tiens sur les marches en pierre à l'extérieur de l'église, nue, laissant la pluie me nettoyer. À mes pieds, des lianes vertes serpentent depuis le sol de la forêt. La nature a commencé à reprendre ses droits. Bientôt, les racines de la nature pousseront sur les briques et les murs commenceront à s'effriter. Le pouvoir change souvent de mains, mais il l'emporte toujours sur les faibles.

Je me demande si la riche famille qui possédait ce bâtiment permettait aux habitants de la région d'assister aux cérémonies religieuses. Cet endroit était un sanctuaire il y a longtemps. Mais son entretien a été négligé et les bois sont devenus de plus en plus sauvages, jusqu'à ce que cet endroit cesse d'être un sanctuaire et que quelqu'un le transforme en prison.

Dans ce lieu saint, je ne peux m'empêcher de m'interroger sur les âmes et sur l'existence de la mienne. Je n'ai cessé de croire en Dieu que vers la fin de mon adolescence. Maman n'était pas dévote, mais elle parlait de Dieu parfois. *Il regarde*, disait-elle. *Tu dois être bonne. Il t'aime.* Quand j'en ai parlé à ma tante, elle m'a dit que c'étaient les médicaments.

La pluie commence à me donner froid. De retour dans le bâtiment, je m'enveloppe dans une vieille serviette pour me sécher, puis je m'habille. J'ai des céréales sèches à offrir à ma captive. Ce n'est pas grand-chose, mais ça fera l'affaire. J'espère qu'Emma sera raisonnable.

J'ai des picotements désagréables dans le ventre. Je n'aime pas le fait qu'Emma soit entrée dans ma maison, qu'elle ait vu le grenier et les photos. C'était l'endroit où j'allais quand j'avais été méchante. Parfois, tante Kim venait me parler, mais la plupart du temps, j'étais seule. Je n'avais pas peur, la pièce était réconfortante pour moi. J'aimais être contrainte, savoir que cet espace exigu... ces quelques mètres... étaient la limite de mes mouvements. J'aimais qu'on me dise que je ne pouvais pas partir. Je ne sais pas pourquoi, mais c'était le cas. Ce qui signifie que les présomptions d'Emma sur qui je suis et pourquoi je fais ce que je fais sont toutes fausses. Je ne suis pas endommagée. C'est ce que j'étais destinée à être.

Le problème, c'est que je suis unique. Si unique que je pense que je serai toujours seule.

Peut-être que les choses auraient été différentes si je t'avais gardée, Lily. J'aurais élevé un enfant infiniment mieux qu'Aiden. Si j'avais eu un enfant, je n'aurais pas eu à être seule. Cet enfant aurait été de l'argile non façonnée que j'aurais pu modeler. Une partie de moi.

Je mets les céréales sur un plateau et commence à descendre vers la crypte. Devant la porte, je pose le plateau sur la marche et déverrouille le cadenas. La porte est dure et émet un bruit de frottement qui me fait grincer des dents. En bas, je peux voir les lanternes à piles que j'ai installées. Elles baignent la pièce d'une faible lueur.

Emma est réveillée et assise sur le matelas, les jambes croisées comme si elle était sur le point de méditer ou de commencer son cours de yoga. Il y a une légère couche de sueur sur son front. Lily est allongée à côté d'elle. Je pensais ressentir davantage de choses à l'idée qu'Emma partage la cellule avec Lily, mais ce n'est pas le cas. Maintenant qu'Emma est là, Lily n'est plus qu'une poupée.

— Laisse-moi partir.

Les yeux d'Emma sont brillants. La haine luit en eux comme de l'eau sur des billes colorées.

— Je t'ai apporté le petit déjeuner.

Lentement, je me penche et fais glisser le bol à travers les barreaux. Emma regarde les céréales avec dégoût, mais elle soulève quand même le bol et commence à picorer les corn-flakes. Je m'assieds sur les pierres froides et croise les jambes.

— Tu essaies de m'affaiblir ? demande-t-elle en soulevant un pétale de maïs.

Je hausse les épaules.

— Les réserves sont maigres, c'est tout.

Emma reste silencieuse pendant un moment, son regard dur fixé sur moi. Puis elle dit :

— J'aurais dû te tuer.

— M'assassiner, corrigé-je. J'étais sans défense. Si tu m'avais tuée, ça aurait été un assassinat, n'est-ce pas ? Nous n'étions pas sur un champ de bataille. Je ne m'étais pas introduite chez toi et je ne t'avais pas agressée. Si tu m'avais tuée dans cette maison avec ce couteau, ça aurait été un meurtre de sang-froid.

Elle soupire tristement :

— Ça n'a plus d'importance maintenant.

Elle pose le bol sur le matelas et désigne la cage d'une main.

— C'est donc ça ? Le point culminant de ton existence. Le grand plan que Hugh a entamé et que tu termines. Quelle triste petite vie. Je n'aimerais pas être à ta place.

— Et si ça te permettait de sortir de la cage ?

Elle se détourne.

— Tout ça, c'est à cause de la soirée camping ? Je t'ai déjà dit que j'étais désolée.

— Non.

— C'est à propos de Hugh ? Est-ce que tu l'aimais ?

— Oui, je l'aimais. Et c'était la seule personne au monde qui m'aimait.

— Je ne te crois pas. Je pense que tu es incapable d'aimer.

Elle me regarde fixement. Je vois le jugement dans ses yeux. La haine.

— Et je suppose que tu sais tout ce qu'il y a à savoir sur l'amour.

Ma voix est aussi dure que ses yeux. Elle sait qu'elle a touché une corde sensible. Je crois que je la déteste autant qu'elle me déteste.

— J'en sais plus que toi. Je suis une mère.

Je goûte ses mots, je les mâche avec dégoût. Comment ose-t-elle ? Je commence à me lever, pour m'éloigner d'elle.

— Attends, crie Emma. Dis-moi où est Gina. Où qu'elle soit, laisse-la partir. Je sais que tu me détestes. Garde-moi ici. Torture-moi. Tue-moi. Peu m'importe. Dis-moi juste que ma fille est en sécurité.

Je m'assieds et je prends mon menton dans mes mains. Je la regarde, les yeux hagards et désespérés. C'est ça l'amour, je crois. Le fameux amour maternel que je n'ai jamais pu expérimenter. Celui que tant de femmes adorent balancer à la figure de ceux qui n'ont pas d'enfants. Si différent de tout autre type d'amour. L'amour paternel. L'amour fraternel. L'amour romantique. L'amour platonique.

— Amy, écoute-moi. Tu n'es pas Hugh. Tu vaux mieux que lui. Tu as plus d'humanité en toi, je le sais. Et je sais que tu ne veux pas que Gina souffre. S'il te plaît, Amy.

Je la regarde me supplier et je ne peux m'empêcher de lâcher les mots que j'ai gardés pour moi toutes ces années.

— J'ai eu un enfant.

Elle s'interrompt dans sa supplique, ouvre et ferme la bouche, ne sachant que répondre.

— Vraiment ?
— L'enfant de Rob.

Le voilà, le secret que j'ai gardé durant tout ce temps. Comme de l'acide, il me brûlait tandis que je regardais Emma vivre la vie que j'avais toujours voulue.

Emma secoue la tête.

— Non, ce n'est pas...
— Si. C'est la vérité.

Ses mains s'agrippent au matelas.

— C'est une autre illusion, n'est-ce pas ?
— Non, dis-je simplement. Je suis tombée enceinte de lui, mais il n'a pas voulu que je le garde. Il t'aimait. Il te voulait toi, pas moi.

Elle est tout aussi sidérée qu'avant. Sa mâchoire s'ouvre et se ferme. Un voile couvre ses yeux, atténuant leur intensité. Je pense un instant qu'elle est sur le point de pleurer.

— Quoi ? Que s'est-il passé ? demande-t-elle.
— Nous sommes allés à la clinique ensemble.

Je prends une grande inspiration.

— J'ai saigné pendant des jours. Je n'ai pu le dire à personne. Ni à ma tante ni à mon oncle. Je devais faire semblant d'avoir mal à cause de mes règles, alors que je vivais une véritable agonie. Mon oncle était si dégoûté de moi qu'il m'a fait dormir dans le grenier pendant trois jours. C'est pendant ces trois jours que Lily est morte.

La tête d'Emma se tourne vers la poupée sur le matelas. Elle murmure le nom de ma fille dans son souffle.

— Lily.
— Oui, dis-je. Je lui ai donné un nom parce que je voulais la garder, mais j'étais tellement amoureuse de lui. As-tu déjà été tellement déçue par quelqu'un qu'un événement a fait s'effondrer toutes tes certitudes ?

— Oui, dit-elle.

Je hoche la tête.

— Bien sûr que oui. Tu as vécu ça avec Jake, n'est-ce pas ? Eh bien, j'ai connu ça avec ton petit ami. Désolée. Je pensais qu'il te quitterait pour moi, mais au lieu de ça, il m'a suppliée de ne pas garder le bébé parce qu'il t'aimait tant. C'est moi qui avais le bébé, mais c'était toi qu'il voulait.

Ses yeux se ferment un instant. Puis elle les ouvre à nouveau. Quand elle parle, sa voix vacille sous le coup de l'émotion.

— Je suis désolée que tu aies eu à subir tout ça. Je suis désolée que tu aies perdu Lily et que tu aies été seule à ce moment-là.

— Je suis sûre que tu l'es.

Et pourtant, je me fiche de savoir à quel point elle est désolée. Qu'elle le pense ou non est sans importance.

— Tu ne comprends pas, Amy. Nous n'avons rien fait de mal. C'était lui.

Je hausse les épaules.

— Tout ce que je te fais a le mérite de lui faire du mal en plus.

Elle reste silencieuse pendant un moment, le temps de digérer ce qu'elle vient d'apprendre. J'envisage de quitter la cave, mais elle se remet à parler.

— Dis-moi comment c'est arrivé, dit-elle. Toi et Rob, je veux dire.

— Eh bien, commencé-je. Je l'aimais en secret, mais tu le savais déjà. Je voulais qu'il soit avec moi, je pensais qu'il méritait mieux. Tu étais partie avec tes parents. Une visite à la famille ou un week-end, quelque chose comme ça. Je suis allée au pub avec le groupe comme d'habitude. Rob et moi on était particulièrement ivres et on a couché ensemble.

Son visage s'assombrit. Il a une teinte grise.

— Où ça ?

— Dans les bois.

Elle ferme les yeux.

— Et ensuite dans sa voiture la nuit suivante.

Elle détourne son visage de moi.

— Après avoir traversé tout ça... Après avoir perdu Lily, tu es tombée enceinte d'Aiden. Mais Rob ne t'a pas emmenée à la clinique, n'est-ce pas ?

— Tu as vécu une chose horrible et Rob a été cruel avec toi, dit-elle. Mais rien de tout ça n'excuse les choses terribles que tu as faites à ma famille.

— Non, réponds-je. Je suppose que j'aime simplement faire ce genre de choses.

Emma ferme les yeux avec tristesse. Des larmes roulent sur ses joues.

— Je pensais que tu étais comme ça à cause de Hugh. Parce qu'il t'avait modelée comme ça.

Je réfléchis à l'ombre qu'il projette. Presque aussi puissante que l'homme lui-même. Est-ce que j'aurais fait tout ça si je n'avais pas rencontré Hugh ? Rob avait été une amourette, mais Hugh me comprenait.

— Je pense que j'aurais fini par te tuer, dis-je en toute honnêteté. La vérité, c'est que nous ne pouvons pas vivre toutes les deux, n'est-ce pas ?

— Non, dit Emma.

La haine est trop importante maintenant. Elle est réelle. Vivante.

Elle hoche la tête, les sillons de ses larmes encore visibles sur sa peau.

— Mais je crois que je pourrais te pardonner, si tu me laisses retrouver ma fille.

Je hausse les épaules.

— Je pense que c'est faux. Je crois que tu essaierais quand même de me tuer.

Je marque une pause, tire sur la peau sèche de ma lèvre, puis dis :

— À moins qu'on ne meure toutes les deux.

Chapitre 35

EMMA

Ce qui me surprend dans tout ça, c'est que je la crois. Rob était mon premier amour, le père d'Aiden, et une personne que j'ai adorée pendant de nombreuses années, mais il avait des défauts à l'époque et je suis sûre qu'il en a encore aujourd'hui. Pendant que je lui écrivais des lettres d'amour idiotes et puériles depuis la France, il baisait une autre fille dans les bois. Cela fait vingt ans et j'ai bien d'autres préoccupations actuellement, mais ça me fait quand même mal.

L'idée qu'il ait fait pression sur Amy pour qu'elle avorte me donne des frissons. Dieu sait qu'il n'a pas bien réagi quand je lui ai montré ce bâtonnet en plastique fatidique avec deux lignes bleues. Il a fait comme si sa vie allait s'arrêter jusqu'à ce que je le raisonne. Mais après ça, il m'a soutenue. Je prends les céréales sèches et les fais passer avec de l'eau. Même si je la crois, les choses qu'elle a dites ne correspondent pas au Rob que je pensais connaître. On fait tous des erreurs quand on est jeune. Nous ne sommes pas finis, souvent égoïstes et généralement stupides, mais c'était quand même terrible de faire ça. Je me rends compte alors que l'idée du petit ami adolescent que je croyais connaître et la réalité de cette personne sont deux choses complètement différentes. Si je sors d'ici, je ne suis pas sûre de pouvoir le regarder de la même façon, mais c'est peut-être mieux ainsi.

Je redirige mes pensées vers ce qui compte : sortir de là.

Pendant que je mâche les céréales, je réalise qu'Amy doit forcément faire des courses quelque part. Cela signifie qu'elle a des interactions avec d'autres personnes. Son visage doit être partout à la télévision et dans les journaux à l'heure qu'il est. Quelqu'un va sûrement la reconnaître et l'arrêter.

Mais qu'arriverait-il à Gina si Amy était arrêtée ? Mes pensées continuent de dériver vers cette mèche de cheveux dans l'enveloppe. Je suis persuadée que c'étaient ceux de ma fille, ce qui signifie qu'Amy doit savoir où est Gina. Pourrait-elle se trouver là-haut, là où mènent les escaliers ? Non, j'aurais sûrement entendu sa voix. Si Gina n'est pas là, alors elle doit être avec quelqu'un d'autre. Mais qui ?

Il est possible que même si la police retrouve Amy, elle ne leur dise jamais où je suis, me laissant mourir de faim dans cette cage. Cette pensée me donne des démangeaisons. Elle crée l'illusion que les barreaux bougent, se rapprochent de moi.

Aiden et Rob vont me chercher. Josie va les aider, et elle trouvera peut-être quelque chose sur les projets de Hugh. Aiden et moi avions discuté de l'idée d'un second bunker. Il pourrait se souvenir de quelque chose d'important si Josie ne découvre pas un indice dans les finances de Hugh. Ils auront l'aide de l'inspecteur-chef Stevenson, qui est doué dans son métier, je le sais. En plus de ça, je sais qu'il se soucie de moi. Peut-être même que Khatri aidera à sa façon. Je dois garder espoir.

Les habitants savent-ils que quelqu'un vit dans cette chapelle ? Amy m'a dit qu'elle se trouvait dans la forêt, mais à quelle profondeur dans les bois sommes-nous ? Ce type de bâtiment doit être rare, et les gens du coin doivent en avoir connaissance. Peut-être que des randonneurs se promènent dans les environs. Sauf si nous sommes sur un terrain privé. C'est comme ça que Hugh s'est retrouvé en possession du bunker. Peut-être que je me trompe et que je suis dans un bâtiment industriel en ville. Une usine désaffectée. Il n'y a aucune preuve qu'Amy me dit la vérité. Elle pourrait inventer n'importe quel mensonge. Mes pensées tournent en boucle.

Au fil de la journée, chaque respiration apporte une nouvelle vague de panique. La nuit dernière, j'ai dormi une heure, peut-être deux, mais à chaque fois mes cauchemars d'enfermement revenaient. J'ai rêvé que j'étais enterrée vivante, puis je me suis réveillée et j'ai réalisé que mon cauchemar était devenu réalité.

Si Gina était là avec moi, elle inventerait des jeux amusants pour nous occuper – marcher comme un pingouin autour de la cage, sauter sur le matelas, chanter ses chansons préférées de Disney –, mais je ne pense à rien d'autre qu'à ma conversation avec Amy. Je ne l'ai jamais vue si à l'aise. Elle s'est assise calmement et m'a expliqué ses motivations.

Non, je ne me laisserai pas sombrer dans l'obscurité. Je m'accroche à un sentiment fugace d'espoir et refuse de lâcher prise. Je me force à penser à ma ravisseuse. Amy a répondu à presque toutes mes questions, me parlant de son goût pour le pouvoir et de la façon dont elle aime contrôler les gens. Peu importe ce qu'elle dit, je ne crois pas qu'elle soit psychopathe de naissance, contrairement à Hugh, mais son traumatisme a érodé son sens de l'identité. Elle était facilement modelable par un psychopathe comme Hugh. Son enfance difficile. L'intimidation. L'avortement. Me regarder vivre la vie dont elle rêvait, avec mes parents aimants et ma relation forte avec Rob. La petite fille abandonnée par sa mère, blessée par ses tuteurs et brimée par ses camarades ne voulait rien d'autre qu'une famille. Mais Hugh a déformé ce désir et l'a transformé en volonté d'infliger de la douleur et de se venger.

Elle a raison sur une chose. Nous nous détestons tellement que soit elle me tuera, soit je la tuerai. Je ne compte pas mourir.

À moins qu'on ne meure toutes les deux. C'est ce qu'elle a dit.

Mon sang se transforme en glace.

Je regarde la poupée dans le coin de la cage. Je l'avais mise là, hors de ma vue, pour éviter de l'avoir sous les yeux. Mais je me dirige vers elle, la soulève et la fracasse sur le sol froid et caillouteux. Son visage se fend en éclats de porcelaine tranchante. Amy a commis une énorme erreur en laissant cette poupée dans la cage avec moi. Au moment où j'entends des pas descendre les marches, je ramasse le plus grand et le plus pointu des éclats de porcelaine et le range dans la poche de mon jean.

Chapitre 36

AIDEN

Je me réveille tôt le mardi matin. Sans maman, sans mon lit, le monde me semble à nouveau différent. Il change constamment et je ne peux que m'y adapter. Mais ce n'est pas naturel pour moi. Pas après avoir passé dix ans au même endroit, avec la même personne. Il me faut un moment pour calmer ma respiration et mon cœur avant de sortir du lit. *Les mots peuvent guérir.* Le Dr Anderton me le répète souvent. *Quand tu sens que le silence s'installe à nouveau, souviens-toi que les mots guérissent.*

La première chose que je fais est d'envoyer un message à Faith.

MOI : Tu es debout ?
FAITH : Bonjour ! Comment te sens-tu ?
MOI : Comme si je ne contrôlais rien du tout.
FAITH : Ce n'est pas vrai.
FAITH : Tu as plus de contrôle que tu ne le penses.

Je ne suis pas sûr de ce qu'elle veut dire par là. Mais je décide de prendre une douche rapide et de consulter mes messages plus tard. Quand je reprends mon téléphone, elle en a envoyé un autre.

. . .

FAITH : Je pense qu'il est temps qu'on se rencontre.
FAITH : J'ai tellement de choses à te dire.
MOI : Ce n'est pas le bon moment. Maman est toujours portée disparue. Gina aussi.
FAITH : Je sais. Mais je peux t'aider.
FAITH : Je veux dire que je peux te réconforter. Je veux te tenir la main et te dire que tout va bien se passer.

Je ferme les yeux et m'appuie sur le lit. À quoi m'attendais-je ? Nous ne pouvions pas rester à l'écart pour toujours. Nous devions finir par nous rencontrer. Mais rien que d'y penser, tous les muscles de mon corps se crispent.

MOI : Laisse-moi y réfléchir. Donne-moi un jour ou deux.

Elle me répond que c'est d'accord et je descends prendre le petit déjeuner. Je trouve grand-mère assise dans l'embrasure de la porte entre la cuisine et le jardin, une cigarette à la bouche. Elle se tourne vers moi et l'écrase précipitamment sur la marche en béton sous la porte. Son autre main est enroulée autour d'une tasse. Son sourire semble coupable.

— Ne le dis pas à ton grand-père.
— D'accord, dis-je, mais je ne sais pas pourquoi je ne devrais pas lui dire.

Elle n'a pas le droit de fumer ? Je pensais que les adultes prenaient leurs propres décisions. Et puis je réalise que je me vois à nouveau comme un enfant. Un adulte devrait comprendre pourquoi les gens font ce qu'ils font. Et un adulte devrait pouvoir faire ses propres choix, comme rencontrer Faith.

— Tu veux petit-déjeuner ?
Je secoue la tête.
— Je n'ai pas faim.
Je reste assis avec elle pendant un moment tandis que les oiseaux

chantent dans l'arbre au pied de la pelouse. Le monde offre quelques moments de paix.

Au téléphone avec Josie, j'ai réalisé que je me souvenais que Hugh avait parlé de ses plans pour construire un second bunker, comme nous le pensions. C'est ce souvenir qui m'échappait constamment. Mais ce n'est pas tout. J'ai le sentiment que Hugh m'a donné quelque chose d'important pendant que j'étais là-bas. Une sorte de croquis. Papa et moi avons prévu de retourner à l'appartement à Manchester pour voir si nous pouvons le trouver. J'ai gardé quelques-unes de mes œuvres d'art du bunker.

Mais d'abord, nous devons parler à l'inspecteur-chef Stevenson, qui se présente à la maison vers neuf heures.

— J'ai arrangé un entretien avec l'entrepreneur qui a transformé le premier bunker, nous dit-il.

Papa, qui est réveillé et habillé, insiste pour l'accompagner. Mais l'inspecteur-chef Stevenson insiste sur le fait que c'est le travail de la police. Nous ne devrions pas être impliqués.

— Je vous ai impliqués dans cette enquête bien plus que n'importe quelle autre famille, dit-il. Trop, probablement. Mais vous risquez de dépasser les bornes.

— C'est informel, non ? dit Papa.

— Eh bien... commence l'inspecteur-chef Stevenson.

— J'aimerais le rencontrer, dis-je. Je veux voir l'homme qui a construit mon ancienne maison. Je veux le regarder dans les yeux. Je veux savoir s'il savait ce qu'il construisait.

Stevenson soupire. Personne ne peut dire non au garçon du bunker.

— C'est moi qui parlerai.

Nous le retrouvons à son travail, et même moi je constate qu'il est sur la défensive dès le début. Il garde les bras croisés. Il a un peu de barbe au menton, de la même longueur que les cheveux sur sa tête. Il porte un short cargo couvert de poussière et de peinture, et un polo gris par-dessus, déchiré à la poche.

— Voici Aiden Price.

L'inspecteur-chef Stevenson fait un signe vers moi.

— Le garçon qui vivait dans le bunker que vous avez construit.

Mais l'homme m'a déjà reconnu ; je le vois à son visage. C'est une chose que les gens font tout le temps quand je marche dans la rue. D'abord, je vois la confusion sur leurs traits ; parce que mon visage leur dit quelque chose, mais ils ne se rappellent pas où ils m'ont déjà vu. Ensuite, ils rougissent ou fixent leurs pieds. Je me demande souvent s'ils n'ont pas honte de suivre mon histoire, de connaître tous les détails de mon traumatisme, jusqu'aux plus macabres.

Cet homme, cependant, continue à me regarder dans les yeux. Il garde le dos droit, le visage grimaçant. Il semble en colère.

— Je suppose que vous l'avez amené ici pour me faire sentir coupable, n'est-ce pas ? Je n'ai fait que mon travail. Je ne savais pas à quoi ça servirait. Hugh m'a dit que le bunker serait une sorte d'hébergement insolite pour les amateurs de camping.

— Et vous n'avez pas eu de soupçons à ce sujet ? demande Stevenson, aussi calme et mesuré que d'habitude.

— Pourquoi en aurais-je eu ?

Il traîne les pieds, fronce les sourcils.

— Hugh a-t-il déjà parlé d'un second projet ? demande Stevenson.

Je serre les poings. Voir cet homme, celui qui a construit mon ancienne maison, fait ressurgir toutes les injustices. Cette chose terrible m'est arrivée. Ça s'est passé dans mon village, à l'endroit où je vis, pas dans un pays séparé de nous par un océan. C'est arrivé à ma famille, à ma mère, à ma sœur. Papa pose une main sur mon épaule et je me rends compte que je respire fort, entre mes dents serrées. L'homme semble préoccupé pour la première fois. Pense-t-il que je vais l'attaquer ?

— Je ne suis pas sûr d'aimer l'idée qu'il connaisse mon nom.

Il fait un geste vers moi.

— Aiden ne connaît pas votre nom, dit Stevenson. Ni là où vous vivez.

— Il connaît mon visage.

— Oui, admet Stevenson.

Il le connaît.

Le silence s'étire. L'homme dit alors :

— Non. Il ne m'a jamais commandé autre chose. Mais il avait beaucoup de contacts dans le milieu. J'en connaissais quelques-uns.

— Pourriez-vous m'envoyer une liste ? demande Stevenson.

— Donnez-moi une minute.

Il revient avec un morceau de papier sur lequel sont écrits plusieurs noms d'hommes. L'inspecteur-chef Stevenson le remercie et nous partons, mais je ne peux m'empêcher de regarder derrière moi une dernière fois. Il faut un village pour élever un enfant, mais d'une certaine manière, il faut aussi un village pour aider un monstre.

Stevenson nous dépose au B&B avant de retourner au poste. Ils ont quelques pistes à vérifier. Une voiture qui pourrait être celle d'Amy apparaît sur des caméras de surveillance. Ils ont réuni diverses déclarations de témoins oculaires. Un adolescent raconte qu'une femme ayant à peu près l'âge d'Amy lui a donné un mot à transmettre à une femme correspondant à la description de maman. Il a même décrit sa voiture.

L'étirement monotone et implacable du temps provoque chez moi des démangeaisons incessantes. Je suis incapable de rester assis sur une chaise pendant plus de dix minutes. Avant d'aller à Manchester, papa me conduit chez maman, et nous fouillons dans ses affaires. La police l'a déjà fait et n'a rien trouvé d'important, mais nous renouvelons l'opération.

Rien.

C'est la fin de l'après-midi quand papa gare la voiture sur la place de parking habituelle de maman en bas de l'appartement de Manchester. À l'intérieur, tout est comme nous l'avons laissé, pas particulièrement bien rangé, avec des restes de nourriture dans le frigo. Papa propose de le vider pendant que je trouve ce que je suis venu chercher.

Je le laisse avec un sac poubelle et je me dirige vers l'arrière de l'appartement. Dans mon ancienne chambre, je me mets à genoux et cherche une boîte sous le lit. Il n'y a rien de particulièrement précieux à l'intérieur. Un tas de dessins, la plupart faits au crayon. Des peintures qui s'améliorent au fur et à mesure que je grandis. Quelques peluches que Hugh m'a offertes. J'avais l'habitude de dormir avec, mais je ne le fais plus. Je sais qu'un homme de vingt ans n'est pas censé le faire. Non pas que j'ai l'impression d'être un homme. Il y a des livres, aussi. Il m'apportait beaucoup de livres, persuadé que s'il m'apprenait à lire, cela voulait dire qu'il prenait soin de moi.

En éparpillant les dessins et les peintures sur le sol, je laisse mes yeux errer de gauche à droite, examinant chacun d'entre eux d'aussi près que possible. La plupart sont basés sur les lieux imaginaires que je créais avec maman avant mon enlèvement. En les voyant, j'ai envie de prendre un crayon et du papier. Je ne sais même pas ce que je pourrais créer, mais ce serait déjà ça. Ce serait une libération, un moyen de laisser sortir le trop-plein d'émotions, parce que chaque jour un nouveau sentiment se bat pour franchir la barrière.

Un par un, je retourne les dessins. Hugh m'apportait souvent des papiers de son bureau. D'anciens plans. Du vieux papier à lettres. Des pages arrachées à ses carnets. Je les retourne et je m'en veux de ne pas y avoir pensé plus tôt. Plus d'une semaine s'est écoulée depuis l'enlèvement de Gina, et je n'ai jamais songé aux vieux papiers qu'il me donnait pour dessiner ? Je ne les ai jamais considérés comme des documents d'affaires importants. C'étaient des bouts de papier, rien de plus. Mais depuis que j'ai parlé à Josie, je les vois sous un autre angle.

Je me souviens du jour où il a parlé du second bunker. J'étais assis à ses pieds, en train de dessiner. Il m'a apporté plus de papier pour dessiner ce jour-là, puis il m'a expliqué en détail pourquoi ces plans ne valaient plus rien. Ils avaient été abandonnés. Mais ils étaient liés au bunker. J'attrape tous les morceaux de papier et les serre contre ma poitrine.

De retour dans la cuisine, je constate que papa regarde mon téléphone. Je l'avais laissé sur le comptoir en me rendant dans ma chambre.

— Qui est Faith ? demande-t-il.

Une pierre tombe dans mon estomac. Je regarde mes pieds. Aucun mot ne vient à mon secours. Je reste simplement là comme un idiot.

— Aiden ! Dis-moi qui c'est.

— Ce... Ce n'est pas bien de regarder le téléphone des gens, dis-je.

— J'ai vu la notification sur l'écran, répond-il. J'ai vu quelqu'un du nom de Faith te demander si vous alliez vous rencontrer.

Il boitille vers moi.

— Aiden, qu'est-ce que tu fais, mon grand ? Tu parles à une personne rencontrée sur Instagram de Gina et de la disparition de ta mère. Tu ne sais pas à quel point c'est dangereux ?

Mon visage s'embrase. Je n'arrive pas à croiser son regard.

— Tu n'as jamais pensé au fait que Faith pourrait être Amy ?

Les papiers tombent de mes bras.

— Quoi ? Non. Ce n'est pas possible.

Il brandit le téléphone.

— Tu en es sûr ? Sais-tu avec certitude qui est cette femme ? Le profil est anonyme. Il n'y a pas de photo. Aucun de ses messages n'est personnel. Les gens avec qui elle est « amie » ne semblent même pas réels.

Je tends la main pour récupérer mon téléphone, mais il l'éloigne de moi.

— J'ai tapé son nom sur Google et je n'ai rien trouvé. Rien du tout. Tu sais à quel point c'est bizarre ?

Je me contente de secouer la tête.

— Bien sûr que non, parce que tu ne sais pas comment le monde fonctionne. Tu ne sais pas que les gens peuvent être manipulés en ligne. Tu es en train de te faire avoir, Aiden. Cette personne n'existe pas.

Alors qu'il continue à parler, son visage devient rouge.

Je lève les bras en signe de confusion.

— Comment ça ?

Il soupire.

— Parfois, des gens prétendent être quelqu'un d'autre en ligne. Des hommes adultes font semblant d'être de jeunes femmes pour en piéger d'autres. Ils leur extorquent généralement de l'argent.

— Faith ne m'a jamais demandé d'argent !

— Ça n'a pas d'importance, mon grand. Cette personne pourrait chercher des informations. Ça pourrait être Amy, pour l'amour de Dieu !

— Non. Ce n'est pas Amy.

— Tu n'en sais rien !

— Rends-moi mon téléphone.

Je tends la main pour essayer de l'attraper, mais il l'éloigne à nouveau. Je pourrais le prendre de force, mais je ne le fais pas.

— Je vais le remettre à la police, dit-il. Ils doivent voir ça.

Il jette un coup d'œil aux papiers dans mes mains, voyant les dessins au crayon de couleur.

— Ils viennent du bunker ?

Je hoche la tête.

— Prends-les. On y va.

Chapitre 37

AMY

Je ne lui accorderai pas la place qu'elle pense mériter. Je refuse de la laisser s'insinuer sous ma peau, me mettre des idées en tête, me pousser à avoir de la peine pour elle. C'est hors de question.

Elle ne me présentera pas comme la victime. Je ne suis pas une victime. J'ai connu la douleur et la souffrance. La solitude et le dépit. Aucune de ces choses n'a fait de moi ce que je suis. Je suis plus forte que ça. Elle ne va pas tout m'expliquer en me disant ce que je sais déjà. Mon oncle me giflait et me donnait des coups de pied. Ma tante faisait des histoires et m'étouffait. Les élèves se moquaient de moi et me malmenaient. Les garçons me baisaient et s'en allaient. Ma mère m'a abandonnée. Aucune de ces choses ne me définit. Je suis indépendante, au-dessus de tout ça. Je suis moi parce que j'ai choisi d'être moi, pas à cause de Hugh.

— Qu'est-ce que tu as fait ?

Je regarde les morceaux cassés de ma précieuse poupée.

Elle a tué mon enfant deux fois maintenant. D'abord, Lily devait mourir pour qu'Emma ne découvre pas ma grossesse, et maintenant elle a brutalement fracassé la poupée par terre. Je serre les poings, enfonçant mes ongles dans mes paumes, essayant de ne pas regarder les morceaux brisés de Lily.

— Je ne pouvais plus supporter qu'elle me fixe, dit-elle.

Elle s'approche des barreaux, agitée. Ses yeux bruns sont grands ouverts, allant et venant entre moi et les murs, les marches, les plafonds voûtés. Était-ce une erreur de lui donner à manger ? Quelque chose lui a conféré un regain d'énergie, mais je ne sais pas quoi.

Pendant qu'Emma rôde dans la cage, je retourne à l'étage et récupère la boîte en fer blanc derrière l'autel. À l'intérieur, il y a une aiguille et deux flacons. Je remplis la seringue avec le sédatif et je retourne à la cave. Il n'y a pas moyen que j'entre dans la cage avec Emma dans cet état.

— Approche-toi des barreaux, dis-je.

Emma voit tout de suite l'aiguille. Elle secoue la tête.

— Si tu veux ta poupée, tu dois venir la chercher à l'intérieur.

Elle pense qu'elle a le dessus. Je le vois à sa posture. Elle est fière. Emma croit qu'elle a réussi à entrer dans ma tête. Mais ce qu'elle ne réalise pas, c'est que je savais que cela pouvait arriver et que je m'y étais préparée. *La poupée n'est pas Lily*, me dis-je. Lily a rempli son rôle. Sa mission est accomplie.

Pour la première fois depuis que j'ai mis ce plan à exécution, mon cœur tambourine contre mes côtes. Si j'y vais alors qu'elle est réveillée, elle pourrait s'en prendre à moi. Mais je dois récupérer les morceaux de porcelaine. Chacun d'entre eux pourrait être une arme. À moins que je ne l'affame. Je pourrais recueillir les restes de Lily après la mort d'Emma.

Je pose l'aiguille et je fais un pas en arrière.

— Très bien. Je pourrai récupérer Lily après ta mort.

Une perle de sueur coule sur la tempe droite d'Emma. Elle se précipite vers les barreaux.

— Tu en es sûre ? Je vais broyer tous les morceaux entre les jointures des pierres. C'est ton *enfant*, Amy !

Je réprime un frisson devant ses paroles, refusant de lui accorder la moindre victoire. Elle ne doit pas savoir que ça me touche.

— C'est juste une poupée.

— Vraiment ? N'est-elle pas le symbole de tout ce que je t'ai pris ?

Je ne peux pas m'en empêcher : je me rapproche, sous le coup de la colère.

— Tais-toi et meurs, Emma.

Sa main s'élance entre les barreaux, si vite que je distingue à peine son mouvement. Sa main gauche saisit mon bras avant que sa main droite ne décrive un mouvement de balayage. La chaleur se répand sur ma peau. Du sang s'écoule de la blessure.

— Dis-moi où est ma fille ! exige-t-elle.

En criant de douleur, j'arrive à passer ma main droite à travers les barreaux et à planter l'aiguille dans son épaule. Au même moment, Emma taillade mon visage avec la porcelaine tranchante. Je me penche pour m'éloigner d'elle, arrachant mon bras de sa prise et je recule en titubant, choquée par la soudaine coupure et la douleur lancinante. Emma retire l'aiguille de son épaule et la regarde fixement. J'ai réussi à enfoncer le piston et le sédatif va agir. J'ai gagné.

En attendant qu'il fasse effet, je remonte dans la chapelle pour panser ma blessure. Ce n'est pas profond, mais la peau est déchirée par les bords irréguliers de la porcelaine. J'entends des bruits de voix à l'extérieur de l'église. Un chien aboie, mais je n'ai pas peur. Ma voiture est cachée sous des branches sur l'ancienne allée de la propriété abandonnée depuis longtemps. Mon potager est suffisamment éloigné du chemin pour ne pas être remarqué. Les voix ne sont pas trop proches de la chapelle.

L'idée qu'un promeneur puisse entrer et trouver la cage, la femme qui s'y trouve, l'autre femme à l'étage avec un bras ensanglanté m'amuse. Je sors un bandage de la boîte et commence à l'enrouler autour de ma coupure.

Bien sûr, il est arrivé que des soi-disant explorateurs viennent dans l'église pour prendre des photos pour leurs blogs. Quand ça arrive, je me cache dans les cryptes et je lance une balle de tennis au plafond. Les bruits les font fuir en une dizaine de minutes. Une fois, une personne a regardé à travers une fenêtre cassée et m'a vue. Je lui ai craché dessus comme un chat et elle a crié. Je pensais qu'elle en parlerait à quelqu'un et qu'un travailleur social ou un policier allaient débarquer. Mais personne n'a eu l'air de s'en soucier, puisque ça n'est jamais arrivé.

La plupart des gens ont trop peur d'entrer dans un bâtiment abandonné. Il n'y a pas de garantie. Aucun code pour entrer dans le bâtiment ni agent de sécurité pour leur dire que tout ira bien. Les gens ont besoin d'être rassurés. Nous vivons sur un rocher qui tourne, avec des milliards de personnes, et presque toutes suivent les règles parce qu'elles ont trop peur de l'alternative. J'étais l'une de ces personnes. Hugh m'a montré un autre chemin.

À côté du bandage, dans la boîte en fer-blanc, se trouve une boîte de pilules. Je les réorganise, les compte et hoche la tête. Elles sont importantes. Je les ai gardées pour une occasion spéciale. Je prends une profonde inspiration, sachant que bientôt tout sera terminé.

Les aboiements s'estompent au fur et à mesure que les promeneurs s'éloignent. Je me suis demandé si le chien n'allait pas tomber sur un de mes pièges, mais il n'y a pas eu de jappement. L'animal s'est offert un jour de sursis.

Je ne me lève pas et je ne quitte pas la chapelle. Je reste assise là, à regarder le soleil entrer par les grandes fenêtres. J'entends ma mère parler de Dieu, du paradis, de l'enfer. Pour la première fois depuis longtemps, je me demande si ces choses existent. Ma mère est morte maintenant. J'ai reçu un appel téléphonique à ce sujet il y a longtemps. Elle est morte en faisant ce qu'elle aimait, en prenant de la drogue. Je n'ai pas assisté à l'enterrement. Peut-être qu'il y aura un autre moyen pour nous de nous revoir. Toutes les deux en enfer.

Sur la caméra, je regarde Emma s'effondrer. Je commence à descendre les marches de la cave maintenant qu'elle est enfin endormie.

Chapitre 38

AIDEN

Pendant que papa est au téléphone avec l'inspecteur-chef Stevenson, je me connecte à mon compte Instagram sur l'ordinateur de grand-père. C'est là que je vois les derniers messages de Faith.

FAITH : Tu me retrouves à York ? Il y a un parc que j'aime bien. C'est joli, tu vas l'aimer aussi.
MOI : Je ne sais pas. Papa pense que tu essaies de me piéger.

Elle commence à taper. Puis s'arrête. Puis recommence. Finalement, un message apparaît.

FAITH : Tu as parlé de moi à ton père ?
MOI : Il a trouvé mon téléphone.
FAITH : Ne l'écoute pas. Il ne me connaît pas. Il ne peut pas comprendre notre relation.
MOI : Je sais.
FAITH : Alors, on peut se rencontrer ?

MOI : Oui. Mais pas au parc. Je préfère un endroit plus privé. Où habites-tu ?

Mes yeux parcourent l'écran, attendant pendant ce qui me semble être une éternité alors que le même texte gris s'affiche encore et encore. *Faith est en train d'écrire... Faith est en train d'écrire...* . Elle doit sans cesse effacer sa réponse et la retaper. Finalement, sa réponse arrive. *C'est encore mieux.*

Elle me donne une adresse et une heure. Je l'imprime, je plie le papier et le glisse dans ma poche.

Quand je descends, personne ne se doute de rien. Papa est dans la cuisine en train de parler à grand-mère et grand-père. Mon téléphone est sur la pile de papiers à côté du canapé. Profitant de la distraction, j'attrape rapidement mon téléphone et j'efface les notifications des messages les plus récents de Faith avant de le remettre en place.

— C'est vrai, Aiden ?

Grand-mère entre dans le salon, ses doigts triturant les manches de son cardigan.

— Oui, dis-je simplement.

— Oh, mon chéri. Tu ne peux pas parler à des étrangers comme ça.

Elle se tourne vers papa qui entre dans la pièce.

— Tu ne peux pas lui en vouloir, Rob. Il ne comprend pas la façon dont le monde fonctionne.

J'ignore leurs chamailleries, je ramasse les dessins du bunker et les amène à table. Là, je les étale tous. Une chronologie de ma vie se dessine à mesure que je déplace les dessins sur la surface de la table en acajou de grand-mère. Mon développement par le crayon commence par des gribouillages et se termine par des portraits. Il y a des dessins très approximatifs de maman et papa quand j'avais six ans. La maison dans laquelle j'ai grandi. Puis, les ampoules nues dans le bunker, les barreaux de la cage, mon lit. Après dix ans, j'ai commencé à recopier des images de manuels scolaires, à dessiner des lions et des tigres, ou des montagnes et des forêts. Je dessinais les endroits que maman et moi avions imaginés avant d'être enlevés. J'ai même dessiné Hugh. Je me souviens qu'il s'asseyait et posait pour moi.

Alors que je retourne certains des dessins, grand-père se penche sur la table.

— Il y a des plans ici.

Il prend une page et l'examine.

— C'est une chambre, c'est ça ? Je ne vois pas bien.

Papa et grand-mère s'approchent.

— C'est un papier qu'il m'a donné après avoir parlé du second bunker.

J'avais dessiné un autoportrait ce jour-là. Un visage maigre, des cheveux en bataille, des yeux profonds.

— Il a dit que ça ne marchait pas et qu'il devait recommencer.

— Nous devrions les amener à la police, dit grand-père. Ils pourraient faire appel à un expert pour les examiner.

Grand-père observe les lignes bleues sur le papier fin. Chaque fois qu'il bouge la feuille, mon croquis apparaît de l'autre côté.

— Sa forme me fait penser à une église. Tu ne trouves pas ?

— Si, dit grand-mère en ajustant ses lunettes. Je trouve aussi.

— Les églises regorgent d'espaces souterrains. Elles ont généralement une sorte de crypte ou de caveau. Mais elles ne passent pas vraiment inaperçues, dit-il.

Puis il soupire.

— Aiden, tu es sûr qu'Amy a un lien avec cette idée de second bunker ?

— Je... Je ne sais pas. Et c'est vrai. Je ne sais plus vraiment. Rien n'a de sens.

Grand-père me jette un coup d'œil, puis à papa.

— Je ne voulais pas le dire avant, mais je ne peux plus me taire.

— Parle, Peter, insiste grand-mère.

— Pourquoi une jeune femme voudrait-elle séquestrer une enfant dans un bunker ? dit-il. Hugh a pris un grand risque parce que...

Le visage de grand-père pâlit, mais il continue.

— À cause de ce qu'il était. Amy n'est pas Hugh, n'est-ce pas ? Alors pourquoi Emma était-elle si sûre que c'était elle ?

— Maman pense que c'est une vengeance, dis-je.

— Elle n'a pas besoin d'utiliser ça, dit grand-père en frappant le papier avec le dos de sa main, pour se venger. Kidnapper un enfant est une vengeance. Enlever Emma est une vengeance.

— Tu penses que c'est une perte de temps ? dis-je.

Je récupère les pages.

— Tu penses que je suis stupide.

Grand-père me regarde tristement pendant que je roule les pages.
— Non, c'est faux.
— Je sais bien que si. Vous pensez tous que je suis un idiot qui ne comprend pas le monde. Vous pensez que je suis obsédé par ça, pas vrai ? Que je ne peux pas m'empêcher de penser à Hugh.
— Mon grand.
Papa pose une main sur mon épaule dans un geste de réconfort.
Je m'éloigne de lui.
— Va te faire foutre.
Papa ouvre grand les yeux.
— Hé.
— Aiden, mon cœur, commence grand-mère.
Mais je tourne les talons et je sors de la maison avec mes papiers du bunker.

Une fois chez maman, je charge son ordinateur portable, j'étale les papiers sur la table de la cuisine et je m'occupe en rangeant la pièce. La maison est si calme que je mets la radio pour entendre à nouveau des voix. C'est là que je réalise à quel point je commence à changer. Je *veux* entendre le son de voix.

En fouillant dans l'ordinateur de maman, je tombe sur quelques e-mails de détectives privés. La plupart lui répondent qu'ils n'ont rien trouvé ou qu'ils ne peuvent pas accepter ce travail, mais il y en a un qui attire mon attention. Il est arrivé le jour où maman a disparu.

Bonjour Emma,

Coup de chance. En tâtant le terrain, je suis tombé sur l'amie d'un ami qui a signalé à la police qu'elle avait peut-être vu Amy Perry à l'arrière-plan de sa photo. Pourriez-vous jeter un coup d'œil à l'image et me dire si c'est bien elle ?

J'ouvre la pièce jointe et j'inspire profondément. L'image est floue, mais je parviens à la distinguer. Amy Perry, avec une casquette de baseball dissimulant ses traits, poussant un chariot dans un supermarché. Il n'y a pas de date ou de lieu, mais ça doit être récent. Forcément. Sinon, pourquoi porterait-elle une casquette dans un magasin ?

Mes doigts appuient sur les mauvaises touches alors que je m'empresse d'envoyer une réponse au détective en utilisant le compte de maman. Je dois expliquer qui je suis, parce que maman a disparu. Lorsque j'ai terminé, je reste assis là, à marteler anxieusement la table du bout des ongles pendant les quinze minutes nécessaires pour obtenir une réponse.

Le détective confirme qu'il a envoyé la photo à la police et m'apprend ensuite que la jeune femme qui lui a envoyé le cliché l'a pris dans les Midlands, qui se trouvent à peu près à mi-chemin entre Londres et York. La fille est choriste dans un groupe local en tournée dans la région, et elle ne se souvient pas de la ville où ils se trouvaient à l'époque. Le détective sait que le magasin est une coopérative, mais c'est tout.

Je zoome. Il y a de l'eau et du chocolat dans le chariot qu'elle pousse. Je vois aussi autre chose. Mon cœur se serre. Un dragon rouge en jouet.

Après avoir remercié le détective, je me dépêche de monter à l'étage et de fouiller dans les cartons de maman pour trouver un appareil photo. Sans mon téléphone, je ne peux photographier quoi que ce soit. Enfin, je trouve un vieil appareil numérique qui a besoin d'être rechargé. Il me faut encore vingt minutes pour trouver le bon chargeur, et une heure pour le charger. Pendant ce temps, je continue à observer les plans sur la table. De temps en temps, le fixe sonne. Papa, probablement. Je l'ignore.

Une fois l'appareil chargé, je prends des photos de chaque plan, je les importe sur l'ordinateur portable et j'envoie le tout à Josie. Si quelqu'un peut nous aider à décrypter le projet ultime de Hugh, c'est bien elle.

Puis je regarde l'heure. Je n'ai pas vu le temps passer. Il est 2 heures du matin. Pour ne pas recevoir de visite inattendue de papa, je lui envoie un e-mail pour lui dire que je vais bien, que je reste dormir chez maman et que je le verrai le lendemain. Ensuite, je me mets au lit pour dormir quelques heures.

Le lendemain matin, je me lève avant le soleil, marche jusqu'à l'arrêt de bus et j'attends. Une fois à l'intérieur, je déplie le morceau de papier et vérifie à nouveau l'adresse. Il était crucial de partir tôt ; je devais faire vite avant que papa ne vienne me voir, ce qui était prévisible. J'avais prévu de m'éclipser de chez papa à la nuit tombée, mais la dispute m'a facilité la tâche.

Je regarde le lever du soleil alors que le bus roule. J'aimerais avoir mon téléphone. Sans lui, je me sens désarmé et vulnérable.

C'est la première fois que je monte seul dans un bus. Je ne savais pas combien ça coûterait, mais heureusement, maman a oublié sa carte bancaire avant d'aller retrouver Amy, alors je m'en suis servi pour payer, sans rien dire au chauffeur de bus, avant de trouver un siège au fond. J'ai vérifié en ligne combien d'arrêts le bus devait effectuer, et je les compte pour m'assurer de descendre au bon.

C'est le douzième arrêt, à quarante minutes de Bishoptown. J'appuie sur le bouton, je dis merci au chauffeur et je descends sur le trottoir. C'est la partie qui m'inquiète le plus, mais j'ai soigneusement noté les instructions. L'air est encore frais à cette heure de la matinée. Ça ne sent pas comme les bois de Rough Valley. Il y a des maisons en briques partout, mais à mesure que je marche, que je suis mes propres indications, les routes deviennent des ruelles. Les maisons deviennent plus clairsemées. Ça me rappelle la périphérie de Bishoptown.

Enfin, j'arrive à une maison individuelle protégée par un portail. J'appuie sur la sonnerie de l'entrée et le portail s'ouvre pour me laisser entrer.

Chapitre 39

EMMA

Il devient vite épuisant d'essayer de rester positive, surtout en étant à moitié dans les vapes à cause de la drogue. Je n'ai aucune notion du temps ici. Je ne peux pas regarder par la fenêtre et voir si c'est le matin ou l'après-midi. Je me parle à moi-même jusqu'à ce qu'Amy m'apporte à manger et je m'endors à nouveau.

Je ne sais pas combien de temps elle m'a laissée seule ici, mais je sais qu'elle est entrée dans la cage pour récupérer le morceau de porcelaine. Ce qu'elle n'a pas réalisé, c'est que j'ai cassé l'éclat original en deux, en cachant un dans mon matelas. Puis, pendant qu'elle était à l'étage, je me suis penchée pour masquer mes gestes et j'ai récupéré ce petit morceau pointu, le glissant doucement dans ma poche.

Quand Amy descend les escaliers, portant un autre plateau de céréales sèches, j'en déduis que nous sommes le lendemain matin. Cela voudrait dire mercredi ? Elle pose le plateau et repart. Elle ne veut pas communiquer avec moi. Pas après que je lui ai taillé le bras. Je vois le bandage, la façon dont elle le tient, comme si ça lui faisait encore mal. Une petite tache écarlate indique que le sang s'infiltre dans le tissu.

Je suis dégoûtante. Mes cheveux sont gras et informes, mes vêtements sont infects. Je me suis aspergée d'eau froide, mais c'est à peu près tout. La crypte empeste en l'absence de chasse d'eau. Si Amy voulait me rabaisser, elle a réussi. Elle a fait de moi un animal, m'a déshumanisée, m'a enlevé toutes les bienséances de la vie moderne.

Je me rapproche des barreaux. Quand elle émerge à nouveau, j'ai mes doigts enroulés autour du métal.

— Où est ma fille ? dis-je.

C'est devenu ma phrase d'accroche. C'est la première chose que je lui dis quand elle vient me donner à manger.

Cette fois, elle a trois bouteilles d'eau d'un litre dans les bras.

— Recule.

Je fais un pas en arrière.

— Plus que ça, dit-elle.

Un autre pas. Petit.

Elle fait passer la première bouteille d'eau dans la cage. Alors que je la regarde, la colère me consume la peau. Le cou, le visage, les bras. Tout mon corps est en ébullition, mais à l'intérieur, je garde mon calme. Ce qu'elle ne sait pas, c'est que je suis prête à bondir.

Quand elle me tend la troisième bouteille, je suis plus rapide. Mon bras sort de la cage et attrape le sien. Elle pousse un hoquet de surprise, essaie de se dégager, mais je plante mes doigts dans sa chair. Je m'approche d'elle et j'enroule mon autre main autour de son bras. Elle se débat pour se dégager, me tirant vers les barreaux, mais je tiens bon. De la sueur coule le long de mon cuir chevelu. Je ne lâcherai pas.

Je sors l'arme de ma poche. Amy commence à crier : *lâche-moi* ! Elle sort quelque chose de *sa* poche.

Mais cette fois, je suis plus rapide. Je fais tomber l'objet de sa main. Le métal résonne sur le sol en pierre. Nous fixons toutes deux l'aiguille, la regardant rebondir dans la cage. Elle essaie de bouger la première, mais je presse mes doigts contre sa blessure. Mes ongles s'enfoncent, refusant de lâcher prise. Je me penche pour saisir la seringue, mais je n'y arrive pas.

Elle se retire, me poussant la tête la première contre le métal. Ma pommette le heurte violemment et la douleur est lancinante, mais je plante davantage mes ongles, en serrant les dents, la regardant hurler. Cette fois, quand je me penche pour attraper l'aiguille, je l'atteins. Elle essaie de me bloquer quand je la dirige vers elle. Ce n'est pas évident, mais je parviens à plonger le métal dans son avant-bras.

L'aiguille reste là, oscillant d'avant en arrière, alors qu'Amy s'arrache finalement à ma prise. J'essaie de la retenir plus longtemps, mais elle s'éloigne de moi en titubant.

— Non ! m'écrié-je en la regardant reculer hors de ma portée.

— Qu'est-ce que tu comptes faire, Emma ? dit Amy d'une voix déjà rendue pâteuse par le sédatif. Tu ne sortiras jamais de là.

Je la déteste tellement.

Ses paupières commencent à s'affaisser, mais elle continue à parler.

— Je ne serai pas hors-jeu bien longtemps. Tu seras toujours là quand je reviendrai à moi.

— Tu n'en sais rien, dis-je.

J'essuie la sueur de mon front et je regarde Amy perdre connaissance, s'effondrant violemment contre le sol de pierre.

Chapitre 40

AIDEN

Je n'imaginais pas que Faith habitait dans un tel endroit. Je croyais qu'elle était comme moi et qu'elle venait d'un foyer modeste, pas qu'elle vivait dans un mini manoir. Il y a deux lions en pierre, un sur chaque pilier, qui me regardent avec leurs bouches caverneuses et leurs dents acérées lorsque je franchis le portail et que je m'engage dans l'allée gris anthracite.

C'est un lieu coupé du monde. Un endroit idéal pour se cacher. Faith vit-elle seule ici ? Elle ne m'a jamais parlé de sa famille, mais elle a mon âge, alors comment pourrait-elle vivre là ? Ses parents doivent y habiter.

C'est alors que ça me frappe. Faith ne m'a jamais dit quel âge elle avait. Elle n'a jamais mentionné sa famille, sa maison, son âge ou quoi que ce soit d'autre. Les mots de mon père tournent en boucle dans mon esprit : *Comment sais-tu que Faith n'est pas Amy ?* Je regarde la maison. Cet endroit pourrait-il avoir un lien avec Hugh ? Une seconde maison cachée pour sa petite amie, Amy ? Il n'y a qu'un seul moyen de le savoir. C'est pour ça que je suis venu, pour obtenir des réponses.

J'appuie sur la sonnette à côté de la large porte peinte en bleu. De loin, elle donne une impression de grandeur, avec ses boiseries et ses marches en pierre. Mais quand je m'approche, je commence à remarquer son état de délabrement. La peinture s'écaille. Je touche les pierres de la maison du bout des doigts et de la poussière tombe. C'est une belle maison, mais elle est mal entretenue.

Plus j'attends près de la peinture bleue écaillée, plus mon cœur bat fort. Alors que je m'apprête à appuyer à nouveau sur la sonnette, j'entends une clé dans la serrure. La poignée tourne et la porte s'ouvre.

Une femme se tient dans l'embrasure de la porte. Elle a l'air épuisée. Ses cheveux grisonnants sont humides et collés sur son front. Elle est maquillée, mais pas avec autant de soin que ma grand-mère. Elle a des traces de maquillage au coin des yeux et des lèvres. Quand elle sourit, j'en vois aussi sur ses dents. Elle porte une longue robe crème un peu trop moulante pour son ventre flasque. Je ne suis pas doué pour estimer les âges, mais je dirais qu'elle a autour de cinquante ans.

— Je peux parler à Faith, s'il vous plaît ? demandé-je.

La poitrine de la femme se soulève et s'abaisse assez rapidement, comme si elle avait couru d'un côté à l'autre de la maison. Elle est essoufflée quand elle répond :

— Entre.

Il y a quelque chose dans l'apparence de cette femme qui me donne envie de faire demi-tour et de m'enfuir. La robe étrange et formelle, les cheveux pleins de sueur et le maquillage brouillon. Rien de tout ça ne semble normal. Mais j'ai besoin de réponses. Je dois rester. Je franchis le seuil et j'entre dans la maison.

— Tu es en avance. Je n'ai pas eu le temps de finir de me préparer.

Je ne comprends pas, car elle semble déjà bien trop habillée pour un mercredi matin. Elle me fait signe d'avancer dans le hall, puis claque la porte. Une clé à l'ancienne apparaît entre ses doigts et elle ferme la porte derrière moi. Le son de cette porte qui claque, le raclement de la clé, tout ça est trop familier. Ma peau est bouillante.

Elle se tient face à moi, le dos appuyé contre la porte d'entrée. Sa bouche s'étire en un sourire et ses yeux se remplissent de larmes. Elle prononce mon nom comme une caresse. *Aiden.*

Mon cœur se serre. Un poids tombe au fond de mon estomac. J'ai un mouvement de recul. Je suis le couloir vers un hall plus grand, un escalier en colimaçon avec une vieille rampe en bois, des carreaux noirs et blancs au sol. Ce n'est pas possible. Elle ne peut pas...

— Aiden, ça me fait tellement plaisir que tu sois là.

Plus elle parle, plus je me rends compte qu'elle adopte une voix légèrement aiguë, comme si elle essayait de se rajeunir. Ça me fait froid dans le dos.

— Je ne t'ai pas dit qui j'étais quand on s'est rencontrés.

En reculant, je fronce les sourcils, ne sachant pas de quoi elle parle. Je n'ai jamais rencontré cette femme. Cette *femme* ne peut pas être Faith. Ce n'est pas possible. Une partie de moi se demandait si papa avait raison pour Amy, mais je n'avais jamais imaginé *ça*. C'est impossible.

— Où est Faith ?

Elle a les deux mains derrière le dos, la tête inclinée sur le côté. Ses sourcils se rapprochent. Chaque expression est exagérée, comme si elle était une vieille star de cinéma dans un film en noir et blanc.

— *Je* suis Faith. Tu ne le vois pas ? Tu ne comprends pas ? J'ai attendu ce moment si longtemps. Il n'y a enfin plus que nous.

Je fais volte-face et me dépêche de traverser la maison, à la recherche d'une sortie à l'arrière. Une perle de sueur roule sur ma tempe. Je trouve la cuisine et la suis jusqu'à ce qui semble être une buanderie. La porte vitrée est verrouillée.

— Aiden, où vas-tu ? Je croyais que nous allions parler ?

J'entends le bruit de sa jupe à chaque fois qu'elle bouge. Ses pieds nus frottant sur les carreaux, claquant légèrement. Chaque son me rend encore plus malade que le précédent. Je retourne dans la cuisine, remarquant la peinture défraîchie, les chaises de la salle à manger mal assorties autour de la table sale, les fissures dans le plâtre.

Elle apparaît dans l'embrasure de la porte et s'appuie contre l'encadrement.

— Ce n'est pas comme ça que je voulais que ça se passe. Tout ça, c'est à cause de tes parents. Ils t'ont empoisonné l'existence, Aiden. Ce n'est pas ta faute. Tu as été abusé par tout le monde dans ta vie.

Quand ses bras se tendent vers moi, je ne peux que la contourner et m'éloigner.

— Arrêtez ça, dis-je.

Ses mains tendues se transforment en poings serrés.

— Tu ne me reconnais pas, n'est-ce pas ? dit-elle. Nous nous sommes rencontrés une fois. Nous avons pris une photo ensemble.

— Quoi ?

— Regarde.

Elle me montre son téléphone. Son fond d'écran est une image de nous deux.

— Vous étiez cette femme au pub, dis-je, à peine conscient que mes lèvres bougent.

— En effet, dit-elle. J'ai dû faire preuve de beaucoup de volonté pour ne pas gâcher la surprise et te dire qu'on discutait depuis des mois. Mais même si je n'ai rien dit, j'ai bien vu que tu m'appréciais. Tu m'as envoyé un signal ce jour-là, tu ne le sais pas ? La façon dont tu m'as regardée m'a fait penser que tu savais qui j'étais, que nous avions une connexion, même si tu n'as rien dit. Oh, Aiden, j'ai attendu tout ce temps pour te montrer qui je suis.

Elle fronce les sourcils.

— Mais tu es déçu. C'est ça ?

— Je pensais que vous aviez mon âge, dis-je.

Faith secoue violemment la tête, agitant ses boucles humides. Elle continue de fixer son téléphone pendant qu'elle répond.

— L'âge n'est qu'un chiffre. Je ne suis pas comme elles, les mères, les grands-mères. Je suis jeune dans mon cœur. Tu comprendrais ça si tu n'avais pas été empoisonné par ta famille.

— Pourquoi dites-vous ça ?

Elle reporte son attention sur moi.

— Parce que c'est vrai. Emma ne te mérite pas. C'est une petite femme méchante, grossière et violente qui a laissé ses *deux* enfants se faire enlever.

Elle renifle.

— Elle fait la moue sur toutes les photos. Elle n'a *jamais* l'air reconnaissante. Et puis il y a cet idiot de père que tu as. Il est encore pire. Il a quitté ta mère dès que l'occasion s'est présentée.

Je reste là, effaré par le vitriol qui sort de sa bouche. Maman a toujours essayé de me protéger des commentaires les plus méchants à notre égard sur Internet, mais j'en ai vu beaucoup. Faith répète simplement les mêmes choses que les gens dans la section Commentaires du MailOnline. C'est comme si elle avait tout intériorisé.

— Qu'est-ce qui vous fait croire que vous connaissez ma famille ? Que vous me connaissez ?

Elle se rapproche.

— Je te connais, Aiden.

Mon visage rougit, parce que c'est vrai.

Elle s'avance dans la cuisine, prend une bouilloire et la remplit d'eau. Je remarque la moisissure noire autour du bec de la bouilloire, l'épaisse couche de poussière grasse sur le couvercle.

— Depuis combien de temps vivez-vous seule ici ? demandé-je en observant chacun de ses mouvements.

— Depuis que mon père est mort, dit-elle. Ma mère est morte la première, il y a longtemps. J'avais dix ans. Mon père est mort l'année dernière. Il a été emporté dans son sommeil dans le lit en haut.

Un bruit sourd se fait entendre quelque part dans la maison, et Faith reste immobile, mais elle poursuit d'un ton qui se veut joyeux :

— C'est peut-être lui.

Elle secoue la tête.

— Quelque chose a dû tomber ou bien ce sont de vieux tuyaux. Cette maison est si vieille.

— Vous ne vous sentez pas trop seule ici ?

Elle se rapproche de moi et je recule jusqu'à ce que je sois plaqué contre la table.

— Si, répond-elle. Tout le temps.

— C'est pour ça que vous parlez à des inconnus sur Internet

Faith semble troublée par cette déclaration. Sa bouche s'ouvre et se ferme deux fois avant qu'elle réponde :

— Tu n'es pas un étranger.

— Je l'étais, dis-je. Jusqu'à ce que vous m'envoyiez un message.

— Non, dit-elle. Je te connaissais déjà à l'époque. J'ai tout lu sur toi. Je savais que le soleil pouvait abîmer ta peau. Que tu portais des lunettes pour améliorer ta vue. Tu es resté dans le bunker pendant trois mille cinq cent quatre-vingt-neuf jours. Tu es le peintre le plus talentueux du monde. Ta mère t'a abandonné et t'a considéré comme mort.

Lorsque l'eau bout, elle saisit la bouilloire et verse le liquide chaud sur les sachets de thé dans ses tasses crasseuses.

— Comme mort.

— Faith, dis-je prudemment. Qu'est-ce que vous voulez ?

Les mains tremblantes, elle porte les deux tasses jusqu'à la table et les pose.

— Je veux qu'on soit une famille. Toi. Moi. Gina. Tous les trois.

Chapitre 41

EMMA

Amy tombe lourdement. Elle se cogne la tête et son corps tressaute. Je suis abasourdie par la violence du choc. Pendant un moment, je reste paralysée. Je me contente de la fixer tandis qu'un mince filet de sang s'écoule de l'arrière de sa tête. *Merde*. Je n'en demandais pas tant. Elle était censée perdre connaissance pour que je puisse essayer d'atteindre ses clés. J'examine son corps. Ses yeux sont fermés, mais il est difficile de savoir si elle respire ou non. Puis j'essaie de calculer combien de temps cette drogue est censée faire effet. La dernière fois qu'elle m'a fait une injection, combien de temps ai-je dormi ? La vérité est que je ne m'en souviens pas. Ça veut dire que je dois agir vite si je veux profiter de ce moment. Pour ce faire, je commence à passer en revue toutes les choses que je sais sur l'endroit où je suis et sur les gestes que répète Amy.

Il y a une porte en haut des escaliers qu'elle verrouille, me semble-t-il. Si cette porte doit être déverrouillée chaque fois qu'elle vient me nourrir, alors elle garde peut-être toutes ses clés au même endroit, probablement dans une poche.

Je passe la main à travers les barreaux pour voir si je peux attraper la jambe tendue d'Amy. Mes doigts tâtonnent contre les dalles de pierre, mais je n'arrive pas à l'atteindre. En frappant le métal de l'épaule, j'essaie avec l'autre bras.

Frustrée, je m'assieds et la regarde. Et si je l'avais tuée ? C'est difficile de dire si elle respire sous cet angle. Et si le coup à la tête avait eu raison d'elle ? Je rampe vers les barreaux et presse mon visage entre eux. Est-ce qu'elle respire ? Elle n'a pas bougé depuis le moment où elle est tombée sur le sol en pierre. Son corps gît sans vie par terre.

Si elle est morte, et que je ne peux pas atteindre les clés, alors je mourrai de faim dans cette chapelle.

Cette pensée me contracte la poitrine.

Mourir de faim n'étant pas une option, je me contorsionne de façon à pouvoir passer mes deux jambes à travers les barreaux de la cage. Dans un grognement, je me tords et j'enserre la cheville d'Amy entre mes jambes, essayant de la rapprocher de moi. Mes deux pieds finissent dans la mare de sang chaud. Si elle saigne encore, ça veut peut-être dire qu'elle est encore en vie. C'est quand son sang se refroidira que je devrai m'inquiéter.

Lentement, je commence à la traîner plus près des barreaux. Mais mes muscles sont affaiblis par le manque de nourriture et de mouvement depuis que je suis piégée. La chaleur devient insupportable là-dedans, et je dois faire une pause pour essuyer la sueur de mon front. Pendant ma pause, j'évalue ce que j'ai dans le bunker. Il y a une petite réserve de nourriture : du chocolat et un paquet de bœuf séché. À peine assez pour deux jours. J'ai quatre litres et demi d'eau à rationner, mais avec cette chaleur, j'aurai du mal à les faire durer cinq, voire six jours. Je peux essayer s'il le faut, mais la meilleure solution est de mettre la main sur les clés.

Après m'être débarrassée d'une partie de mes vêtements sales, je retourne à ma tâche qui consiste à rapprocher le corps d'Amy des barreaux. Maintenant, je peux saisir sa jambe avec mes mains et l'attirer encore plus près. Elle ne réagit pas quand je la déplace sans ménagement sur le sol de pierre. Une tache rouge recouvre le sol derrière elle.

Mon cœur bat la chamade quand je glisse mes doigts dans la poche de son jean. Le tissu est plaqué contre sa hanche. Amy est plus maigre qu'avant. Plus musclée. Avec son visage au repos, elle est plus jolie que jamais. Mes doigts atteignent le métal et un sentiment de soulagement m'envahit. Je la tiens. Mon échappatoire.

Je me lève, fixant les clés dans la paume de ma main. Puis je me mets au travail. La serrure se trouve à l'extérieur de la cage, ce qui signifie que je dois incliner mes mains selon un angle étrange pour insérer la clé. Il y en a quatre sur le porte-clés. L'une d'elles semble être une clé de voiture. J'essaie d'abord la clé la plus longue. Je la tourne dans les deux sens. Rien ne se passe. Puis la deuxième clé. Encore une fois, rien ne se passe. Je respire profondément, dis une prière et j'essaie la dernière clé.

Rien ne se passe.

Chapitre 42

AIDEN

— Vous avez enlevé Gina.

Elle se contente de me regarder avec de grands yeux. Je puise dans ce que j'ai appris en matière d'émotions. Les yeux écarquillés signifient la surprise. Le choc. La confusion.

— Je ne l'ai pas enlevée, dit Faith. Je n'aurais jamais fait ça.

— Alors pourquoi avez-vous prononcé son nom ?

— Parce que nous pouvons être tous ensemble. Former une famille.

Elle me prend la main.

Je voudrais la récupérer de tout mon être. La sensation de sa chair chaude sur la mienne fait monter en moi un haut-le-cœur de dégoût. Mais je décide que si je veux connaître la vérité, je dois faire semblant de m'intéresser à elle comme elle est intéressée, non, *obsédée*, par moi.

— Ça veut dire que vous savez où elle est ? demandé-je.

Faith serre ma main, et mon ventre se contracte.

— Dites-le-moi, Faith. Nous devons être honnêtes l'un envers l'autre.

Elle soupire.

— Ça ne se passe pas comme je le voulais.

— Comment vouliez-vous que ça se passe ?

— Je pensais que tu serais plus intéressé par moi, mais il est clair que tu t'intéresses plus à ta morveuse de sœur.

Au-dessus de nous, il y a un bruit sourd. Une bouffée de chaleur se répand sur ma peau alors que l'adrénaline et la colère montent en moi. Je lui serre la main en retour. Mais ce n'est ni de façon amicale ni romantique. Elle pousse un petit cri. Elle essaie de se dégager, mais je la garde prisonnière de mon emprise.

En serrant les dents, je demande :

— Est-ce que ma sœur est en haut ? Elle est là ?

— Arrête ! crie-t-elle.

Je lâche prise, dégoûté par la douleur sur son visage, dégoûté par moi-même, mais en même temps pleinement concentré sur ce que je dois faire. Pendant que Faith frotte sa main endolorie, je sors en courant de la cuisine, traverse le couloir et monte les escaliers du hall. Je grimpe les marches quatre à quatre. Mes cuisses me lancent, mes poumons sont en feu. J'entends un cri, mais ce n'est pas un cri d'enfant, c'est le bruit d'un adulte qui fait une crise de colère. J'ai déjà entendu ce son, je le connais bien. C'est comme quand Hugh me traitait d'ingrat, me disant que je ne valais rien. Des gens sombres et dangereux avec une âme d'enfant gâté.

— Ginny ! m'écrié-je. Ginny, où es-tu ?

Faith me poursuit. Ses pieds nus martèlent les marches quand j'arrive à l'étage supérieur. Rapidement, j'ouvre et je ferme toutes les portes du couloir, appelant Gina. L'absence de téléphone portable rend la tâche encore plus difficile. D'une manière ou d'une autre, je vais devoir la faire sortir de là et tout expliquer à la police plus tard.

— Aiden ! crie Faith, ne me laissant pas la moindre chance d'entendre ma petite sœur.

Elle n'arrête pas de crier mon nom à pleins poumons. J'entends les larmes dans sa voix. Je perçois sa folie.

Les deux premières pièces sont des chambres qui ne semblent pas avoir été nettoyées ou rafraîchies depuis au moins vingt ans. La suivante est clairement la chambre de Faith. Je me tiens dans l'embrasure de la porte, fasciné par ce que je vois. Des piles de journaux jonchent le sol. Des ciseaux sont posés sur la table de chevet. Je suis sur le point de les attraper quand je vois les coupures de presse étalées sur le lit. *La sœur d'Aiden portée disparue. La maman du bunker se voit enlever son deuxième enfant. Le garçon du bunker semble innocent, mais l'est-il vrai-*

ment ? Une fillette perdue. La sœur du bunker. Les sombres secrets de la famille Price. Que cache Emma Price à la police ? Tous les gros titres nous jettent la pierre.

L'étendue de l'obsession de Faith me frappe de plein fouet. Je me sens stupide. Pourquoi lui ai-je envoyé toutes ces informations personnelles ? À une étrangère ? Papa avait raison à son sujet depuis le début. Et si c'était elle la ravisseuse ? Je me souviens de la vidéo où Gina était portée par une femme. Cela aurait-il pu être Faith ? Avec une perruque, peut-être ?

— Ils ne te connaissent pas comme moi.

Le son de sa voix me fait sursauter. En me retournant, j'attrape les ciseaux et les brandis entre nous.

Elle les regarde.

— Tu ne me ferais pas de mal. Tu m'aimes.

Elle énonce ça comme un fait. La Terre est ronde. Tu m'aimes. Il y a de l'oxygène dans l'air. Nous sommes faits pour vivre ensemble.

— Dites-moi ce qui s'est passé, dis-je. Dites-moi tout. Qui êtes-vous ?

— Tu sais qui je suis. Je suis Faith. Je suis ta meilleure amie. Tu me l'as dit une fois.

— Je n'ai pas d'amis, alors ça ne veut pas dire grand-chose.

Elle fait un pas en avant et je m'avance vers elle avec les ciseaux en guise d'avertissement.

— Tu ne me feras pas de mal : je sais où est Gina.

— Et ma mère ? demandé-je.

Faith se contente de hausser les épaules. Aurait-elle pu enlever maman après Gina ? Dans son texto, maman a spécifiquement mentionné Amy, mais Faith l'aurait-elle dupée ? Pourraient-elles être de mèche ?

Je ne peux pas supporter de ne pas savoir, ne pas comprendre.

— S'il vous plaît, dites-le-moi. Qu'avez-vous fait ? Où est ma famille ?

— Ta mère ne vous a jamais mérités, ni toi ni Gina. Tout le monde pense la même chose. Il suffit de lire ces articles pour savoir ce que le monde entier pense d'elle. Je te jure que chaque décision que j'ai prise était motivée à l'importance que je t'accorde. Dès que nous avons commencé à parler sur Instagram, j'ai su ce que je devais faire.

— Kidnapper ma sœur ? Pourquoi ?

Elle secoue la tête.

— Je ne l'ai pas enlevée.

— Alors qui l'a fait ?

Des larmes chaudes de frustration coulent sur mon visage. Je veux que tout soit terminé. Je veux les récupérer.

— Dites-le-moi, Faith. Je veux tout savoir.

Je marque une pause, essayant de trouver les mots qu'elle veut entendre.

— Écoutez, je ne peux rien vous promettre, mais peut-être que si vous me dites la vérité maintenant, nous pourrons trouver une solution ensemble. Si vous me dites la vérité, je pourrai peut-être vous pardonner.

Elle renifle bruyamment.

— Je ne l'ai pas enlevée. Je m'occupe d'elle pour toi.

Mon cœur fait un bond.

— Où est-elle ?

Faith tourne les talons et sort de la pièce. Je commence à la suivre.

— Cette maison a plus de cent ans, dit-elle. Elle appartient à ma famille depuis sa construction. Le domaine de la famille Clements.

Elle renifle.

— Au fil des ans, nous avons dû vendre de nombreuses autres propriétés à travers le pays, mais nous avons gardé celle-ci. Tu sais ce que c'est : un frère ou un oncle malhonnête qui joue la moitié de la fortune familiale et le reste part dans les droits de succession.

Alors que nous retournons vers les escaliers, elle fait un geste vers les vieux tableaux aux murs. Des hommes et des femmes au visage impassible nous scrutent dans la pénombre.

— Ils étaient très sociables, même si ça ne se voit pas sur ces photos. Mon grand-père et mon père se sont faits de nombreux amis au fil des ans. Des amis haut placés et d'autres moins.

Elle se tourne vers moi.

— Quand on t'a retrouvé, et que j'ai vu ce qui t'était arrivé dans le journal, il y a un nom qui m'a sauté aux yeux. Hugh Barratt.

Le son de son nom dans sa bouche me glace le sang. Mais je ne l'interromps pas. Nous commençons à monter les escaliers vers l'étage du dessus. Elle poursuit :

— L'homme qui t'a enlevé était un ami de mon père. Papa aimait investir dans des projets de construction de temps en temps. Je crois qu'ils ont travaillé ensemble sur plusieurs choses différentes.

— Faith, dis-je doucement pour ne pas l'effrayer. Hugh vous a fait du mal à vous aussi ?

En haut de l'escalier, elle s'arrête pour reprendre son souffle et se donner une contenance.

— Non.

Je décide de ne pas insister, mais je comprends maintenant son obsession pour ma vie.

— Vous savez que j'ai tué Hugh, n'est-ce pas ? ajouté-je.

— Oui. Tu as fait ce que tu devais faire. Comme j'ai fait ce que j'avais à faire.

En la suivant vers une porte sombre en acajou, je comprends ce qu'elle veut dire. Elle a assassiné son père.

— Comment avez-vous fait ?

— Il était vieux et malade. Personne n'a soupçonné que j'avais accéléré le processus. J'ai plaqué un oreiller sur son visage.

— Je comprends pourquoi vous l'avez fait.

Avant de déverrouiller la porte, elle se retourne vers moi et je vois les larmes rouler sur ses joues.

— Je *sais* que tu comprends. C'est pour ça que nous sommes censés être une famille.

— S'il vous plaît, Faith. J'ai besoin de voir Gina. Ouvrez la porte.

Elle essuie ses larmes.

— Seulement si tu me fais une promesse. Que nous allons tous vivre ici ensemble. Tu dois bien comprendre maintenant que c'est notre destin. Nous sommes liés. Oublie ta mère, c'est une mégère. Ton père l'a trompée. Aucun d'eux....

— Qu'est-ce que vous avez dit ?

Faith hausse les épaules, se retourne vers la porte et insère la clé dans le trou de serrure.

— Attendez.

J'attrape son épaule.

— Qu'est-ce que vous vouliez dire en prétendant que mon père avait trompé ma mère ? Comment pourriez-vous le savoir ?

— C'est la vérité.

Elle s'éloigne et ouvre la porte.

— Demande à Amy Perry.

La porte s'ouvre et Faith recule. Il y a un lit *king-size* en face d'une grande baie vitrée. Sur les draps roses, une petite fille joue innocemment avec des Barbies. Je manque de faire tomber les ciseaux. L'air se bloque dans ma gorge.

Cette petite fille bondit vers moi, trébuchant presque. Elle enroule ses bras autour de ma taille et commence à pleurer dans mon haut.

— Denny, dit-elle. Tu es venu me sauver ?

Chapitre 43

AIDEN

Les larmes de Gina manquent de couvrir le bruit de la porte sur la moquette. Mais je l'entends, et mon corps réagit plus vite que mon esprit. D'abord, je repousse Gina, bien malgré moi, mais je sais que je dois le faire. Puis je me retourne pour voir Faith fermer discrètement la porte derrière nous. C'est là que je réalise qu'elle essaie de nous enfermer tous les deux.

Je glisse mon pied entre la porte et le cadre, de justesse. Elle continue à tirer sur la poignée, coinçant mon pied. Ça fait un mal de chien, mais je serre les dents, je saisis la porte de la main droite et je la repousse d'un coup sec. Faith trébuche, déséquilibrée, alors que je tourne l'élan à mon avantage.

Quand elle lâche prise, je la pousse dans le couloir et brandis les ciseaux. Elle lève les mains pour se protéger. Il y a du mouvement près de ma jambe, mais je suis tellement concentré sur Faith que je le remarque à peine. Pareil pour elle. Du coin de l'œil, je vois Gina descendre les escaliers en courant. Faith ne semble pas l'avoir vue.

— Qu'avez-vous dit à propos d'Amy Perry ? demandé-je en brandissant toujours les ciseaux.

— J'ai dit que tu devrais lui demander pour ton père.

Elle lève le menton et ses yeux envoient des éclairs.

— Ils ont eu une liaison, avant ta naissance.

Je fronce les sourcils, ne sachant pas si je dois la croire ou non. Est-ce vraiment une liaison quand on est si jeunes et pas encore mariés ?

— Comment êtes-vous au courant ?

— Amy me l'a dit, répond Faith en souriant. Comme je te l'ai expliqué, Hugh était ami avec mon père, mais ce que tu ignores, c'est que je me suis liée d'amitié avec Amy quand Hugh est venu nous voir avec elle il y a cinq ans. Nous avons repris contact à ton retour du bunker.

— Alors vous saviez, dis-je. Vous deviez savoir que Hugh avait enlevé un enfant.

— Non, je ne l'ai jamais su. Mon père ne s'est lié d'amitié avec Hugh que lorsqu'il a voulu acheter une chapelle de notre domaine. Tu dois me croire. Je déteste Hugh pour ce qu'il t'a fait. Amy aussi.

Ma tête commence à tourner devant toutes ces nouvelles informations et je ne suis pas sûr de savoir qui ou quoi croire.

— Vous vous trompez. Amy l'a toujours su.

Faith cille.

— Ce n'est pas vrai.

Elle fait un pas en arrière, s'approchant des escaliers.

— Tout ce qu'Amy voulait, c'était donner une leçon à Emma. C'est à cause d'Emma qu'Amy a perdu son bébé. Emma lui a fait du mal, vois-tu. Elle l'a brutalisée à l'école, puis elle a poussé Amy et lui a fait perdre son bébé.

Mes paumes deviennent moites et la poignée des ciseaux est de plus en plus glissante. Mon bras me fait mal à force de les tenir en l'air. Mais surtout, je suis confus. Maman peut être féroce, mais c'est une férocité protectrice, pas mauvaise. Même plus jeune que moi, je n'arrive pas à l'imaginer intimider quelqu'un. Je ne peux pas l'imaginer pousser Amy et lui faire faire une fausse couche. Si c'était vrai, pourquoi maman et Amy seraient-elles restées amies après l'école ? Du coin de l'œil, je vois Gina se précipiter dans l'un des couloirs.

— Amy a enlevé Gina, dis-je en essayant de retenir l'attention de Faith. C'est bien ça ?

Elle acquiesce.

— Où est maman ? Avec Amy ?

Faith acquiesce à nouveau.

— Où ça ?

Mais ses yeux se posent sur les ciseaux dans ma main. Je comprends en une fraction de seconde qu'elle va essayer de me les prendre.

Quand elle se jette sur moi, je fais le choix de les jeter. Ses yeux suivent la trajectoire de l'arme lorsqu'elle tombe, et elle se dirige vers les ciseaux, mais je lui bloque le passage. Lors de ce contact, mes pensées se tournent vers Hugh dans le bunker lorsque je l'ai frappé encore et encore. Je lève les mains pour me défendre et elle hurle en me poussant vers la porte ouverte. La panique me saisit. Mes membres s'alourdissent, j'ai le souffle court, mon sang se glace, mais je sais que je ne peux pas rester enfermé dans cette pièce. Pas à nouveau. Ça ne peut pas se reproduire.

Avant qu'elle ne puisse me ramener dans la pièce, je la pousse aussi fort que je peux. Elle vacille, mais alors qu'elle essaie de se redresser, elle glisse sur les ciseaux. Elle perd l'équilibre et atterrit lourdement sur la marche du haut. Un cri s'échappe de sa gorge et elle dégringole l'escalier. Son corps heurte douloureusement le mur, ricoche et continue à descendre l'étage suivant. Je grimace à chaque impact, à chaque cri jusqu'à ce que Faith s'arrête. Son corps décrit un angle improbable. Son visage est ensanglanté. Elle me fixe avec des yeux vitreux. La vie les a quittés.

Gina lance timidement du haut des escaliers :

— Denny ?

— Je vais bien, dis-je d'une voix rauque.

— La police arrive, annonce-t-elle.

Chapitre 44

EMMA

Je place deux doigts sur le cou d'Amy et je cherche un pouls. Je le trouve. Je ne sais pas si je suis soulagée ou déçue. Mais même si elle est encore en vie, cela ne signifie pas qu'elle se réveillera un jour. Elle pourrait mourir tranquillement sans jamais reprendre conscience. Je n'en sais rien.

Les clés ne m'ont été d'aucune aide, mais peut-être qu'elle a un téléphone.

Après avoir fait une pause, mangé un peu de bœuf séché et m'être remise de mon effort, j'essaie de faire rouler Amy pour pouvoir atteindre son autre poche. Je tourne le corps d'Amy à gauche puis à droite pour m'assurer qu'elle ne roule pas dans la direction opposée. C'est un travail laborieux, mais j'arrive enfin à la mettre dans la position que je veux.

Quand je devine le contour rectangulaire à travers la poche de son jean, j'ai un sursaut d'espoir. Mes doigts se glissent avidement dans sa poche pour découvrir la surface dure et lisse. J'arrive à l'attraper et le fais glisser doucement hors de sa poche. Je suis presque de retour au niveau des barreaux quand des doigts s'enroulent autour de mon poignet.

— Qu'est-ce que tu penses faire ? dit-elle en bafouillant légèrement.

Sans répondre, je coince sa main contre les barreaux métalliques. Elle me lâche, mais je laisse tomber le téléphone. Il rebondit sur le coin et tombe de l'autre côté des barreaux. Nous nous précipitons toutes les deux vers lui en même temps. Je suis handicapée par la cage, et elle par sa blessure à la tête. Je suis la plus rapide, mais je frôle tout juste le téléphone. Mes doigts en caressent la surface. Amy baisse la main. Je laisse échapper un rugissement de frustration et, sans trop savoir comment, fais glisser le téléphone vers moi, l'attrape et rétracte mon bras aussi vite que possible.

Amy est en train de se relever lorsque j'appelle les secours. Elle doit se hisser à l'aide des barreaux. La moitié de son visage est couverte de sang. Ses cheveux collent à sa plaie. Sa peau est d'un blanc laiteux, formant un contraste alarmant avec le rouge.

— Il n'y a pas de réseau ici, Emma, dit-elle doucement.

J'éloigne le téléphone de mon oreille et regarde les barres sur l'écran. Il n'y en a pas. Je me déplace dans une autre partie de la cage et j'essaie à nouveau.

— Laisse tomber, Emma.

Mais je m'y refuse. J'essaie chaque partie de la cage tout en restant loin d'Amy. Dès que je m'approche, un de ses bras passe à travers les barreaux, essayant de m'attraper. Nous jouons sans en démordre à ce petit jeu pendant que je continue à appeler les services d'urgence.

— Tu ne gagneras pas, dit-elle. Tu vas mourir ici. Tu ne reverras jamais tes enfants. C'est la fin. Tes derniers jours sur cette terre.

Elle s'assoit doucement sur le sol et je fais de même sur mon matelas. Je garde le téléphone à côté de moi.

— Abandonne. Laisse tomber.

Mais c'est hors de question.

Chapitre 45

AIDEN

Je ne l'ai jamais dit à maman, mais je peux l'admettre maintenant. Pendant longtemps, j'ai eu l'impression d'être encore dans le bunker. Mon esprit ne voulait pas s'en détacher. Parfois j'entendais Hugh rire parce qu'il savait qu'il m'avait fait croire que j'étais en sécurité. Quand je me promenais à la campagne, que j'allais au cinéma ou que j'emmenais Gina au parc, il était là, au fond de mon esprit, me disant que bientôt je rentrerais à la maison pour le voir, et ces pensées étaient des choses sombres et aigres dont je ne pouvais me défaire.

J'étais une personne amère et en colère. Même si j'élevais rarement la voix, à l'intérieur je criais. Et en thérapie, cette amertume ressortait. Cela a pris du temps, mais j'ai fini par ne plus entendre les rires de Hugh et l'amertume s'est largement dissipée.

Maintenant que Gina est de retour, j'ai l'impression qu'une partie de moi-même est revenue. Mais il me manque toujours un membre de ma famille, et je dois la retrouver.

— Raconte-moi ce qui s'est passé, demandé-je à Gina. Dis-moi tout avant que la police n'arrive.

Assis sur la dernière marche de l'escalier, nous regardons la porte d'entrée. Je tiens à la garder éloignée du cadavre de Faith. Aucun enfant ne devrait voir quelque chose comme ça. Elle se blottit contre moi comme si nous étions sur le canapé à regarder *X-Factor*.

— La dame m'a dit que maman voulait que je l'accompagne. Elle a dit qu'elle était son amie.

— C'était Faith ?

Gina secoue la tête.

— Non.

Amy alors, pensé-je. C'est *bien* Amy qui a kidnappé Gina.

— Que s'est-il passé ensuite ?

— On a marché longtemps. J'avais peur. Quand j'ai essayé de m'enfuir, la dame a dit qu'elle ferait du mal à maman si je ne faisais pas ce qu'elle me disait.

— Tout va bien, Ginny, tu es en sécurité maintenant. Ça n'arrivera plus jamais. Qu'est-ce qui s'est passé quand vous avez fini de marcher ? La dame t'a remise à Faith ?

Elle secoue la tête.

— Faith t'a fait du mal ?

Elle secoue la tête.

— Tu as vu maman depuis que tu es arrivée ici ?

Elle secoue à nouveau la tête.

Je lui pose d'autres questions pour savoir si Faith l'a nourrie correctement. Il semble, en tout cas, qu'elle ait veillé à ce que Gina ait suffisamment à manger et l'ait gardée dans la chambre avec salle de bain attenante pendant tout ce temps. *Une pièce de la taille du bunker.* Ma colonne vertébrale se raidit.

Il y a des sirènes et des lumières bleues dehors. Je prends la main de Gina et nous cherchons les clés pour faire entrer la police. Je les trouve dans le tiroir du haut d'un meuble. Juste avant d'ouvrir la porte, je demande à Gina :

— Est-ce que Faith a parlé d'une église ou d'une chapelle ?

Gina secoue la tête.

Alors que la police entre dans la maison, je ne peux m'empêcher de penser que la remarque de Faith sur la chapelle du domaine de son père était importante. Cela pourrait-il être lié aux plans que j'ai trouvés dans l'appartement de Manchester ? Ceux que Hugh a dessinés, sur lesquels j'ai gribouillé quand j'étais enfant. Elle a dit que Hugh et son père étaient amis depuis environ huit ans. Cela pourrait coïncider avec le moment où Hugh a décidé qu'il voulait un second bunker pour un autre enfant. Maman pourrait-elle être coincée dans ce bâtiment ?

Le policier est sous le choc lorsque je lui donne mon nom et celui de Gina. Il s'éloigne pour contacter son poste et je lui dis d'entrer en contact avec l'inspecteur-chef Stevenson.

— Tu as bien fait d'appeler la police, Ginny.

Je lui frotte la tête, remarquant comment Faith a tressé ses cheveux, comme si elle était une poupée.

— Maman m'a montré comment faire, répond-elle.

J'en rirais presque. Je levais les yeux au ciel à chaque fois que maman nous soumettait à un exercice d'urgence, nous montrant comment appeler la police sur un portable ou un fixe, mais elle avait raison après tout.

Peu à peu, de plus en plus de policiers arrivent chez Faith. On emporte une housse mortuaire noire. Elle ne m'enverra plus jamais de messages, et je devrai m'y faire, mais pour l'instant, l'inspecteur-chef Stevenson entre dans le hall.

— Tout va bien, Aiden ? Gina ?

— Elle n'a pas été blessée.

Je lui explique comment Amy a kidnappé Gina et a utilisé son amitié avec Faith pour la séquestrer. Je pense qu'Amy a manipulé Faith, en utilisant les plans que Hugh avait établis de son vivant, sans pouvoir les terminer.

— C'était Faith qui m'envoyait ces messages sur Instagram. Je suppose que tout est de ma faute. Je l'ai laissée entrer dans nos vies.

— Le fait est, dit-il, qu'elle aurait pu être quelqu'un de bien. Elle aurait pu devenir une amie pour la vie. Quelqu'un avec qui passer du temps. Elle aurait pu t'aider. Il se trouve qu'elle était mauvaise. Il n'y avait aucun moyen de le savoir. Ne t'en veux pas pour ça. On essaiera peut-être de trouver des moyens d'éviter ça à l'avenir.

J'acquiesce, soulagé qu'il ne m'ait pas passé un savon pour avoir été aussi stupide. Je jette un coup d'œil à Gina, assise à la table de la cuisine et distraite par un des policiers qui lui montre un tour de magie avec une pièce de cinquante pence.

— Faith a dit que Hugh voulait acheter une chapelle sur le domaine de son père. Je ne sais pas si papa vous l'a dit, mais j'ai trouvé de vieux dessins du bunker. Il y avait des plans au dos. Grand-père les a regardés et a dit qu'ils ressemblaient à une église ou une chapelle. Je pense que Hugh construisait de quoi séquestrer un enfant sur la propriété du père de Faith. Elle a laissé entendre qu'il était violent. Peut-être que c'était une sorte d'arrangement.

Le visage de Stevenson pâlit.
— Je vais demander à une unité de fouiller les lieux.
— Je peux venir ? demandé-je.
Il acquiesce.

Alors que nous sortons, je me rends compte que l'été indien est terminé, et qu'il pleut à présent. Une légère bruine, avec un soupçon de chaleur dans l'air. L'odeur d'humidité qui plane laisse penser qu'il y aura bientôt une averse bien pire. Je me souviens de la façon dont l'eau coulait dans le bunker. L'odeur de moisissure qui arrivait la première.

La maison de famille de Faith se trouve au beau milieu des champs. Certains sont couverts d'arbres denses. Nous nous faufilons parmi la végétation à la recherche d'une sorte de dépendance. Chaque partie de la maison et de sa cave a déjà été vérifiée, mais d'après Stevenson, certains ménages possédaient de petites chapelles non loin de leur habitation principale. Il me semble que certaines personnes reçoivent trop et d'autres pas assez. Il n'y a pas de logique à qui reçoit quoi. Rien n'est juste ou égal.

— Par ici !

Le groupe tourne à gauche et continue sous l'épaisse canopée des arbres. Nous arrivons à une clairière, et j'aperçois le petit bâtiment.

Le policier indique un verrou sur la porte d'entrée.

— Quelqu'un a une pince coupante ?

Une fois en possession des outils appropriés, il fait sauter le verrou et la porte s'ouvre en grinçant.

À l'intérieur, il n'y a pas d'électricité. Les policiers allument leurs lampes-torches, balayant le sol, les murs, les plafonds. Je n'aime pas l'odeur qui règne. Elle est trop humide, trop terreuse.

Stevenson reste près de moi alors que nous nous frayons un chemin entre les vieilles rangées de bancs. Ils sont poussiéreux. En désordre. Des flaques d'eau se sont même formées sur certains d'entre eux à cause du toit qui fuit. Mon estomac se retourne. J'aimerais crier son nom, mais ma voix est bloquée au fond de ma gorge.

— Il y a des escaliers par ici, crie quelqu'un.

L'équipe continue à descendre vers l'arrière de l'église. Je retiens mon souffle. L'officier qui a crié descend le premier.

Mes jambes sont de plus en plus instables à chaque pas. J'entends la voix de Hugh qui se moque de moi dans mon esprit. *Je l'ai déjà tuée,* dit-il. Mais je refuse de l'écouter. J'ai trouvé Gina saine et sauve. Je peux retrouver maman, aussi.

Au moment où j'atteins la dernière marche, je sais que quelque chose ne va pas. Nous aurions déjà dû entendre des voix, mais il n'y a rien d'autre que le silence. Je balance ma lampe-torche d'avant en arrière, vérifiant chaque mur, chaque cavité poussiéreuse. L'officier formule à haute voix ce que j'ai déjà compris :

— Il n'y a rien ici.

Chapitre 46

AIDEN

Nous arrivons à Bishoptown à midi. Stevenson nous dépose au B&B de papa, où une fête est organisée pour Gina. Même Josie est là. Mais tout ça n'a aucune importance, car la seule personne que Gina demande n'est pas là et elle ne comprend pas pourquoi.

Grand-mère l'emmène déjeuner et prendre un bain pendant que je raconte à tout le monde ce qui s'est passé. Ils restent silencieux jusqu'à ce que j'ai terminé. Je retiens ma respiration, attendant qu'ils me disent combien je suis stupide, combien j'ai tout gâché. Personne ne le fait. Puis grand-père verse un whisky à tout le monde et nous nous effondrons sur les canapés.

— Emma est toujours là dehors, dit papa. Elle est toujours portée disparue.

Josie se penche en avant sur le canapé.

— J'ai reçu ton e-mail, Aiden. À propos de la photo que ton détective a trouvée. Il a dit qu'elle a été prise quelque part dans les Midlands. Eh bien, je me suis souvenu de quelque chose. Hugh et moi, nous avons fait un voyage dans les Midlands, il y a six ou sept ans.

— Il t'a emmenée dans une église ? demandé-je.

— Oui, dit-elle. On peut dire ça. Ce n'était pas une vraie église. C'était plutôt une vieille chapelle abandonnée dans les bois.

Mon cœur commence à battre plus vite. Papa pose ses coudes sur ses genoux. Même grand-père écoute attentivement.

— Les plans sont toujours là ? demandé-je à papa.

— Oui, dit-il.

Une fois qu'il a tout rassemblé, nous étalons les plans sur la table avec la photo d'Amy au supermarché. Papa va chercher son ordinateur portable et nous lançons Google Maps.

Josie montre la carte.

— C'est Lower Rothby, le village où nous avons séjourné.

Elle pince l'écran et fait un zoom avant.

— Je pense que c'est le magasin de la photo.

Josie s'appuie contre le dossier de sa chaise.

— Je me souviens de cet étrange bâtiment. Nous sommes allés nous promener dans les bois et Hugh a insisté pour que nous nous éloignions du chemin, ce que j'ai trouvé étrange à l'époque. C'était comme s'il savait où nous allions.

Elle pince encore la carte, pour zoomer.

— Ces bois. Nous avons marché jusqu'à ce que nous trouvions cette vieille chapelle délabrée. Le toit s'affaissait et les portes étaient toutes moisies. C'était il y a si longtemps, alors Dieu sait dans quel état elle est maintenant.

— Tu te rappelles où c'était dans les bois ? demande papa.

Elle secoue la tête.

— Je pense que nous avons marché depuis la route ici. Mais ça a duré un moment. Il y avait une moitié de mur qui la séparait du chemin, mais Hugh m'a fait le contourner. J'avais l'impression d'être une intruse. C'était assez isolé. Idéal pour cacher quelqu'un.

Un autre bois, un autre bâtiment abandonné. Un autre petit village avec une faible population. C'est Hugh. Je ferme les yeux et je l'imagine debout au-dessus de moi, tout sourire. *Alors, petit. Tu es à l'aise ? Tu en as de la chance d'avoir un nouveau matelas, pas vrai ?* Ce n'est que lorsque papa me tapote la main que je réalise que mes ongles s'enfoncent dans la table.

Je lance d'une voix déterminée :

— On doit y aller. Maintenant.

Grand-père rétorque :

— Tu dois te reposer.

Mais papa me fait un signe de tête.
— On devrait partir maintenant.

Nous sommes dans la voiture de papa. Seuls les bruits du moteur et de la pluie sur la vitre viennent rompre le silence du trajet. Il y a de la brume à l'extérieur, avec des flashs de lumières jaunes et rouges sur l'autoroute humide. Sur la banquette arrière, Josie fait une sieste. Je garde les yeux rivés sur le flou des réflecteurs qui défilent. La voix de Hugh tourne en boucle au fond de mon esprit. Une voix moqueuse qui me répète sans cesse que maman est déjà morte.

— Il y a quelque chose que je dois te dire, dit papa, me tirant de mes pensées.

Il renifle, s'essuie le nez. La peau autour de ses narines et des coins de ses yeux est rouge et meurtrie.

— J'aurais dû te le dire plus tôt, mais je suis trop lâche. J'aurais dû te le dire parce que je sais que tu t'en es voulu, et ce n'est pas juste. En réalité, c'est… c'est entièrement de ma faute. Il y a des années, avant ta naissance, j'ai trompé ta mère avec… elle.

— Je sais.

Il me jette un regard acéré.

— Ah bon ?

— Faith me l'a dit. Je suppose que c'est pour ça qu'Amy est si déséquilibrée maintenant.

Je hausse les épaules. Je ne suis pas sûr d'être un expert sur les raisons qui poussent les gens à faire quoi que ce soit.

— Ça n'aurait pas dû arriver, dit-il. C'était une aventure stupide d'un week-end. J'aurais dû m'en douter. Je savais qu'Amy avait cette obsession bizarre pour moi parce qu'elle n'arrêtait pas de me dire qu'elle m'aimait. Même à l'époque, je savais que c'était mal de l'utiliser, mais j'étais un adolescent et tout ce que je voulais, c'était… enfin, tu sais.

Les adolescents ont envie de sexe. C'est ce que tout le monde dit, en tout cas. Ils sont esclaves de leurs hormones. Jusqu'à présent, je n'ai pas été capable de m'identifier à tout ça.

Sa voix est à peine plus forte qu'un murmure.

— Et puis il y a eu le bébé.

Je me tourne pour le regarder. Il renifle à nouveau, retenant ses larmes.

— J'ai mal géré la situation. J'ai fait preuve de lâcheté plusieurs fois dans ma vie, Aiden. Chaque jour, je me dis que j'aurais aimé être davantage comme toi.

Je ne peux que secouer la tête. Je ne comprends pas pourquoi quelqu'un voudrait être comme moi.

— Faith a dit que maman avait poussé Amy dans les escaliers et lui avait fait perdre le bébé.

Papa me regarde, une expression incrédule sur le visage.

— Quoi ? Ta mère ne sait même pas qu'Amy est tombée enceinte, du moins pour autant que je sache. Non, c'était moi. J'ai été un vrai connard. J'ai demandé à Amy de se faire avorter et elle l'a fait. Tout ça, c'est à cause de ce que j'ai fait à l'époque. Elle me punit. D'abord avec toi, en aidant Hugh, et maintenant avec Emma et Gina. Tout est de ma faute.

Il fait une grimace.

— Je n'arrive pas à croire que je ne l'ai jamais dit à personne quand tu as disparu. Et si ça avait aidé la police à te retrouver ? Mais je ne l'ai jamais soupçonnée de quoi que ce soit. Elle semblait aller bien à ce moment-là. Elle n'a jamais semblé instable du tout. Je... Je suis désolé, Aiden.

— Tout le monde pensait que j'étais mort, dis-je.

Ma voix semble factuelle et, pour être honnête, je suis détaché des mots.

— Ça n'aurait fait aucune différence. Ça aurait juste contrarié maman.

Je regarde par la fenêtre, observant la pluie tomber. Sur la banquette arrière, la tête de Josie est posée contre la vitre. J'espère qu'elle n'a pas entendu la conversation.

Il renifle encore quelques fois et Josie s'agite. Dans le rétroviseur, je la vois réaliser lentement où elle est. Sur la banquette arrière d'une voiture avec le fils et l'ex-petit ami de son amie. Des gens qui ont été blessés par l'homme qu'elle aimait à une époque qui semble bien lointaine. D'une certaine manière, à cause du passé, parce que j'ai été absent si longtemps, nous sommes tous les trois des étrangers.

Le monde m'est étranger. Toutes ces coutumes bizarres, ces conventions sociales, ces comportements que je ne comprends pas... Les gens qui froncent le nez quand je pose des questions, ou qui me fixent et détournent le regard quand ils me reconnaissent. Les gens comme

Faith, qui font des choses destructrices pour attirer l'attention, qui me bombardent de messages et se raccrochent aux moments les plus étranges. Je ne suis pas sûr de pouvoir le comprendre un jour, mais au moins je peux respirer de l'air frais et voir le soleil.

Et si j'arrive à sauver ma famille, peut-être que je pourrais empêcher Hugh de rire pour de bon.

Nous arrivons à notre B&B en milieu d'après-midi. Je suis réveillé depuis des heures, j'ai faim et je suis fatigué. Nous montons dans nos chambres pour déposer nos sacs.

La pluie est torrentielle. Je n'ai jamais rien vu de tel. Quand je ferme la porte de ma chambre, le son bloque tout. Il frappe les fenêtres comme des coups de poing.

Je me souviens du bruit de la pluie dans le bunker. De l'eau boueuse qui s'y infiltrait constamment. La pluie s'infiltre-t-elle par le toit de la chapelle ? Est-ce qu'elle coule sur maman ? Je croyais que le toit du bunker allait s'effondrer et que je serais emporté par l'eau. Je m'asseyais et j'attendais que ça arrive, d'abord effrayé, puis déçu.

Nous nous retrouvons dix minutes plus tard, et Josie nous emmène au magasin de la photo. La première chose que nous remarquons est que le rayon des céréales correspond parfaitement à la photo. Elle prend quelques en-cas pendant que papa et moi parlons aux employés.

L'une d'elles, une femme d'une cinquantaine d'années aux yeux bleus qui ne tiennent pas en place, hoche la tête pensivement.

— La police nous a posé des questions à son sujet, aussi. Je ne savais pas que c'était elle qui était recherchée pour l'enlèvement. C'est rarement des femmes, pas vrai ?

— Vous la connaissez ? demande papa.

Elle secoue la tête.

— Je l'ai vue une ou deux fois. Je ne la reconnaîtrais pas si on n'attirait pas mon attention sur elle.

— Mais elle est bien venue ici ?

Elle acquiesce.

— J'ai remarqué qu'elle achetait beaucoup d'eau et je me rappelle avoir pensé que c'était égoïste, avec la canicule. On aurait dit qu'elle faisait des réserves. Qu'elle prenait tous les stocks pour que les autres ne puissent pas en avoir. Les gens font ça avec le papier toilette quand il neige.

Nous questionnons tous les clients du magasin, mais personne ne la reconnaît.

Nous remontons en voiture et mangeons des *Cornish pasties* froids, et des chips au sel et au vinaigre.

— Je pense qu'on va battre la police, dit papa. J'ai cru comprendre qu'ils ont interrogé les habitants du village, mais ils n'en ont rien tiré. On sait que l'inspecteur-chef Stevenson s'arrange pour faire fouiller les bois, mais c'est à peu près tout.

Pendant que papa et moi examinons les chemins sur Google Maps, Josie consulte la météo sur son téléphone.

— Ils prévoient ce temps pour le reste de la journée et toute la nuit, dit Josie en criant presque pour être entendue. Il y a une alerte inondation.

En raison de la météo, nous décidons de nous arrêter dans un magasin de randonnée et d'acheter des bottes, des imperméables et des bâtons de randonnée pour nous aider à sillonner le terrain. Le magasin se trouve au cœur du village. Il est tenu par un homme d'une trentaine d'années, avec une longue barbe hirsute. Nous le questionnons sur l'église dans les bois, tant qu'à faire.

— Oh, oui. J'en ai entendu parler. Mais ce n'est pas une église, c'est une chapelle privée qui appartenait au domaine d'une personne riche. Le domaine n'existe plus, mais la chapelle a été rachetée par un entrepreneur il y a quelques années. Pour autant que je sache, il la transforme en une sorte de cabane dans les bois. Pour les gens qui ont trop d'argent et n'aiment pas le camping.

Il rit.

— Mais si vous envisagez d'y aller pour prendre des photos ou autre, vous devez savoir que c'est une infraction. Ça ne fait pas partie des bois, c'est un terrain privé. Et je crois que cette chapelle est assez éloignée du chemin principal. Je ne voudrais pas que vous vous perdiez par ce temps. Nous avons eu quelques problèmes avec des inondations soudaines ces dernières années.

— Merci, dit papa, mais ce ne sera pas un problème.

Le type derrière le comptoir lève un sourcil.

Il jette alors un coup d'œil à mon visage en fronçant les sourcils et je vois à la lueur dans ses yeux qu'il m'a reconnu. Il détourne à nouveau le regard.

— Tu penses que la personne qui possédait ce domaine pourrait être de la famille de Faith ? demande papa alors que nous retournons à la voiture.

— C'est trop gros pour être une coïncidence, dis-je.

CHAPITRE 47

AMY

Tout commence par un changement dans l'air. Le haut de mon corps n'est plus assez chaud et j'ai la chair de poule. Je vois les petits poils de mes avant-bras se dresser.

Du moins, c'est ce que je pense. Il se peut aussi que mon corps réagisse à l'assaut combiné d'un sédatif et d'une commotion.

Le froid me fait trembler tandis que je termine le dernier point de suture de mon cuir chevelu. Voilà. C'est mieux. Maintenant que c'est fait, j'enroule mes bras autour de mon corps et en frotte le haut jusqu'à ce qu'ils se réchauffent. Des nuages sombres entourent l'église. Comme Emma a mon téléphone, je ne sais pas précisément quelle heure il est. Je ne peux même pas vérifier la caméra parce que j'ai besoin d'un téléphone pour ça. Je me lève et m'approche d'une des fenêtres, regardant à travers les volets. Tout ce que je vois, c'est la pluie torrentielle qui tombe.

La fin septembre nous rattrape enfin. Ce n'est pas grave, ce sera bientôt fini. Il n'a jamais été question de poursuivre cette entreprise en hiver. Je ramasse la boîte de pilules et regarde l'eau s'écouler par le toit pendant que je les broie pour les mettre dans le verre de jus de pomme froid. *C'est l'heure du Kool-Aid*.

Emma et moi avons une chose en commun. On nous sous-estime toujours. Personne ne s'attendait à ce qu'Emma se défende comme elle l'a fait. Personne ne pensait qu'une femme enceinte pouvait faire ce qu'elle a fait. Et personne ne pensait que je me défendrais, non plus. Du moins, pas Emma, c'est certain.

J'écarte mes cheveux de mon visage et je prends la direction de la cage avec le jus de pomme, en me demandant si je dois tout dire à Emma ou non. Dois-je lui parler de Faith ? Dois-je lui dire que sa précieuse fille est probablement pourrie gâtée par une femme adulte qui croit aux contes de fées ? Dois-je lui dire que Faith a contacté son fils ? Et que parfois je dicte à Faith ce qu'elle doit lui répondre ? Serait-il satisfaisant de voir cette expression sur son visage pour la dernière fois ?

Non, pas encore. Je n'ai plus de nouvelles de Faith depuis quelques jours et je ne veux pas tout révéler trop tôt. Peut-être serait-il préférable qu'Emma meure sans jamais savoir où est passée sa fille.

Je la regarde dormir, recroquevillée sur le matelas. Déplacer mon corps inconscient l'a vraiment épuisée. Je jette un coup d'œil à mon smartphone serré entre ses doigts. Je décide de ne pas la réveiller. Je pose simplement le verre sur le sol à l'intérieur de la cage, puis je m'assieds à quelques mètres des barreaux pour pouvoir l'observer.

Elle ne met pas longtemps à se réveiller. Des gouttes de pluie commencent à ruisseler dans la cage. Certaines lui tombent dessus sur le matelas. Je fronce les sourcils en voyant ça. Est-ce qu'il pleut à ce point ? Non seulement l'eau entre par le toit de la chapelle, mais elle s'infiltre jusqu'à la cave.

Emma se redresse et fixe le téléphone dans sa main. Puis elle me regarde.

— Je t'ai apporté du jus de pomme, dis-je en désignant d'un signe de tête le verre dans la cage.

Emma le regarde un moment, mais plutôt que de prendre le verre, elle recommence à tripoter le téléphone.

Je laisse échapper un long soupir.

— Je ne sais pas combien de fois je te l'ai dit, il n'y a pas de réseau ici.

— Tais-toi, dit-elle.

Je la regarde avec amusement annuler l'appel, se déplacer dans la cage et réessayer. Mais c'est lorsqu'elle ose se rapprocher de l'avant de la cage que je me lève. Quand le téléphone commence à sonner, nous nous regardons toutes les deux en même temps.

Alors que j'essaie de l'atteindre, elle se penche, évite ma main tendue, saisit le jus de pomme et me le jette au visage. Je hoquette, recrachant autant de jus de pomme que possible.

— Allô ? Allô ?

J'essuie le jus de mes yeux et tente à nouveau de lui arracher le téléphone des mains.

— Si vous m'entendez, je m'appelle Emma Price et je suis piégée...

Elle n'a pas le temps de finir sa phrase. J'arrive et je lui arrache le téléphone des mains. Il atterrit avec un craquement sur le sol de pierre. Le même bruit que ma tête a fait quand elle m'a assommée.

— Ils pourront peut-être tracer l'appel, dit-elle. Il y a de l'espoir. Je vais sortir d'ici, et on va t'arrêter.

Je regarde le jus de pomme sur le sol. Si elle ne prend pas ses pilules, je vais devoir trouver un autre moyen d'en finir.

Chapitre 48

AIDEN

Dans la voiture, nous enlevons les étiquettes de nos nouveaux achats, et passons bottes et imperméables. Le tissu se froisse lorsque j'enfile le tout et je lisse les plis. Nous avons fait vite dans la boutique, sans prendre la peine d'essayer quoi que ce soit. Le manteau est trop grand pour moi, celui de papa est légèrement trop petit, mais il arrive à remonter la fermeture éclair.

— Tout le monde est prêt ? demande-t-il.

J'inspire profondément et je hoche la tête. Je ne sais pas pourquoi, mais depuis que l'homme du magasin nous a parlé de la chapelle, mon estomac semble vouloir rendre mon déjeuner. C'est réel maintenant. Et le mauvais temps ajoute un sentiment d'urgence. Nous avons conduit jusqu'ici pour retrouver maman. Le moment est venu de découvrir s'il est possible de la sauver. Nous allons enfin savoir si elle est toujours en vie.

Papa nous conduit à l'orée des bois et se gare sur un parking vide. Personne ne risque de partir en randonnée avec cette pluie. Il est 16 h 30 et j'ai l'impression que nous avons déjà perdu du temps. Le soleil se couchera vers 19 heures, ce qui nous laisse seulement trois heures pour la retrouver.

Personne ne parle lorsque nous sortons de la voiture. Ce que nous devons faire ne sera probablement pas facile. Nous devrons peut-être nous battre pour la récupérer. Ma peau est glacée et j'aimerais m'évanouir dans le silence, là où je suis en sécurité. Mais nous avons une tâche à accomplir.

Papa boitille autour de la voiture et tape sa canne contre le bitume.

— Continuez sans moi. Je vais prendre un chemin plus lent pendant que vous partez en éclaireurs.

Il reste en retrait pendant que nous évoluons parmi les arbres, cachés par la capuche de nos manteaux. La pluie dégouline sur mon nez, sur mes lèvres. Mon champ de vision est restreint et je n'entends même pas Josie marcher à côté de moi à cause du bruit. La pluie sur les feuilles, les pierres, le sol. Le vent. Tous les bruits sont étouffés par mon manteau. Une pensée paniquée me traverse l'esprit : et si maman criait à l'aide et que je ne l'entendais pas ? Je me souviens des heures que j'ai passées à crier jusqu'à ce que ma gorge devienne douloureuse. Hugh m'a frappé quand il a réalisé ce que je faisais, mais il m'a apporté des pastilles pour la gorge après.

J'ouvre à nouveau la bouche, et je crie :

— MAMAN !

Josie tourne la tête vers moi, son corps se crispant en entendant mon cri. Puis elle se détend et se joint à moi :

— EMMA !

Nous suivons le chemin, criant par intermittence sous la pluie. Elle tombe avec violence, rebondissant sur mes manches, dégoulinant sur mon jean. De temps à autre, je dois serrer les poings et les détendre pour retrouver mes sensations. Je crie aussi fort que je peux. Josie met ses mains en porte-voix et beugle. Mais seul le temps pluvieux lui répond.

— Tu te souviens combien de temps tu as marché ? demandé-je.

Josie secoue la tête.

Je ne dis rien, mais je me demande combien de fois Hugh a fait des choses comme ça. Je me demande s'il a emmené Josie se promener dans la forêt de Rough Valley, l'amenant aussi près qu'il l'osait de mon bunker, juste pour le plaisir. Mon estomac se retourne. Je m'arrête et j'inspire profondément.

— Ça va ? demande-t-elle.

Je hoche la tête et nous poursuivons notre chemin. Je continue à crier. La pluie tombe en trombe. Nous continuons à marcher pendant environ une heure avant que Josie ne s'arrête.

Elle désigne une trouée dans les arbres, où le sol s'enfonce dans un ravin.

— Je me souviens d'avoir failli tomber ici.

Nous nous éloignons du chemin, en direction du ravin. Mes pieds glissent sur la pente. Mes bottes s'enfoncent profondément dans la boue. Il y a tellement de pluie que l'eau jaillit autour de nous, transformant la pente en cascade. Je suis gelé dans mon manteau.

Plus nous nous enfonçons dans les bois, plus j'ai l'impression de disparaître en moi-même, de me retirer dans cet endroit sombre. Je ne peux pas m'en empêcher. Ça ressemble trop à la nuit pluvieuse où je me suis échappé du bunker. Je n'ai pas senti le froid cette nuit-là. La voix moqueuse de Hugh s'est transformée en une vision de lui. Je le vois aussi grand que lorsque j'étais petit, quand il se tenait au-dessus de moi. Je le vois sourire, je le vois crier, je le vois pleurer. Je vois toutes les parties de lui que la femme qui marche à côté de moi n'a probablement jamais vues. Elle n'a jamais vu la lumière s'éteindre de ses yeux ou le sang s'échapper de la blessure que je lui ai infligée.

Josie s'arrête et je me fige à côté d'elle. Nous vacillons tous les deux, notre équilibre altéré par la quantité de boue. Elle tourne la tête de gauche à droite.

— Je ne sais pas où nous sommes.

Nous faisons encore quelques pas hésitants avant de sortir la carte que nous avons apportée. Nous savons déjà que la chapelle n'y est pas indiquée, mais nous connaissons la direction de la route. Nous pouvons donc trouver notre chemin.

L'indécision de Josie nous ralentit alors que nous continuons à avancer dans les bois et que la pluie ne cesse de tomber. Lorsque nous nous arrêtons pour comparer la carte à Google, nous remarquons une alerte inondations dans la région.

— Maman est peut-être sous terre, dis-je en regardant les informations.

Je ne connais pas grand-chose aux inondations, mais je sais que je ne voudrais pas me retrouver sous terre quand ça se produit. Et si la structure de la vieille église était bancale ? Et si le bâtiment s'effondrait sur elle ?

Quelques minutes plus tard, alors que nous nous frayons un chemin à travers les ronces, j'entends un bruissement derrière nous. Je me retourne, sur les nerfs, et vois papa apparaître en boitant.

— J'ai essayé de me dépêcher, dit-il, essoufflé.

La pluie s'intensifie. Il se fraye un chemin à travers les épines, en s'appuyant lourdement sur sa canne. Je ne sais pas si sa bouche pincée exprime la peur ou la douleur, ou peut-être les deux.

— Je ne sais même pas si nous allons dans la bonne direction, dit Josie. C'est sans espoir. Je ne me souviens de rien.

— On va continuer à s'éloigner de la route, dit papa. C'est tout ce qu'on peut faire.

Chapitre 49

EMMA

Elle doit être partie depuis une trentaine de minutes. Que fait-elle là-haut ? S'est-elle enfuie et m'a-t-elle laissée seule ici ?

Depuis qu'elle est partie, la pluie a commencé à ruisseler le long des murs de la crypte. Je regarde le téléphone fracassé sur le sol. J'aurais aimé pouvoir essayer de rappeler les services d'urgence. Tout s'est passé si vite que je ne sais même pas si l'appel a abouti. J'ai crié dans le téléphone en espérant que quelqu'un à l'autre bout puisse m'entendre. Les opérateurs des lignes d'urgence peuvent-ils tracer les appels grâce au GPS ?

J'entends des pas qui descendent les marches et je me précipite à l'arrière de la cage. Certaines des lampes à piles vacillent à mesure que l'eau s'y infiltre. Le sol de la chapelle doit être en passe d'être inondé pour qu'une telle quantité d'eau s'écoule vers la cave.

Le teint d'Amy est cireux et pâle. Même si je vois qu'elle a soigné sa blessure à la tête du mieux qu'elle a pu, du sang frais s'en écoule, comme un filet de bave le matin. Il y a quelque chose de différent dans son expression. La détermination a durci ses traits. Je me précipite vers le matelas où j'ai caché l'éclat de porcelaine de Lily la poupée.

Ses bottes soulèvent de l'eau lorsqu'elle s'approche de la porte de la cage et utilise sa clé pour entrer. Je suis en état de choc. C'est la première fois que je vois la porte de la cage ouverte depuis que je suis ici. Puis mes yeux se posent sur le long couteau dans sa main.

— Tu n'as pas pris tes cachets, dit-elle.

C'est alors que je comprends. Elle avait mis quelque chose dans le jus de pomme. Elle a essayé de me tuer.

— Laisse-moi partir, dis-je sur un ton pathétique, tentant le tout pour le tout. Si tu pars maintenant, tu pourras t'en sortir.

— J'ai remis ta fille à quelqu'un.

L'eau coule le long de son nez, éclabousse ses lèvres lorsqu'elle parle. Je me jette sur elle, mais elle brandit le couteau et m'arrête net.

— Où est Gina ?

Amy se contente de sourire.

— Avec une amie.

Je ne sais pas ce que ça veut dire, mais ça me donne la nausée. Sans la peur et la rage qui me traversent, je me pencherais probablement pour vomir. Au lieu de ça, je tente d'attraper son poignet pour essayer d'arracher le couteau de sa main. Elle se dégage et atteint mon haut avec sa lame. Elle déchire le tissu, mais effleure à peine ma peau.

— Tu ne vas pas bien, Amy. Tu as une commotion cérébrale, tu en es consciente ? Tes mouvements sont instables. Ta peau est blanche. Je pense que tu as perdu beaucoup de sang.

Elle cligne des yeux, puis se place entre la porte de la cage et moi. En dessous, l'eau s'accumule et forme des flaques. Les lumières électriques s'éteignent. Le smartphone gît dans l'eau.

— Je vais très bien, dit-elle.

Elle essaie à nouveau de m'atteindre avec le couteau, mais cette fois, je parviens à saisir son poignet tout en lui entaillant la main avec le morceau de porcelaine. Nous crions toutes les deux en même temps, elle à cause de la blessure, moi en raison du tranchant de l'éclat. Elle laisse tomber le couteau dans la flaque d'eau. J'en profite pour la dépasser et sortir par la porte de la cage, quand au-dessus de nous s'élève un grondement puissant suivi d'un fracas. En une fraction de seconde, je réalise que le toit du bâtiment s'est effondré. Les débris commencent à dévaler les escaliers et à tomber dans la cave. Des parties du plafond voûté s'effondrent peu à peu sous le poids des débris au-dessus. Une des lampes électriques est cassée. Un morceau de plâtre heurte le haut de la cage.

Je me dépêche d'en sortir, mais l'eau monte. Elle m'arrive maintenant au-dessus des chevilles. Amy me heurte par derrière, me faisant tomber par terre. Mon visage s'enfonce dans l'eau sale et elle l'y maintient. Des mains glissantes s'agrippent à mes cheveux alors que j'essaie de me relever. Mes poumons brûlent à force de retenir ma respiration. J'ai envie de reprendre mon souffle, mais je sais que j'inspirerais de l'eau.

Mes ongles s'enfoncent profondément dans sa chair et finalement elle me lâche. Je sors la tête de l'eau et prends une profonde inspiration.

— Il n'y a nulle part où aller, dit-elle. Les escaliers sont bloqués.

J'essuie l'eau de mes yeux et examine les dégâts causés par l'effondrement. Amy a raison. Même si je la mets hors-jeu, je devrais me frayer un chemin à travers les décombres pour sortir du bâtiment. Je ne connais pas l'étendue des dégâts au-dessus de nous.

Je m'assois dans l'eau et Amy m'observe en silence.

— Tu abandonnes déjà, Price ?

— Non, dis-je. Je réfléchis.

Je m'interromps un instant.

— La police...

— Je pense qu'ils sont occupés, Emma, dit-elle.

— Si je meurs, tu meurs aussi, lui rappelé-je. Si je ne peux pas sortir, toi non plus.

Elle hausse les épaules.

Je l'ignore et me dirige vers les escaliers. Nous avons encore un peu de lumière, mais elle est faible, et il est difficile de se frayer un chemin parmi les décombres. L'eau en obscurcit la majeure partie, et je me surprends à trébucher sur des pierres sous mes pieds.

À mi-chemin de l'escalier, la dernière lampe s'éteint, heurtée par des débris. Une vague d'eau jaillit. Je rampe dans l'obscurité. Sortant des ténèbres, les mains d'Amy m'attrapent les chevilles, mais je lui donne des coups de pied et elle me lâche.

Très peu de lumière filtre depuis les escaliers, ce qui est mauvais signe. Je monte d'une marche et commence à dégager les vieilles briques, les morceaux de bois, les gros morceaux de plâtre. Des torrents d'eau boueuse se déversent sur mes bras pendant que je m'affaire. Je réalise le temps qu'il va me falloir pour sortir, et je ne suis pas sûre d'y arriver. Mais je continue quand même.

Chapitre 50

AIDEN

Le grondement du tonnerre se répercute dans les bois. Un moment plus tard, un nouveau rugissement s'élève, puis plus rien. Nous nous arrêtons net et nous nous dévisageons, la pluie dégoulinant sur notre nez.

— Qu'est-ce que c'était ? crie Papa pour couvrir l'averse. On aurait dit un coup de tonnerre, mais... Je ne sais pas.

Le silence ne dure pas longtemps. Un troisième grondement sourd s'élève, suivi de craquements et de fracas, comme si quelqu'un démolissait un bâtiment. Pourquoi quelqu'un démolirait-il un bâtiment au milieu des bois ?

C'est alors que je comprends.

Papa est le premier à réagir. Je m'élance, le dépasse et continue en direction du vacarme. Derrière moi, papa crie quelque chose à propos d'appeler la police. J'enlève ma capuche pour mieux voir. Mes pieds se dérobent sous moi et je tombe dans l'eau boueuse. Mais je me relève, arrachant mes mains à la boue. Le sol humide essaie de m'arracher mes bottes, qui restent heureusement à mes pieds. Mais ça me ralentit, et cette perte de temps est dramatique. Je dois y aller. Je dois les aider. Et si... ?

Une racine me fait trébucher et je perds l'équilibre, me cognant l'épaule contre un arbre. Tous les jurons que Hugh m'a criés dans le bunker défilent dans ma tête alors que j'avance péniblement, ignorant la douleur qui me transperce l'épaule. Ça n'a pas d'importance. Rien n'a d'importance, hormis atteindre ce bâtiment qui s'effondre, car ce pourrait bien être l'endroit où Amy détient maman.

Quand j'arrive sur un sol plus dur, je recommence à sprinter, évitant les arbres jusqu'à ce que je me retrouve sur un chemin de terre. Maintenant je sais que j'y suis presque. Cette piste doit mener quelque part. Elle est assez grande pour qu'une voiture puisse y rouler. Le bâtiment est en vue et je force mes jambes à avancer, malgré le choc de la scène qui s'offre à moi.

La chapelle est éventrée. Deux pignons se dressent à chaque extrémité. Le toit est presque entièrement effondré. La panique fait battre mon cœur à cent à l'heure tandis que je quitte le chemin pour rejoindre l'église affaissée. J'ouvre la porte d'un coup sec et me précipite parmi les décombres.

Puis je tombe à genoux parce que je ne sais pas par où commencer.

— Aiden ?

Josie entre dans la chapelle en trottinant. Ses yeux parcourent les décombres, les morceaux de plafond et de chevrons brisés, et elle lève la main à sa bouche. Je sais ce qu'elle pense. Elle pense que maman est morte, que c'est la fin, mais je refuse de le croire. Je me relève.

— Elle doit être ici, dis-je, et je commence à me frayer un chemin parmi les pierres.

Mais Josie m'attrape par le coude.

— Attends. On pourrait aggraver la situation. On doit attendre que les secours nous donnent la marche à suivre.

Je secoue la tête pour lui signifier que je ne peux *pas* m'arrêter. Que je suis trop près de la retrouver. Mais ses mots me font réfléchir. Et si elle avait raison ? Je pourrais déloger la mauvaise pierre et écraser ma mère. Le souffle court, je sens des larmes de douleur et de frustration se mettre à couler.

— Viens, dit-elle gentiment en m'éloignant.

Je la suis jusqu'à la porte, mais je ne peux me résoudre à partir.

— Et si elle était là-dessous ? Et si elle ne pouvait pas respirer ?

— On ne pourrait rien faire pour la sortir de là.

— Non, marmonné-je, surtout pour moi-même.

Je me suis déjà retrouvé seul, et j'ai cru que j'allais mourir, livré à moi-même, sans plus jamais respirer d'air frais. Si je pars, elle sera seule, elle aussi. Je ne peux pas laisser faire.

— MAMAN !

Ma gorge est sèche quand je crie son nom. J'enjambe quelques pierres tombées par terre, sans trop m'avancer vers le milieu du bâtiment, où je peux voir que le sol s'est effondré.

— EMMA ! crie Josie, qui me suit lentement, la main près de mon manteau, prête à me rattraper si je tombe.

Il y a des flaques d'eau boueuse partout. Je me penche et plaque mon oreille contre les gravats. Rien. Je quadrille la zone, me frayant lentement un chemin parmi les décombres, tâtant tout ce qui est instable. Nous l'appelons, puis tendons l'oreille.

Papa arrive alors dans le bâtiment. Finalement, la pluie se calme et devient plus légère. Nous crions. Nous écoutons. Rien.

— J'ai appelé les secours, dit papa.

Puis il enchaîne avec :

— Oh, bon sang. Oh, Emma, non.

Je lui intime de se taire et je l'appelle à nouveau.

La chapelle gémit, mais il n'y a pas d'autre son, rien d'humain. Chaque fois que je me tourne vers Josie, elle a un froncement de sourcils qui suggère qu'elle commence à perdre espoir. Je l'imagine réfléchir au moment opportun pour me suggérer de laisser tomber.

Elle finit en effet par dire doucement :

— Aiden...

Mais je secoue la tête.

— Je ne peux pas partir.

Je lève les yeux vers le toit béant. Le bâtiment semble plus stable maintenant que la pluie s'est transformée en une fine bruine, mais il est toujours possible que d'autres chutes se produisent. Je regarde à nouveau les décombres. Hugh aurait gardé son captif dans une cave, pas vrai ? Dans une cage comme celle dans laquelle j'étais. Est-ce qu'Amy a utilisé le même dispositif ? La cage aurait-elle pu la sauver ?

— On ne peut pas faire grand-chose, poursuit Josie.

— Encore cinq minutes.

Elle pince les lèvres, mais acquiesce, et nous l'appelons tous à nouveau. Encore une fois le bâtiment gémit et grince, mais il n'y a pas d'autres sons. Jusqu'à ce que... Une quinte de toux. Si faible que je l'entends à peine. Suivie d'une nouvelle.

Je me dirige vers le fond de la chapelle, à gauche près du mur extérieur. Je m'agenouille et presse mon oreille contre les gravats. Je l'entends. J'entends la toux, et mon cœur fait un bond dans ma poitrine.

— Par ici ! m'écrié-je, et Josie et papa se précipitent vers l'endroit où je suis à genoux sur le sol.

Lentement, doucement, nous commençons à déplacer briques et débris, à déblayer l'amas de plâtre cassé, jusqu'à former un trou.

— Maman ?

Nous attendons. Papa me passe une lampe-torche et j'éclaire la cavité.

Rien.

Puis une autre toux, suivie par un aperçu fugace de doigts qui s'agitent à travers les débris.

Nous continuons, jusqu'à apercevoir un bras, un coude, un visage. Je recule en titubant. C'est Amy. Elle est consciente. Et couverte de boue.

Papa m'éloigne d'elle avant que je ne fasse quelque chose que je regretterai.

— Où est-elle ? crié-je. Où est maman ?

Amy parvient à se hisser hors du trou. Son visage est couvert de sang, ses yeux peinent à se fixer sur nous, mais elle s'extrait tout de même des décombres tandis que nous restons là, en état de choc.

— Non, dis-je en me débattant contre papa, qui me tient fermement. C'est impossible que tu aies survécu et pas elle.

Amy crache une sorte de boue marron et s'éloigne de nous en titubant, son corps vacillant d'un côté à l'autre. C'est Josie qui saisit son bras et la maintient en place.

Papa et moi continuons à déblayer le sol. Je travaille méthodiquement, si concentré sur ma tâche que je remarque à peine que les secours arrivent enfin.

Chapitre 51

AIDEN

Un grondement résonne dans mes oreilles et j'ai l'impression d'être sous l'eau. Je regarde un urgentiste et un officier de police emmener Amy. J'essaie de ne pas la regarder tandis que quelqu'un m'éloigne du bâtiment en ruine.

— Ce n'est pas sûr, me dit-on.

Je proteste au début, mais je finis par accepter de partir.

— Mais, maman est là-dessous. Elle est piégée.

Papa passe un bras sur mon épaule.

— Ils la cherchent, mon grand, dit-il.

Ses yeux sont humides. Il y a de la poussière et des débris dans ses cheveux.

Je jette un coup d'œil à tous les hommes couverts de poussière, et je me rends compte que les choses se sont déroulées à un rythme beaucoup plus rapide que je ne l'avais réalisé dans ma confusion. Les pompiers recherchent maman dans les décombres, et l'inspecteur-chef Stevenson évolue en arrière-plan, la mine inquiète.

La pluie s'arrête enfin, et papa s'assied sur un rocher plat près de la chapelle. Le soleil se couche. On installe des projecteurs autour des ruines. J'enroule mes bras autour de mon corps. Quelqu'un s'approche de moi avec un gobelet rempli de thé, avant d'en tendre un à papa.

— Tu penses qu'ils vont la retrouver ? demandé-je d'une petite voix.

Papa semble mal à l'aise. Il contracte la mâchoire.

— Oui, je pense qu'ils vont la retrouver.

— Mais tu n'es pas sûr qu'elle soit encore en vie ?

— On a retrouvé Amy vivante, dit-il.

Il sourit, mais ce sourire n'atteint pas ses yeux. J'arrive de mieux en mieux à reconnaître cette expression, mais ça m'attriste.

— Elle est morte, dis-je.

Il secoue la tête.

— Ne dis pas ça.

— C'est la vérité. Elle est morte, je le sais. C'est ainsi que le monde fonctionne. Quand vous commencez à être heureux, quelque chose survient et vous enlève tout. J'étais heureux avant que Hugh ne m'enlève. Et je recommençais à être heureux avant qu'Amy n'enlève Gina et maman. Donc, elle est morte. Je le sais.

— Aiden, arrête.

Papa passe ses mains sur son visage.

— S'il te plaît. Il y a toujours de l'espoir. Toujours.

J'ai envie de frapper quelque chose. Les pierres, un arbre, n'importe quoi.

— Tu as bien ressenti de l'espoir quand tu as trouvé Gina ? C'est arrivé, n'est-ce pas ?

— Oui, dis-je, et c'est exactement pour ça que maman est morte. Parce que j'ai été heureux pendant un moment et maintenant le monde va tout me reprendre.

Papa passe un bras par-dessus mon épaule et pour une fois, je ne bouge pas. Je l'y laisse. Je me sens assommé. Vidé et crevé. Une partie de moi voudrait partir, mais je reste regarder les pompiers travailler. Je les regarde s'affairer, assis. Je suis toujours assis, me sentant inutile, quand un cri s'élève de l'intérieur de l'église.

Je laisse tomber le thé dans l'herbe et me précipite vers la source du bruit, me perdant parmi un groupe d'hommes plus grands. Je m'en extrais juste à temps pour voir des hommes soulever ce qui semble être un long sac couvert de poussière. Ce n'est que lorsque la poussière disparaît que je distingue les traits d'une personne. Maman. L'un des hommes la soulève dans ses bras. Elle est allongée, inerte, sans vie.

Chapitre 52

AIDEN

Aux heures les plus sombres, l'idée de renoncer à la vie et à l'amour me semble d'une simplicité déconcertante. La forme inerte extraite de la poussière et des pierres était vivante, mais tout juste. Ils ont emmené maman à l'hôpital. Trois jours plus tard, elle dort toujours. Je me suis réhabitué aux lumières de l'hôpital. Ça me rappelle mon propre séjour entre ces murs après m'être échappé du bunker. J'étais enfermé dans mon propre esprit. Maman est enfermée à l'intérieur, elle aussi. Elle ne peut pas non plus parler. Elle ne peut pas ouvrir les yeux ni manger. Elle est inconsciente, plongée dans le coma par les médecins, afin de permettre à son cerveau de guérir. Lorsque l'église a été éventrée, maman a été heurtée par les débris et a subi des lésions cérébrales.

Depuis le jour où la chapelle s'est effondrée, une procédure méticuleuse a été mise en place pour extraire toutes les informations possibles. Amy Perry est toujours à l'hôpital pour sa commotion cérébrale. Elle est sous détention policière. Elle n'a pas enlevé Gina pour l'argent ou pour se venger, mais pour attirer ma mère dans son piège. Amy s'est servie de l'obsession de Faith pour moi, lui promettant que si elle récupérait Gina, je la suivrais, et que d'une certaine manière nous serions tous une famille heureuse sans ma mère dans les parages. Faith était si fragile psychologiquement après son enfance traumatisante qu'elle y a cru.

Je n'arrête pas de penser à Faith et à Amy, à leurs motivations. J'ignore si elles pensaient gagner, ou si elles se fichaient de perdre. Comment ont-elles pu penser que ça finirait autrement que par leur mort ou leur arrestation ? Ou bien était-ce le but ? Se souciaient-elles vraiment si peu de vivre ?

Et je ne peux pas m'empêcher de penser à moi et à ma place dans tout ça. Parce que je m'identifie à ce genre de raisonnement. Parfois, j'ai envie d'abandonner. Je pourrais volontiers laisser les ténèbres gagner, me noyer dans la colère et l'amertume que tout ça me soit arrivé à moi. Je n'arrive pas à me défaire de l'idée que le monde me punit, même si je ne sais pas pourquoi. Mais maintenant je sais qu'il ne faut pas céder à ces pensées, car il existe une alternative.

Une fillette enlevée à sa famille alors qu'elle était plus jeune que moi a su appeler à l'aide. J'étais un enfant résilient comme Gina autrefois ; je peux l'être à nouveau.

— Quand est-ce que maman va se réveiller ? demande Gina.

Nous habitons chez papa jusqu'à ce que maman aille mieux, mais chaque jour nous finissons par venir ici et elle me pose la même question.

— Je ne sais pas, dis-je. Quand les médecins penseront qu'elle va mieux.

Ginny pose sa petite main sur la peau fine comme du papier de maman. Je n'ai jamais vu ma mère aussi fragile.

— Je veux lui dire que je vais bien, dit-elle doucement.
— Elle le sait.

Un jour, maman ou moi devrons expliquer à Gina pourquoi elle a été enlevée et les implications de toute cette histoire. Je ne veux pas penser à ça, à l'impact émotionnel que ça aura sur elle. Mais si je sais une chose au sujet de ma petite sœur, c'est qu'elle est assez forte pour s'en sortir. Les femmes de ma famille sont plus résilientes que toutes les autres personnes que je connais. Tout le monde me dit que je suis le survivant, mais je n'ai pas l'impression que ce soit comparable.

Quelques heures plus tard, je l'emmène acheter à manger et je tombe sur l'inspecteur-chef Stevenson, venu rendre visite à maman.

— Je voulais t'en dire un peu plus sur l'affaire, dit-il alors que nous nous installons avec des cafés à la cantine.

J'ai déposé Gina à la crèche en chemin.

— Tu avais raison. Hugh a acheté le terrain appartenant au père de Faith, en liquide. J'ai fait perquisitionner la maison des Clements et on a trouvé des images indécentes d'enfants sur un ordinateur qui, je pense, appartenait au père de Faith.

Ces mots me choquent encore, même après ce que j'ai vécu. Ils me font toujours froid dans le dos.

— Hugh Barratt et Clive Clements étaient des hommes mauvais, malades, dit Stevenson. Ils utilisaient leur argent et leur influence pour faire ce qu'ils voulaient. Et je pense que Hugh était le genre d'homme à attirer des gens comme lui. Peut-être que c'est comme ça que Jake a atterri à Bishoptown.

Il tapote le plateau de la table avec son ongle.

— Mais tout le monde n'est pas comme ça. C'est un pourcentage minuscule. Infime.

— Je n'en ai plus l'impression, dis-je, et l'amertume se glisse dans ma voix malgré moi.

Stevenson hoche lentement la tête.

— Je comprends ce que tu ressens. Mais je te promets que les choses vont s'améliorer.

Je dois avoir le visage fermé, car il continue :

— Ces mots sonnent creux, n'est-ce pas ? Je suis désolé que tout ressemble à des platitudes. Je suis désolé que ça vous soit arrivé à toi et à ta famille. J'aime à penser que je vous connais tous un peu mieux maintenant. Tu es un bon garçon. Ta sœur est une brave fille. Et votre mère est la femme la plus guerrière que je connaisse. Et têtue aussi. Tu es entouré de personnes formidables.

Je hoche la tête.

— Pendant mes séances de thérapie, on parle du pouvoir des mots, qui peuvent guérir. Je ne pense pas que les mots soient vides de sens.

— Tant mieux.

Il me tapote l'épaule.

— Continue de parler, et ne te renferme pas sur toi-même. Quand j'étais enfant, j'avais un oncle qui aimait me faire du mal. Il me donnait une livre pour ne pas dire à mes parents ce qu'il faisait.

Je me redresse, surpris.

— Je n'ai rien dit à personne pendant longtemps. Et tu sais quoi ?

Je secoue la tête.

— Tout ce temps, je pensais à quel point c'était injuste que ça arrive, et que personne ne le sache. Tout ce temps, je pensais que c'était ma faute, que j'étais stupide et je me détestais.

— Je pense la même chose.

— Ça ne t'apportera rien de bon, Aiden. De mon côté, ça a juste fait de moi une victime, encore et encore. C'est pour ça que j'ai rejoint la police, pour prendre ma revanche sur mon oncle.

— Ça vous a aidé ?

— Non, dit-il en riant. Parce que je n'arrêtais pas de me dire des choses horribles. J'ai trop bu, j'ai failli perdre ma femme.

Il soupire.

— Mais quand j'ai commencé à en parler, tout a changé.

Il marque une pause.

— Ce métier peut être assez déprimant par moments, parce que je rencontre constamment des gens pourris. Mais j'ai aussi appris que ces gens ont été blessés par d'autres qui ont probablement été blessés par une génération plus ancienne de pourritures. Et le cycle recommence, encore et encore. Il se reproduit jusqu'à ce que quelqu'un soit assez fort pour le briser, en se pardonnant à soi-même et au connard qui l'a fait souffrir.

— Je ne sais pas si je peux y arriver.

— Oh, tu le peux, dit-il en baissant le menton et en me faisant un signe de tête. Crois-moi, bonhomme. Si quelqu'un peut le faire, c'est bien toi. Tu as juste besoin d'un peu d'espoir et d'un peu d'amour.

Il sourit et se lève lentement, gémissant sous le poids de son corps âgé.

— Je pense que ta famille a le droit à un peu de chance maintenant. Comment va ta mère ?

— Toujours inconsciente.

— Tiens-moi au courant de son évolution. Je reviendrai la voir. Si tu as besoin de quoi que ce soit, appelle-moi, d'accord ?

Un autre hochement de tête ferme, pour s'assurer que j'ai bien compris.

Je marmonne un remerciement, digérant toujours ses paroles. Je réfléchis encore au cycle et à la façon de le briser. Au pardon, au blâme, à la haine et à l'amour. Je vais chercher Gina à la crèche et lui tiens la main pour m'assurer qu'elle ne s'éloigne pas. Quand je la regarde, j'ai peur pour elle, pour moi et pour le monde si maman ne s'en sort pas.

J'étais tellement sûr qu'elle était morte, mais j'avais tort. Sur quoi d'autre ai-je pu me tromper ?

Oserai-je avoir foi en l'avenir ?

Avant d'entrer dans la chambre de maman, je vois des personnes en blouse blanche à travers le verre dépoli. Ils entourent le lit, se penchent sur elle. Mon cœur fait un bond, je commence à avancer, mais une des infirmières m'interpelle.

— Pas maintenant, dit-elle.

— Qu'est-ce qui se passe ? Pourquoi il y a autant de gens à l'intérieur ?

— Elle vient de se réveiller.

Chapitre 53

EMMA

Rob me fixe de ses yeux sombres, implorant le pardon. J'ouvre la bouche pour suggérer que nous allions faire une promenade dans les bois. J'ai mal à la tête et un bon bol d'air frais devrait y remédier. Mais alors je réalise que ce n'est pas Rob. C'est Aiden, mon fils. Je ferme les yeux pour calmer mon mal de crâne et je vois la sage-femme me tendre un petit paquet. Je suis moi-même une enfant. Terrifiée par l'avenir. J'ai peur de ne pas être assez bien pour lui. Mais lorsque ce petit bout de chou se retrouve dans mes bras, toutes ces craintes s'évanouissent et il n'y a personne d'autre que lui et moi dans la pièce. Mon cœur se dilate jusqu'à sembler trop gros pour mon corps. J'ai besoin de plus de place pour l'amour qui inonde mon cœur. Il s'échappe dans l'air et plane autour de nous comme un nuage. Il est impossible de le contenir.

Je rouvre les yeux. Aiden est toujours là. C'est un homme maintenant, et tout me revient. Tout ce que notre famille a vécu, ma difficulté à le considérer comme un homme et non comme le bébé que je tenais dans mes bras. Peu importe ce qui s'est passé au cours des dernières décennies, Aiden est un adulte pleinement constitué.

— Maman ? Tu as mal ? Tu veux que j'appelle l'infirmière ?

Mes pensées sont confuses, mais je réalise que je suis à l'hôpital. Sa question sur la douleur me donne envie de rire. Ce que je ressens, c'est de la joie pure. La douleur a disparu. Je ne pourrais jamais ressentir une douleur pire que celle que j'ai connue. Pour la première fois depuis longtemps, je me sens intouchable. Comme quand Rob et moi marchions à Rough Valley, nos doigts entrelacés, au milieu des feuilles se parant des premières couleurs de l'automne. Nous avions quinze ans et le monde était à nos pieds. Nous étions intouchables. C'était stupide de penser ainsi, mais c'était ce que nous ressentions.

Aiden a toujours l'air préoccupé et je me rends compte que j'ai bafouillé ma réponse. Heureusement, un médecin arrive et je l'entends expliquer que mon cerveau a besoin de temps pour récupérer après la blessure que j'ai subie lors de l'effondrement de la chapelle. Bien sûr. La chapelle. Amy. Gina. Gina !

J'essaie de tendre le bras vers mon fils, mais je n'arrive pas à le bouger. Ma mâchoire s'active, mais je bafouille. Ma langue est épaisse dans ma bouche.

— Je crois qu'elle dit « Gina », dit Aiden.

Je hoche la tête sans savoir si elle bouge vraiment.

— Gina va bien, dit-il. Elle est en parfaite santé. Je l'ai retrouvée avant qu'on vienne à la chapelle te chercher. Amy a été arrêtée. Tout va bien.

Une joie intense se répand dans mes membres comme la lumière du soleil sur la peau. Je ferme les yeux et je profite pleinement de ce sentiment.

Je quitte l'hôpital aujourd'hui. Aiden et ses grands-parents s'affairent autour de moi, m'aidant à monter dans la voiture. Rob est là aussi, et je ne sais pas trop ce que j'en pense. À un moment donné, il prend ma main, mais je la retire. La culpabilité brille dans ses yeux et il déglutit bruyamment. Depuis mon réveil, il est venu à l'hôpital tous les jours, me donnant des conseils basés sur sa propre expérience des traumatismes cérébraux. J'en suis reconnaissante, mais en même temps, je n'arrive pas encore à déterminer ce que je ressens pour lui. Amy nous a tous punis, mais sa haine semblait se concentrer sur moi. Ce qu'elle ressentait pour Rob s'est évanoui, mais cette jalousie féroce qu'elle ressentait envers moi brûlait toujours.

Perdre connaissance, ce n'est pas comme dans les films. Vous ne pouvez pas frapper une personne à la tête et l'assommer sans conséquence. Les blessures à la tête tuent les cellules du cerveau. Je resterai un peu diminuée. Il faudra du temps pour s'y habituer. Chaque matin, quand j'ouvre les yeux, je me rappelle que je suis encore là. Je suis toujours moi.

Nous retournons dans la maison de mes parents, où nos affaires sont arrivées de Manchester. Nous avons décidé de ne plus fuir Bishoptown. C'est notre foyer et nous nous y sentons bien. Bien sûr, des souvenirs douloureux se trouvent à chaque coin de rue, mais pour la première fois, j'ai l'impression que nous sommes assez forts pour les affronter. Je n'avais pas réalisé que nous nous cachions à Manchester. Sachant qu'Amy était en liberté, je ne m'étais pas permis un seul moment de détente. Mais maintenant qu'elle va faire un long séjour en prison, ce poids émotionnel est parti.

L'ancienne école d'Aiden m'a offert un poste, qui m'attendra lorsque je serai prête à travailler à nouveau. Nous pouvons commencer une nouvelle vie ici. Un mélange d'ancien et de nouveau.

Gina choisit sa chambre, et Denny et elle jouent ensemble pendant que je range lentement mes affaires. Mes doigts s'attardent sur la boîte de conserve que j'utilise pour stocker ma peinture. Pour la première fois depuis que je suis sortie du coma, mon cœur palpite. Et si je ne retrouvais jamais la capacité de peindre ? Les larmes me brûlent et je m'éclaircis la gorge. Et si. Et si.

— Maman ?

Je lève la tête. Aiden rôde près de la porte. Malgré la posture plus assurée qu'il a adoptée depuis l'incident de la chapelle – la nouvelle confiance qu'il dégage –, il a toujours l'air mal à l'aise.

— Tu vas bien ?

Il acquiesce.

— Je voudrais te parler de quelque chose.

Cette fois, mon cœur ne se serre pas. Je n'imagine pas le pire. Mon esprit reste ouvert, prêt à relever le prochain défi. Je lui fais signe d'entrer et de s'asseoir sur le lit.

— Qu'est-ce qui te tracasse, chaton ?

— J'ai vendu trois tableaux de plus aujourd'hui.

Ma mâchoire se décroche.

— *Trois* ? C'est incroyable.

Cette panique familière s'empare de mon cœur. La prise de

conscience que mon enfant a une vie en dehors de la mienne. Je chasse cette peur. Ce genre de pensées n'a pas sa place maintenant.

— J'ai pas mal d'argent de côté maintenant, dit-il. Donc je peux t'aider à payer les factures.

Je secoue la tête.

— Ce n'est pas la peine.

Ce qui est vrai. L'héritage de Jake nous permet de disposer d'un revenu suffisant pour payer les factures et vivre confortablement. Surtout si je reprends mon ancien travail.

— En tout cas, j'ai cet argent. Mais j'ai pensé que je pourrais l'utiliser pour autre chose si tu n'en voulais pas. Si ça te va.

— Qu'aimerais-tu faire de cet argent ? demandé-je.

— Aller à l'université, dit-il.

Je sens qu'il a d'autres choses à dire, alors je me tais.

— Je sais que tu n'approuves pas, dit-il. Et je comprends pourquoi. Je sais que je ne suis pas revenu indemne, que je suis cassé. Je sais que je suis délicat, que ma peau déteste le soleil et que j'ai mal aux genoux quand il pleut. Je sais que mon système digestif n'est pas génial et que mes muscles sont faibles. Je sais que je souffre de SSPT et que j'arrive depuis peu seulement à dormir avec la porte de ma chambre fermée. Je sais que je n'ai pas parlé pendant des semaines à mon retour et que j'ai encore du mal à parler parfois. Et je sais que je vais avoir du mal à me faire des amis. Je sais que je n'aime pas être touché. Je ne sais pas si j'aime les filles ou les garçons. Je ne sais pas si je voudrais un jour vivre avec quelqu'un. Je ne sais pas encore qui je suis.

Il marque une pause, à bout de souffle.

— Et je sais que parfois j'aimerais être de retour dans le bunker et que c'est malsain.

Il s'interrompt à nouveau, mais je le laisse poursuivre.

— Mais j'y travaille. Le Dr Anderton m'aide bien. Les mots guérissent. Plus je fais de choses, plus je parle, plus j'écris ou plus je peins, mieux je me porte. Je pense que je suis prêt à aller de l'avant.

Je prends ses mains dans les miennes et le serre plus fort.

— Il n'y a rien qui cloche chez toi. Nous sommes tous brisés, Aiden. Et je ne parle pas seulement de cette famille, je parle de tout le monde. Et tu sais quoi ? C'est ce qui fait de nous tous ce que nous sommes. Même si tu ne sais pas qui tu es, moi je le sais. Je sais que tu es parfait. Parfaitement fort, parfaitement différent, avec un cœur parfaitement *bon*. Je pense aussi que tu es prêt.

— Je peux y aller ? demande-t-il.

— Tu n'as plus besoin de me demander la permission, chaton. Tu es grand.

Il regarde nos mains et acquiesce.

— Je suis là si tu as besoin de moi.

— D'accord, dit-il.

ÉPILOGUE

E<small>MMA</small>

Ça prend beaucoup plus de temps cette fois. Je ressens de nouvelles douleurs depuis la dernière fois que mes pieds ont foulé ces sentiers, mais je m'en moque. Je suis avec ma famille. Le soleil brille et le vent ramène mes cheveux en arrière. Dans mes poumons pénètre l'air du Yorkshire si familier et que j'aime tant. J'ai de bons et de mauvais jours. Un peu plus d'un an s'est écoulé depuis l'incident de la chapelle, et mon rétablissement est progressif. Aujourd'hui, je me sens en forme, et nous remontons la colline jusqu'au champ où nous aimons nous asseoir pour regarder les nuages. Le champ qui surplombe Bishoptown. Malgré tout ce qui s'est passé, ce petit village est à nouveau mon chez-moi.

— Ça va, maman ? demande Aiden.

Je suis un peu essoufflée par l'ascension de la colline.

— Je vais faire une pause. Allez-y.

Aiden se tourne vers son père, mais Rob lui fait un signe de la main.

— Je vais rester tenir compagnie à ta mère, dit-il.

Nous restons là un moment, à regarder ma fille, qui est maintenant une enfant de cinq ans encore plus précoce, courir en faisant des bruits de fusée. Rob rit et moi aussi. Je lui jette un regard en coin et je le vois me regarder, avec une légère pointe de honte visible aux plis de ses sourcils. Notre relation n'est plus ce qu'elle était, mais nous sommes toujours bons amis.

— Tu crois que tu me pardonneras un jour pour ce que j'ai fait ? demande-t-il.

Cette question me préoccupe depuis longtemps. Choisir de ne pas pardonner peut être difficile pour l'âme, mais certains actes sont plus faciles à pardonner que d'autres.

— Oui, finis-je par répondre après une longue pause.

Il soupire.

— Je sens qu'il y a un « *mais* » qui arrive.

Je souris.

— Tu me connais mieux que quiconque.

Ses yeux brillent à la lumière du soleil.

— J'étais enfermée dans une cage quand elle me l'a dit. Elle venait de me présenter une poupée qu'elle avait baptisée du nom de la fille qu'elle n'a jamais eue. Amy était malade, mauvaise et cruelle, mais quand elle m'a dit ce que tu avais fait, je l'ai crue. Tout de suite.

— Parce que tu me connais, dit-il.

— Oui. Tout ce qu'elle a dit m'a rappelé la personne que tu étais.

— Un trou du cul.

Je hoche la tête.

— C'est une façon de voir les choses. Je dirai que tu étais égoïste.

Sa voix est triste quand il répond :

— C'est vrai.

La brise chatouille les petits cheveux sur ma nuque et je prends un moment pour reprendre le fil de mes pensées.

— Ce que j'ignore, c'est si tu es toujours cette personne.

— Je ne sais pas non plus, admet-il. Mais je m'efforce de ne pas l'être.

Il sourit, et des rides se dessinent au coin de ses yeux. Nous avons partagé notre lot de rires autrefois. Et aussi beaucoup de larmes.

Je pose une main sur son bras. C'est un homme bon, je le sais, malgré ce qu'il a fait il y a vingt ans. Mais au fond de mon cœur, j'ai l'impression de l'avoir déjà laissé partir. Pourtant, nous restons ainsi pendant un moment, heureux de la compagnie de l'autre. Quoi qu'il en soit, c'est la personne qui me connaît mieux que quiconque, et c'est le père de mon fils merveilleux et complexe. C'est mon premier amour, mais j'espère que ce ne sera pas le dernier.

Ginny court autour de nous tous, criant pour que Denny joue au foot avec elle, nous ramenant au monde qui nous entoure.

En regardant Bishoptown, je me rends compte que les ombres de Hugh et Jake sont toujours là, planant au-dessus de moi. Même après la mort de Hugh, je n'ai pas eu de repos et, dans un sens, j'avais raison, car j'avais sous-estimé la haine d'Amy. Mais ce que j'ai fait pendant cette période a eu des conséquences pour ma famille. Je les ai gardés trop près de moi et je les ai étouffés, comme toute mère craint de le faire.

Maintenant qu'Amy est derrière d'autres barreaux, ces ombres sont un peu moins imposantes. Elles existeront toujours, mais nous pouvons nous efforcer de les atténuer, pour qu'elles cessent de nous masquer la lumière.

Je laisse mes yeux parcourir la vue dans son intégralité, ombre et lumière. Dans la lumière, je vois des arbres dorés, touchés par l'automne. Dans l'ombre, je vois les signes de l'hiver à venir. Quoi qu'il en soit, le monde continue de tourner, et le temps continue de défiler.

Aiden est à l'université maintenant. Il vise un diplôme d'art. Son livre est un best-seller, et il vend toujours ses peintures. Il vit dans une colocation à Londres pendant la semaine et rentre à la maison le week-end. Ça me terrifie, et je pense que ça lui fait peur aussi parfois, mais il s'y tient et j'ai enfin trouvé un moyen d'effacer les barrières que j'avais érigées autour lui sans le savoir.

Gina est la plus résiliente de nous tous. Je continue à la regarder, attendant des signes de traumatisme. Mais hormis quelques mauvais rêves, elle est la même Gina qu'avant. Parfois, elle pose des questions sur Faith et sur ce qu'elle fait maintenant. Même si je pense qu'elle comprend les choses maléfiques qu'Amy et Faith ont faites ensemble, elle a pardonné à sa ravisseuse sans poser de questions, et j'ai décidé de faire de même. Amy a été à la fois bourreau et victime. Je n'ai plus la force de la détester. En fait, je n'ai pas la force de détester Hugh ou Jake non plus.

Quand j'ai perdu Aiden, j'ai découvert ce que c'était que de perdre le contrôle. Tout est parti en vrille, et j'ai cru que j'allais perdre la tête. Puis il est revenu, et j'ai pris le dessus sur mon mari violent afin de sauver ma famille. Mais je n'ai pas pu renoncer à ce contrôle. J'ai continué à contrôler mes enfants, les étouffant avec tout l'amour que je ressentais pour eux, terrifiée à l'idée qu'il leur arrive encore quelque chose. Puis on m'a enlevé Gina. Je la quittais rarement des yeux, et on me l'a quand même enlevée. Malgré tout ce contrôle, je n'ai pas pu empêcher que ça arrive.

Quand je me suis retrouvée piégée, Aiden m'a sauvée. Il a trouvé Gina. Même Gina a réussi à appeler la police. Je n'ai rien pu faire. Je me devais de lâcher prise pour eux. Et c'est ce que je fais. Je les laisse vivre. Je les laisse respirer. En leur donnant l'espace dont ils ont besoin pour devenir ce qu'ils sont voués à être.

Et de mon côté ? Je vais à nouveau vivre pour moi. Je peux enfin respirer à nouveau, parce que nous sommes en sécurité. Nous sommes libres.

Merci d'avoir lu *L'INNOCENCE PERDUE* ! J'espère que vous avez apprécié la suite de l'histoire d'Emma et Aiden. Ces personnages comptent beaucoup à mes yeux, et j'espère que vous les aimez autant que moi.

Pour obtenir gratuitement la nouvelle LE RÉCIT D'AIDEN, inscrivez-vous à ma newsletter.

À PROPOS DE L'AUTRICE

Sarah A. Denzil est l'autrice de quinze thrillers psychologiques vendus à un million d'exemplaires. *Passé sous silence*, demi-finaliste des Goodreads Choice Awards en 2017, est l'un de ses best-sellers. Ses livres ont été publiés dans différentes langues et ont figuré dans le classement des meilleures ventes du Wall Street Journal.

Sarah vit dans le Yorkshire avec son mari et son chat, profitant de la campagne pittoresque et du temps assez imprévisible. Elle aime écrire des livres sombres, des fictions psychologiques pleines de rebondissements.

Pour être informé(e) des prochaines traductions de mes livres, inscrivez-vous à ma newsletter.

Manufactured by Amazon.ca
Acheson, AB